MACH'

ASPE
DOOR JONAS BOETS

MACHT

MANTEAU

1

De dag was nog maar halfweg en het was nu al een kutdag. Christine Vereecken plakte een briefje op de winkeldeur, verliet gejaagd het pand en knalde de deur net iets harder dicht dan goed was voor het fragiele glas. Met nijdige passen liep ze over de kasseien van de Raamstraat naar huis. Het was nauwelijks meer dan honderd meter en meestal niet voldoende om alles los te laten. Misschien was het beter om te verhuizen, zodat werk en privé meer gescheiden waren. De klanten in haar winkel waren ook haar buren, die zich haast verplicht voelden om bij haar te komen kopen, en probeerden te verbergen dat ze af en toe ook naar de grote supermarkt in het centrum gingen. Dan verstopten ze de plastic tasjes van de supermarkt in een grote boodschappentas als ze voorbij haar huis of haar winkel liepen.

Het zou haar ook helpen om de zorgen van de vzw uit haar hoofd te zetten. Wat ooit was begonnen met het nobele doel mensen te bevrijden van de verstikkende ruzies, dreigde nu zelf een bron van conflicten te worden. Het rommelde in de bestuurskamer en tijdens de laatste twee benefiets was er geld uit de kassa gestolen.

Ze hoopte dat Luc niet thuis zou zijn, zodat ze het telefoontje van het schoolhoofd alvast kon verwerken. Moest ze hem geloven of moest ze zoals veel ouders onvoorwaardelijk partij kiezen voor haar dochter? Ze wilde er in alle rust over kunnen nadenken. De confrontatie met Luc was voor later. Als ze hem nu zou zien, zou ze over het geld beginnen. Ze wist nu al dat hij zou ontkennen en zij hem niet zou geloven. Die discussie moest uitgesteld worden, één zorg tegelijkertijd.

Voor haar voordeur bleef ze staan. Ze probeerde haar ademhaling te controleren. Een beweging achter het raam van de buren deed haar schrikken, maar ze wilde niet opzijkijken. Haar buurvrouw Nora was weer alles aan het bespieden, dat kon ze zo raden. Had ze een hele dag echt niets beters te doen? Lange tijd had ze daar niets van durven te zeggen. Nora was een van de drijvende krachten binnen de vzw, ze konden altijd op haar hulp rekenen, dus haar confronteren met haar kleine kantjes was geen optie. Tot nu.

Hoe kwam het toch dat mensen zoveel verdroegen? Was zij de enige die zo vaak op haar tanden moest bijten om de goede vrede te bewaren? Waarom kon je niet wat vaker eerlijk zijn en zeggen waar het op stond, zonder dat iedereen meteen op de tenen was getrapt?

Ze draaide de sleutel om in het slot. Ze had zich voorgenomen daar iets aan te doen. De wereld veranderen begint bij jezelf. Vanaf nu zou ze niet meer alles over zich heen laten gaan, vanaf nu zou ze eerlijker zijn, ook als anderen dat liever niet hoorden.

Toen ze de deur opende, hoorde ze geluiden in haar huis. Vreemd, Luc was toch weg? Het lawaai kwam van boven, het klonk als gekreun. Christine sloot even haar ogen. Toch niet hier? In haar eigen huis? Of vergiste ze zich?

Ze vermande zich en trok de deur weer dicht. Ze haalde een brief uit haar handtas. 'Nora' stond erop. Ze ging naar de brievenbus van haar buurvrouw. Eigenlijk zou ze moeten aanbellen en alles uitleggen, maar die stap was nog een beetje te groot. Klein beginnen was niet erg. Ze liet de brief in de brievenbus glijden en hoorde hem op de grond ploffen. Het was alsof er een last van haar schouders viel.

Vanaf nu zou ze zich niet meer laten doen.

'Er is iets met mijn zus.'

Van In keek op. Hij stond in de buurt van de balie van het politiekantoor, twijfelend of hij naar huis zou gaan en iets te eten zou klaarmaken, of dat hij onderweg langs de frituur zou passeren. En ook al leek het een vrije keuze, ergens wist hij al wat de uitkomst zou zijn.

'Kunt u iets specifieker zijn?' vroeg Begga, die de balie bemande.

Voor haar stond een kleine vrouw met een gestreept beige broekpak. In haar bruine haren zaten blonde mèches, het dotje dat die dag nog strak vast had gezeten, was helemaal losgekomen. Het paste perfect bij haar verwarde blik.

'Er is haar iets overkomen.'

'En wat is er dan gebeurd?'

'Dat weet ik niet.'

Van In ging iets dichterbij staan. Hij zag hoe Begga de situatie probeerde in te schatten. Was dit een ernstig geval of een loze aangifte?

'U komt zeggen dat er iets met uw zus aan de hand is, maar u weet niet wat?'

De vrouw prutste aan het elastiekje in haar haren, waardoor de dot loskwam. Ze ademde diep in en uit.

'Ze is verdwenen.'

Van In spitste zijn oren. Verdwijningen waren er in alle maten en gewichten, Begga kon er een boek over schrijven. Zo was er die man die zijn portefeuille kwijt was geweest. Hij was ervan overtuigd dat hij even daarvoor was beroofd door een zakkenroller en vond dat de politie wegversperringen moest opzetten om de dader tegen te houden. Tierend en briesend had hij aan de balie gestaan, dreigend, eisend dat de oversten erbij werden gehaald. Hij had zelfs een gedetailleerde beschrijving gegeven van de man die zich had voorgedaan als toerist en hem als bedankje om de weg te wijzen even op de schouder had geklopt. Toen was het gebeurd, toen was zijn portefeuille uit zijn achterzak gepikt. Toen Begga hem om zijn identiteitsbewijs vroeg, had de man doodleuk zijn portefeuille uit zijn jaszak gehaald. Het was pas op het moment dat hij zijn identiteitskaart op de balie legde, dat hij besefte dat zijn portefeuille al die tijd in zijn jas had gezeten. Met het schaamrood op de wangen had hij zijn boeltje gepakt.

Begga keek de vrouw ernstig aan.

'Waar is ze verdwenen?'

'Bij haar thuis.'

De reden waarom Begga naar de locatie vroeg, was om de logische gevallen te elimineren. Ze kon de keren dat een vrouw de verdwijning van haar man kwam melden, terwijl die simpelweg in het café zat, niet op één hand tellen. Bij een zus leek dat minder voor de hand te liggen.

'En hoe weet u dat?'

'Ik ging aanbellen en ze deed niet open.'

Begga fronste haar wenkbrauwen, maar probeerde het niet te laten merken.

'Misschien was ze gewoon niet thuis?'

De vrouw schudde haar hoofd, ze had een verbeten trek om haar mond.

'Ze was thuis. Ik heb haar binnen zien gaan.'

'Misschien stond ze even onder de douche?'

Logisch redeneren was belangrijk in crisissituaties. Begga kon dat als geen ander.

'Gelooft u me niet?'

'Natuurlijk geloof ik u, mevrouw. Ik moet alleen alle feiten kennen. Uw zus is een volwassen vrouw?'

‘Ja.’
‘En hoelang is ze al vermist?’
De vrouw haalde haar schouders op.
‘Weet ik veel. Enkele uren?’
Begga sloeg even haar ogen neer.
‘Een verdwijning is pas zorgwekkend na vierentwintig uur, mevrouw. Ik vrees dat u nog even zult moeten wachten. Misschien daagt uw zus vanzelf weer op.’
De vrouw slaakte een kreet, draaide zich om en beende met grote passen naar buiten. Van In twijfelde even. Hij wist dat Begga de procedure volgde. Bij volwassen personen was het niet abnormaal om even te wachten. Maar hij had ook iets in de ogen van de vrouw gezien. De wanhoop was echt, ze stond hier niet zomaar. En de eerste uren na een verdwijning waren in zijn ogen net cruciaal. Hij nam een besluit en ging haar achterna. Hij moest goed doorstappen om haar bij te benen.
‘Mevrouw?’
Ze hoorde hem niet, of wilde hem niet horen. Ze liep nijdig verder, haar vuisten gebald, haar lange haren heen en weer zwierend.
‘Mevrouw?’
Van In haalde haar in en legde voorzichtig zijn hand op haar schouder. Ze stopte, draaide zich om en zwiepte met haar handtas, rakelings langs Van Ins oor.
‘Laat me los!’
Van In stak geschrokken zijn handen in de lucht.
‘Excuseer, mevrouw. Ik wilde u niet laten schrikken. Commissaris Van In.’
Voorzichtig haalde hij zijn legitimatie tevoorschijn. De vrouw keek er nauwelijks naar. Haar lippen trilden, ze kon elk moment in huilen uitbarsten.
‘Ik hoorde u daarnet uw verhaal vertellen op het politiebureau.’

'Dan hebt u ook gehoord dat het niet ernstig is', snauwde ze. 'Ik kom morgen nog wel eens terug. Als het te laat is.'

'Kunt u mij wat meer vertellen?'

De vrouw aarzelde, leek in te schatten of Van In het meende of haar alleen wilde kalmeren. Van In wees naar een bankje op het plein en ging zelf als eerste zitten. De vrouw volgde zijn voorbeeld.

'Mijn zus kwam deze middag thuis.'

'Wat is de naam van uw zus?'

'Christine. Christine Vereecken. Ze heeft een kruidenierswinkel in haar straat. Maar tussen de middag sluit ze altijd een uur en dan gaat ze thuis eten.'

'En hoe weet u dat ze ook vandaag naar huis is gekomen?'

'Ik heb haar gezien. Ik kwam zelf ook net thuis. Ik woon tegenover haar.'

Van In kreeg onmiddellijk het beeld voor de geest van de vrouw die achter haar raam, verborgen achter drie hoge sanseveria's, het huis van haar zus in het oog hield. God ziet alles, maar de buren nog meer.

'En wat is uw naam?'

'Karin. Vereecken.'

Ze wreef zenuwachtig haar handen over elkaar, haar lichaam leek niet tot rust te komen, haar geest gelukkig wel.

'Een tijdje later hoorde ik veel lawaai. Ik heb meteen naar Malik gebeld, de buurman van Christine. Die had het ook gehoord.'

Heel even schoot het Van In te binnen dat het geen wonder was dat Christine niets van zich liet horen. Met een bemoeizuchtige buurman en een alerte zus in de buurt wilde ze misschien gewoon even rust.

'En toen?'

'Toen ben ik gaan aanbellen.'

'Maar er deed niemand open.'

'Jawel.'
Van In keek op. Had ze daarnet niet gezegd dat haar zus niet open had gedaan?
'De eerste keer niet, maar toen ik bleef proberen, deed Luc de deur open.'
'Haar man?'
'Haar vriend.'
De manier waarop ze het zei, deed vermoeden dat haar relatie met Luc niet meteen de beste was.
'En wat zei die?'
'Dat Christine niet thuis was.'
'En u bent er zeker van dat ze thuis was?'
'Honderd procent. En toen ik een tijdje later opnieuw ging aanbellen, deed er niemand meer open. Hoewel ik er zeker van was dat er iemand thuis was.'
Van In knikte en liet haar woorden even bezinken. Er waren twee dingen waar hij zeker van was. Ten eerste dat er iets aan de hand was. Zodra er tegenstrijdige dingen werden verteld, had iemand iets te verbergen. Wie dat was, zou hij nog moeten uitzoeken. Het kon evengoed zijn dat Karin zelf niet helemaal de waarheid sprak. En het tweede punt vond hij minstens even onrustbarend: hij zou ondanks zijn grommende maag nog niet meteen frietjes aan het eten zijn.
Nadat hij het adres had genoteerd, nam hij een besluit en stormde terug naar het politiekantoor. Begga keek verbaasd op.
'Ik heb een patrouille nodig in de Raamstraat!'
'Waarom?'
'Ik denk dat die verdwijning ernstig is. Het is belangrijk om meteen te reageren.'
Begga was het niet met hem eens.
'Ik denk niet dat De Kee het fijn vindt als patrouilles worden opgeëist voor een voorgevoel.'

'Dat is dan jammer voor hem. Stuur ze naar de Raamstraat. Zeg maar dat er een verdacht individu is gesignaleerd.'

'Ik ga niet liegen, Van In.'

Van In zuchtte. Waarom wilde iedereen altijd alles volgens het boekje doen? Sinds hoofdcommissaris Roger De Kee de plak voerde bij de Brugse politie, was er nog meer focus op regels en administratie. Als het zo verder ging, zou Van In in de toekomst eerst de toestemming van de verdachte moeten hebben alvorens hij hem kon achtervolgen.

'Stuur ze nu maar gewoon.'

'Op jouw verantwoordelijkheid.'

'Prima.'

Van In wachtte niet langer en liep het politiegebouw weer uit. Hij rende door de straten en vertraagde zijn pas toen hij in de Raamstraat kwam. De straat dwong hem daartoe: ze was smal en de huizen stonden dicht op elkaar. Je keek zo bij je overburen binnen, iets wat Karin blijkbaar graag deed.

Een politieauto met flikkerende lichten stopte naast hem. Hij groette zijn collega's en briefte hen kort. Er was een vrouw verdwenen en ze moesten zo snel mogelijk een spoor vinden. Zijn collega's knikten, vroegen zich niet af of Van Ins aanpak wel volgens de regels was, maar waren eerder blij met de afleiding na een saaie rondrit. Met hun hand op hun wapen flankeerden ze Van In terwijl hij aanbelde. Het was een van de vele bruine huizen in de straat, met oranje dakpannen en houten ramen, huizen die hem het gevoel gaven dat hij hier honderd jaar geleden exact dezelfde straat zou hebben aangetroffen. Hij zag het gordijn van het raam naast de voordeur even bewegen. Niet veel later ging de deur open. Een grote, slanke vrouw verscheen in de deuropening. Ze droeg een mantelpak en had een kort jongensachtig kapsel, met wat piekjes in alle richtingen. Haar grote blauwe ogen keken hem onderzoekend maar vriendelijk aan.

'Kan ik u helpen?'

'Commissaris Van In. Ik ben op zoek naar Christine Vereecken.'

Van In had zich op verschillende scenario's voorbereid. Het meest waarschijnlijke was dat hij een leeg huis zou aantreffen. Het zou het verhaal van Karin bevestigen en dan konden hij en zijn collega's aan de slag. Of hij zou op Luc stuiten en aan hem zijn vragen moeten stellen en zo het onderzoek starten. Maar er bleek nog een andere optie te zijn. De vrouw knikte hem toe.

'Dat treft. Kom binnen.'

Van In keek naar zijn collega's. Wat was hier aan de hand?

2

Van In gebood zijn collega's buiten te wachten en wandelde ongemakkelijk achter Christine aan. Wat kwam hij doen bij een vrouw die niet vermist bleek te zijn? Ze bood hem vriendelijk een stoel aan en ging zelf tegenover hem zitten. Ze wreef haar handen ruw tegen elkaar.

'Wilt u graag iets drinken, commissaris?'

'Als het niet te veel moeite is.'

'We hebben wel geen alcohol in huis, dat ligt nogal gevoelig bij de vzw.'

'De vzw?'

'Gezien.'

'Wat moet ik gezien hebben?'

Christine moest lachen. 'Nee, zo heet de vzw. Gezien. Het is een organisatie tegen partnergeweld.'

'O.'

'En alcohol is vaak een drijvende kracht achter geweld. Vandaar.'

'Hebt u misschien koffie?' vroeg Van In.

'Natuurlijk.'

Christine stond op en liep naar de keuken. Ondertussen bestudeerde Van In de woonkamer. Ze was niet zo groot en stond helemaal volgepropt: een golftas in de hoek, een hometrainer naast de televisie en de eettafel en de bank bijna naast elkaar, zodat je nauwelijks kon passeren. En iemand in huis was duidelijk een fan van eendjes. Er stonden er op het schap boven de televisie, op het dressoir naast de tafel en in een glazen vitrinekast in de hoek. Er waren eenden met hoeden, eenden in een supermankostuum, badeenden in verschillende kleuren en zelfs opblaasbare exemplaren. Vaak begon zo'n verzameling met twee of drie exemplaren, waardoor mensen dachten dat je ze verzamelde, en voor je het wist, kreeg je er bij elke gelegenheid een cadeau. Van In nam zich voor om thuis enkele Duvels op de kast te zetten, hopelijk leverde dat wat op.

'Vertel eens, commissaris, waarmee kan ik u helpen?' vroeg Christine terwijl ze twee koppen koffie op tafel zette. Haar handen trilden onder het gewicht van de koppen. Ze glimlachte verontschuldigend.

'Wat doet u precies bij Gezien?'

Ze leek verrast door de vraag. Had ze een andere verwacht?

'Ik zit in de raad van bestuur.'

'En wat moet u dan doen?'

Ze dronk even van haar koffie, alsof ze over de vraag moest nadenken.

'Dat is heel uiteenlopend. We beheren het budget, we hebben contact met de juiste professionals, we organiseren evenementen om de fondsen te doen groeien en nog allerlei dingen.'

'Is dat uw hoofdberoep?'

'Nee. Dat is volledig vrijwillig.'

Van In dacht aan het gesprek met Karin. Christine had ook een kruidenierswinkel. Hij vond het knap dat iemand twee dingen tegelijk kon doen. Voor hem was zijn werk niet te combineren met iets anders. Zijn werk was zijn leven en als hij niet aan het werk was, moest hij zich kunnen ontspannen.

'En wat doen jullie dan precies?'

'We helpen mensen die het slachtoffer zijn geworden van partnergeweld.'

'Mannen en vrouwen?'

'Bijna altijd vrouwen.'

'Hoe helpen jullie hen?'

'We zorgen ervoor dat ze ergens terecht kunnen. Vaak zijn ze financieel afhankelijk van hun man. Door onze fondsen kunnen we hen opvangen, onderdak geven. Tot ze een nieuwe start kunnen maken.'

Van In nam een slok van zijn koffie. Die was niet te drinken, veel te weinig koffie voor veel te veel water. Alsof Christine haar eigen koffiemachine niet kende. Of aan dit soort brouwsel gewend was, want ze leek er niet om te malen.

'Hoelang doen jullie dat al?'

Christine dacht na. 'Goh, goede vraag. Even denken. Hoelang zijn we al bezig? Toch al een jaar of vijf.'

'Knap.'

Van In kon zich niet voorstellen dat hij ooit een vrouw zou slaan. Nu ja, een vrouw die hem bedreigde of onder schot hield kon een fikse rechtse verwachten, maar de vrouw van wie hij hield? Hoe kon je houden van iemand en die tegelijk slaan?

Een geluid achter hen deed Christine opschrikken. Was ze zenuwachtig omdat er politie op bezoek was? Van In besloot dat het tijd was om op te stappen. Deze ondervraging had helemaal geen zin.

Hij liet zijn kop koffie nauwelijks aangeroerd staan. Hij was beleefd opgevoed door zijn ouders, en had geleerd altijd alles op te eten of te drinken. Maar een bak water met koffiegruis kreeg hij niet naar binnen. Dan kon hij evengoed een lepel kaneel door zijn keel jagen. Hij stond op en Christine volgde zijn voorbeeld.

'Waar bent u eigenlijk naar op zoek?' vroeg ze met een hese stem, alsof ze het eigenlijk niet durfde te vragen. Van In stond al in de deuropening en draaide zich om. Christine bleef op een afstand van de deur staan.

‘Ik ben uw zus tegengekomen. Ze maakte zich zorgen over u.’

Christines blik ging van geërgerd naar begripvol.

‘Karin doet dat wel vaker, zich zorgen maken.’

‘Dan kunt u haar daar beter geen reden voor geven. Fijne dag nog.’

Van In stapte de deur uit en nam afscheid van zijn collega’s, die een beetje teleurgesteld leken dat er niets aan de hand was. Terwijl hij de politiewagen peinzend nastaarde, hoorde hij achter zich een deur openen. Een woeste vrouwenstem trok zijn aandacht.

‘Ga dan maar terug! Als je het daar leuker vindt!’

Een slanke man struikelde op een onnatuurlijke manier over de dorpel van zijn voordeur en viel met zijn neus op de kasseien. Hij tastte meteen naar zijn gezicht. Er kwam bloed uit zijn neus.

‘Waarom geloof je me niet?’

‘Ga je nu ook nog een beetje liggen janken?’

De man woelde door zijn korte zwarte haar, schudde zijn hoofd, kwam overeind en wilde weer naar binnen gaan. Van In was nu ter hoogte van de deuropening, maar het koppel had hem nog niet opgemerkt. De vrouw greep naar het oor van haar man en trok hem naar binnen, uit het zicht van de buren, maar nog net binnen het gezichtsveld van Van In. Ze petste in zijn gezicht.

‘Waarom vertrek je niet?’

‘Ik… ik wil bij jou zijn’, mompelde de man.

Een nieuwe klap volgde, deze keer met de vlakke hand op zijn wang.

‘Dat kun jc nu wcl zcggcn.’

Ze hief opnieuw haar hand, maar deze keer deed Van In een stap naar voren en greep haar pols.

‘Mevrouw, alstublieft.’

Hij voelde de kracht in haar armen, de razernij die erdoor stroomde. Woedend keek ze hem aan. Ze had felle make-up op haar gezicht, haar lippen waren bloedrood.

'Poten thuis. Wie denk jij wel dat je bent?'

Van In tastte met zijn vrije hand in zijn zak en haalde zijn politiebadge tevoorschijn.

'Commissaris Van In.'

Op slag kalmeerde de vrouw. Ze besefte dat ze op haar tellen moest passen.

'We maakten even ruzie, commissaris. Niets aan de hand, dat gebeurt in elk goed huwelijk. Toch, schat?'

De man knikte, zijn ogen naar beneden gericht.

'Is alles oké, meneer?' vroeg Van In rechtstreeks aan de man.

'Ja. Natuurlijk,' mompelde die. 'Gewoon een ruzie. Dat gebeurt wel eens.'

In de stilte die erop volgde, keek Van In van de een naar de ander. Hij vroeg zich af hoe vaak zo'n ruzie dan wel voorkwam bij het koppel. En wie er meestal als winnaar uit de bus kwam. Hij liet de hand van de vrouw los.

'Bij een volgende discussie, dan praten jullie het uit. Oké? Geweld is nergens voor nodig.'

De vrouw had vlammen in haar ogen, maar ze deed haar best om er een glimlach uit te persen. Ze legde een arm om de schouders van haar man.

'U hebt gelijk, commissaris. Malik heeft een lastige dag gehad op het werk, en ik heb wat overdreven gereageerd. Vooruit, ga maar boodschappen doen, dan maak ik straks je lievelingsgerecht klaar.'

Van In besefte nu pas dat het koppel in het huis naast dat van Christine woonde. De arme man was de Malik waarover Karin had gesproken. Was Christine de reden dat hij een lastige dag had gehad? Zou Christine weten dat haar eigenste buren wel eens een kickbokswedstrijd imiteerden? De man maakte gebruik van Van Ins aarzeling en schoof langs hem heen naar de deuropening. Van In liet hem gaan.

'Dat is dan weer het voordeel van een ruzie af en toe', glimlachte de vrouw. Ze frunnikte aan haar donkere krullen. 'Je hebt een reden om het goed te maken.'

Van In knikte naar haar en haastte zich naar buiten om nog enkele vragen aan de man te kunnen stellen. Maar die was al een eind weg. Weg van nog meer vervelende vragen, weg van een vervelende vrouw. Van In wandelde de weg terug door de Raamstraat en had het akelige gevoel dat achter elk gordijn iemand schuilging die hem bespiedde.

Karin beet op haar vingernagels. Die commissaris had geen grapje gemaakt, hij was echt bij haar zus geweest. Wie had hem in- en uitgelaten? Was Luc daar nog geweest? En wat had die dan tegen de politie gezegd? En wat deed hij bij Nora en Malik?

De vele vragen spookten door haar hoofd. Ze werd er gek van.

Was het wel slim van haar geweest om naar de politie te stappen? Wilde ze wel dat iemand zich met hun zaken kwam bemoeien?

Karin legde de krant op tafel. Ze bladerde door de jobaanbiedingen, maar ook al zaten er vast enkele interessante vacatures tussen, ze was niet meer van plan te solliciteren. Het had toch geen zin. Haar brieven bleven steevast onbeantwoord. En als er dan toch eens een antwoord kwam, was het om te zeggen dat ze een aardig profiel had, maar dat haar ervaring net niet strookte met wat de job vereiste. Zo zou ze nooit aan een beter betaalde baan geraken. En naar die promotie op het werk kon ze ook fluiten, daar had Christine persoonlijk voor gezorgd. Of beter: Luc. Altijd weer Luc. Sinds ze hem kende, liep Christine als een schoothondje achter hem aan.

Maar de alternatieven waren ook schaars. Ze kon haar job

niet zomaar opgeven, dan had ze helemaal niets meer, zelfs geen stempelgeld. Ze moest lachen. Ze wist goed genoeg dat ze zou weigeren om haar stempels te halen bij de RVA. Dat was zowat de meest trieste plek die ze al in haar leven had aanschouwd. Uitgebluste en ongeïnteresseerde mannen en vrouwen die braaf op een harde plastic stoel hun beurt afwachtten om bij een al evenmin enthousiaste ambtenaar op enkele nietszeggende vragen te antwoorden. Ja, ze had voldoende gesolliciteerd en nee, ze kwam er niet voor haar plezier. Alsof je een hond zou vragen of hij blij was dat hij in een asiel was beland. Soms zag ze Luc naar de RVA vertrekken. Hij maakte altijd een grote omweg, zodat niemand zou zien dat hij steuntrekkende was. Bij Luc draaide alles om schone schijn.

Ze stond op en opende haar koelkast. Die was leeg, op een pak kaas en enkele goedkope yoghurtjes na. Ze kreeg af en toe wat producten uit de winkel van Christine. Officieel omdat Christine wist dat Karin begaan was met het milieu en niets wilde verspillen. Maar de werkelijkheid was harder, dat wist Christine goed genoeg, ze was geen uil.

Ze haatte die afhankelijkheid van haar zus. Ze vond het vernederend. Net zoals vroeger: grote zus Christine zou wel op kleine zus Karin letten. Grote zus Christine was weer eens op tijd naar huis gekomen, grote zus Christine ging flink mee naar de mis, grote zus Christine hielp altijd mee in de winkel. Kleine zus Karin zou beter een voorbeeld nemen aan haar grote zus.

Dat had ze altijd vertikt.

Ze nam een potje yoghurt en gooide het hard tegen de muur. Een roze brij drupte langzaam naar beneden.

Hoe kon je iemand erg graag mogen en tegelijkertijd haten?

Het pakje frieten was al halfleeg toen Van In zijn huis in de Vette Vispoort binnenstapte, zijn grommende maag had het tijdelijk overgenomen van zijn geduld. Hij gooide het pakje op de houten tafel waar nu al zeker een maand een groot stuk plastic folie over was gespannen. Van In was opgelucht dat hij weer in zijn huis woonde, maar hij moest wel aanvaarden dat het nog steeds niet klaar was. Het had allemaal meer tijd en vooral meer budget gekost, waardoor de bouwvakkers niet alles hadden kunnen voltooien. Voor de afwerking, van schilderen tot plinten zetten, was hij op zichzelf aangewezen. En wie hem een beetje kende, wist dat dat geen goed idee was.

Maar die dag zou daar verandering in komen, want Van In had zich voorgenomen om een hele avond te klussen. De verfrollen lagen klaar, naast drie grote potten witte verf van het huismerk van de doe-het-zelfwinkel. Tape om de randen af te plakken had hij te duur gevonden. Hij ging ervan uit dat zijn hand vast genoeg was om rechte lijnen te trekken. Als je met een pistool een doelwit kon raken van vijftig meter afstand, dan kon een streep verf toch niet moeilijk zijn?

Hij vroeg zich af wat Karin zou zeggen als ze die avond bij haar zus aanbelde en ontdekte dat die gewoon thuis was. Begga had gelijk gehad, Karin had te snel en te overdreven gereageerd. En toch knaagde er iets bij Van In. Waarom was Karin naar het politiebureau gekomen? Daar moest een andere reden voor zijn. Het feit dat je zus niet thuis was, deed de meeste mensen niet meteen naar de politie lopen. Waarom hier dan wel? En waarom had hij zo'n bevreemdend gevoel gehad bij Christine thuis?

Hij nam een spatel en wrikte de eerste pot verf open. Het deksel schoot eraf, balanceerde even op zijn zij en rolde dan tegen Van Ins broek aan. Verdorie, hij had zijn slechte kleren nog niet aangetrokken. Hij besloot deze broek dan maar meteen te categoriseren als verfkledij.

Hij legde het deksel opzij en nam een verfroller. Maar hoe hij ook probeerde, de roller paste niet rechtopstaand in de pot. Vervelend, konden ze die potten nu niet groter maken? Van In hield de roller scheef en doopte hem volledig in de verf. De roller drupte dat het een lieve lust was. En nu? Wachten tot de verf weggelekt was? Zoveel geduld had hij niet. Hij zwiepte de roller naar de muur die hij van plan was te schilderen en kwakte hem ertegen. Dikke spatten verf belandden op het parket. Hij had zijn vloer wel met krantenpapier afgedekt aan de randen, maar niet over de hele woonkamer. Vloekend keek hij naar de witte vlekken op het pas gelegde hout.

En toen ging de bel.

Van In draaide zich geschrokken om en verspreidde zo nog meer klodders in het rond. Hij verstijfde, dwong zichzelf eerst de roller weer in de pot te zetten en repte zich dan pas naar de deur. Bijna struikelde hij over de verfpot, maar hij kon hem nog net ontwijken. Voor de deur stond Leo Vanmaele, wetsdokter en goede vriend van Van In.

'Ben je de vloer aan het schilderen?' vroeg Vanmaele, toen hij achter Van In aan door de woonkamer liep.

'Ja, lach maar. Ik kan er ook niets aan doen dat ze die potten veel te klein maken. De verf drupt er zo af.'

Vanmaele ging door de knieën en bestudeerde de pot witte verf, alsof het een lichaam was op een tafel in zijn mortuarium.

'Ik zie het al', mompelde hij.

'Ik ook', reageerde Van In. 'De dader is de pot. Hij heeft heel mijn parket naar de vaantjes geholpen.'

Vanmaele schudde zijn hoofd, terwijl hij met zijn wijsvinger door een verfdruppel op de vloer streek en die daarna tegen het licht hield.

'Ik vrees dat je te snel bent met je conclusie. Het lijkt me waarschijnlijker dat de dader hier een geweldenaar is, die snel zijn geduld verliest.'

'Wat wil je daarmee zeggen?'

'Dat je niet zoveel verf op je roller mag smeren.'

Van In hief zijn handen in de lucht.

'Oké, ik heb dan wel te veel verf op de roller gedaan, als die pot wat groter was geweest, was dat niet gebeurd.'

Vanmaele lachte. 'Conclusie twee: je bent te gierig, Van In. Je moet zo'n bakje kopen waarin je de verf kunt gieten. Daar past een roller wel in.'

Van In staarde naar de pot verf en de doordrenkte roller.

'Daar heeft niemand in de winkel iets over gezegd.'

'Je hebt het vast ook niet gevraagd.'

Van In antwoordde niet, maar pakte een handdoek uit de kast om de verf van de vloer te vegen voor die opdroogde. Hij ging op zijn knieën zitten en kreeg zo nog meer verf op zijn broek.

'Waarom ben je hier eigenlijk?'

'Ik wilde vragen of je mee iets wilt gaan drinken.'

'Prima. Vraag maar.'

'Wil je mee iets gaan drinken?'

'Nee, ik ben aan het schilderen.'

Vanmaele nam een stoel en ging zitten, niet van plan om Van In hulp aan te bieden bij het schoonmaken van de vloer.

'Dan ga ik desnoods alleen. Bij ons thuis zitten drie vriendinnen van mijn vrouw. Het is daar een drukte vanjewelste. Ze zijn een vrouwenweekend aan het voorbereiden.'

Van In keek even op.

'Dat is toch leuk?'

Vanmaele antwoordde niet meteen. Hij bestudeerde de vloer en wees Van In nog nieuwe plekken aan. Van In kwam zuchtend overeind en liep naar de spoelbak om de handdoek uit te spoelen.

'Ik weet het niet', zei Vanmaele. 'Ik maak me ook wel wat zorgen. Enkele weken geleden waren we naar *Thelma & Louise* aan het kijken. Ken je die film?'

'Natuurlijk.'
'Daar begint Thelma ook weekendjes te plannen, omdat ze weg wil van haar man.'
'Ik zie jouw vrouw nog niet meteen in een cabrio door het land cruisen.'
'Dat dacht die kerel in de film vast ook niet.'
Van In boog zich opnieuw over het parket en boende de laatste verfresten weg.
'Zouden wij niet ook eens op weekend gaan?' vroeg Vanmaele.
'Wij? Waarom?'
'Gewoon. Omdat de vrouwen dat ook doen.'
Van In keek naar Vanmaele. Meende hij dat of maakte hij een grapje?
'En wat zouden we dan tijdens zo'n weekend uitsteken?'
'Ik weet het niet. Iets gaan drinken?'
'Dat kunnen we hier toch ook? Daar hoeven we het land toch niet voor te doorkruisen?'
Vanmaele knikte bedenkelijk.
'Zullen we dan maar iets gaan drinken?'
Van In bestudeerde de handdoek, die bijna helemaal wit was van de verf. In plaats van hem bij de was te gooien, kieperde hij hem in de vuilnisbak. Die was toch niet meer te redden.
'Vooruit dan maar. Genoeg gewerkt voor vandaag.'
Vanmaele keek naar de muur waar nog geen vierkante meter bedekt was met verf.
'Zeker?'
'Ja. Zeker. Ik sta morgen wel wat vroeger op om de rest te schilderen.'
Vanmaele sprong blij op uit zijn stoel. Van In pakte zijn jas en ging Vanmaele voor naar de voordeur.
'Weet je wat we ook op zo'n weekend zouden kunnen doen?' vroeg Vanmaele.

‘Wat?’
‘Wandelen.’
‘Wandelen?’
Van In vond wandelen verschrikkelijk. Als er een wereldranglijst bestond van nuttige dingen, dan stond wandelen helemaal onderaan. Je vertrok op een punt, om dan te beginnen stappen en weer te eindigen op datzelfde punt. Dan kon je net zo goed blijven staan en je tijd besteden aan andere dingen. Wanneer je ging wandelen, moest er een doel zijn. Zoals naar het café wandelen, daar maakte hij graag tijd voor.
‘Leo, kun je het me zeker laten weten als je ooit een weekendje weg plant?’
Vanmaele knikte tevreden.
‘Natuurlijk. Heb je er zin in gekregen?’
Van In sloot de voordeur en zette er meteen stevig de pas in.
‘Nee. Maar dan zorg ik ervoor dat ik al andere plannen heb.’

3

Laura Van Lierde trok haar handrem aan en draaide de sleutel om in het contact. De motor van haar Renault 4 hield op met brommen. Haar teamleden vroegen haar vaak waarom ze nog met zo'n aftands vehikel rondreed. Had ze dan als directrice geen recht op een grotere auto? Er waren collega's die een stuk lager in de hiërarchie stonden en rondreden met een Chrysler Voyager of een Mercedes.

Maar Laura was gehecht aan haar auto. Het was haar eerste auto en zolang hij dienstdeed, was ze niet van plan hem te verkopen. Hij was ruim genoeg voor haar alleen en ze kon altijd de achterbank platleggen als ze echt iets groots moest vervoeren.

Zoals een lijk bijvoorbeeld.

Ze opende de kofferdeur en keek naar de grote rol noppenfolie die in haar auto lag. Aan het uiteinde kwamen er enkele haren piepen. Het was toch maar nipt, een Chrysler Voyager was achteraf gezien net iets handiger geweest voor deze uitzonderlijke vracht. Ze boog zich voorover en trok aan de noppenfolie. Er kwam weinig beweging in, alleen enkele bubbeltjes plopten. Waarom moest ze dit ook alleen doen?

Ze keek om zich heen. Ze stond verborgen achter enkele bomen en struiken, uit het zicht van de weg. In de verte stroomde de rivier. Niets overhaasten, ze had tijd.

En toch nam ze haar tijd niet. Er moest maar één iemand

opdagen, maar één iemand haar zien en alles was verloren. Ze wilde hier zo snel mogelijk weg, de nare ervaring van zich afschudden. Er zouden heel wat glazen wijn voor nodig zijn om deze gebeurtenis te vergeten.

Ze trok opnieuw aan het lichaam, maar het lukte haar niet om het goed te verschuiven. Ze schatte de afstand van de auto tot de rivier in. Hoe kon ze helemaal tot daar geraken? Het zou veel te lang duren.

Ze haalde diep adem en deed wat ze op haar werk ook zou doen. In haar gedachten een stap terug zetten. De oplossing die ze voor ogen had proberen te vergeten en een hele nieuwe bedenken. Ze bestudeerde de omgeving. Ze stond aan de voet van een heuvel, vanaf hier liep de weg omhoog. Naast haar sneed de rivier door de heuvel en baande zich een weg door de vallei. Ze stond hier relatief verborgen voor voorbijgangers, maar de tijd die ze nodig zou hebben om het lichaam te versleuren maakte haar kwetsbaar. Ze zou kunnen opteren voor het omgekeerde: meer zichtbaarheid, maar een snellere handeling.

Ze besloot een hernia te voorkomen en voor de laatste oplossing te gaan. Ze klapte het portier van de kofferbak dicht en ging weer in haar auto zitten. Ze startte de motor en schakelde met de pook die naast haar hing. In de eerste versnelling tufte ze naar boven. Ze stopte bij een plek die voldoende bescherming bood. Alleen iemand die nauwgezet keek, zou zich vragen kunnen stellen. Ze stapte uit en luisterde. Geen geluid van auto's, dus moest ze alleen uitkijken voor wandelaars.

Ze opende opnieuw de kofferdeur. Ze zette een voet op de carrosserie en gebruikte nu haar twee handen om het lichaam achteruit te rollen. Het lukte, de bundel viel uit de auto en plofte in het zand. Laura vloekte. Op de achterkant van de achterbank zat een rode vlek. Bloed was langs de folie gesijpeld. Daar zou ze straks op moeten schrobben, nu moest ze eerst voortmaken.

Ze zette haar laars op het lichaam en duwde ertegen. Opnieuw bleef het exact liggen waar het lag. Laura sloot de kofferdeur en drukte haar lichaam tegen de auto. Daarna schopte ze opnieuw tegen de grote rol. Het lukte, het lichaam verschoof, steeds verder, tot aan het punt waar de helling steiler werd. Vanaf daar liet ze de zwaartekracht haar werk doen. Steeds sneller stortte het lichaam in de diepte, en stopte pas aan de rand van de rivier. Laura zuchtte opgelucht. Haar idee had gewerkt.

Ze spitste haar oren. Stemmen, ze kwamen van boven haar. Ze keek naar beneden, in de verte was het lichaam nauwelijks zichtbaar, iemand die niet wist wat het was, zou zich geen vragen stellen. Gewoon doen was de boodschap. En toch werd ze liever niet gezien. Ze liep naar de zijkant van haar auto en zakte door haar knieën. Ze ging ervan uit dat de wandelaars geen acht zouden slaan op een wagen die geparkeerd stond. Met ingehouden adem wachtte ze af.

De mensen waren een tiental meter van haar vandaan. Ze babbelden onophoudelijk, genietend van hun ochtendlijke wandeling. Niemand dacht eraan om te kijken waar de bestuurder van de auto was, niemand vroeg zich af wat die hoop plastic daar beneden aan de rivier was. Laura kwam pas weer in beweging toen ze de stemmen niet meer hoorde.

Voorzichtig daalde ze zelf af. Ze greep de rand van de rol folie en trok eraan. Langzaam rolde ze het plastic uit alsof het een rode loper was, tot het lichaam het water raakte. Met haar laars duwde ze het dieper en dieper, tot het helemaal onder was. Zou het zinken of blijven drijven? Ze had er geen idee van.

En toen wist ze even niet meer wat te doen. Moest ze een gebed zeggen? Of een soort van afscheid verwoorden? Ze schudde haar hoofd. Haar taak zat erop. Nu moest ze vooral die folie laten verdwijnen.

En daarna misschien even zichzelf.

Van Ins hoofd bonsde verschrikkelijk toen hij zijn kantoor binnenstapte. Hij bromde iets naar Versavel, die achterovergeleund aan zijn bureau zat en een dossier bestudeerde.

'Goedemorgen, Pieter.'

'Hm.'

'Zware avond gehad?'

'Nee, ik heb geschilderd. Ik denk dat er veel chemicaliën in die verf zitten. Ik krijg er zware hoofdpijn van.'

'Trek het je niet aan, het zal de moeite waard zijn. Wanneer is de housewarming trouwens? Dan kan ik dat eindelijk eens in mijn agenda zetten.'

Van In moest er niet aan denken. Een hele avond knoeien om schuimwijn in die smalle glazen te schenken. Elke keer als je een beetje fel giet, stroomt het glas over en zit de tafel vol vlekken. En dan toastjes met preparé en eiersla serveren, die veel te vroeg gesmeerd zijn, zodat die toastjes al wak zijn voor iemand er een hap van heeft genomen. Nee, dank u. Een housewarming bij Van In zou met bier uit het flesje en chips uit de zak zijn.

Pas toen hij aan zijn bureau zat, merkte Van In dat ze niet alleen waren in hun kantoor. Er was een tafel bij gezet als tijdelijk bureau, waarachter een jonge agente zat. Van In kneep zijn ogen even dicht en zag allemaal witte vlekken. Hij had koffie nodig, en snel. Hij vond het niet erg dat Versavel hem zijn kater zag uitzweten, maar de collega's hoefden niet te weten dat Vanmaele en hij minstens zes keer hun 'laatste' hadden gedronken in café Vlissinghe.

'Guido?'

Hij wenkte Versavel, maar die begreep de hint niet en bleef

verder in zijn dossier lezen. Van In kwam dan maar zelf overeind en liep naar Versavel toe. Toen hij zich over zijn collega boog, deinsde die geschrokken achteruit.

'Hallo, Pieter. Dat was verf van het merk Duvel, zeker?'

'Ja, het is al goed.'

Van In trok Versavel mee naar de gang. Hij wees naar de jonge agente.

'Wie is dat?'

'Dat wilde ik je nog vertellen. Dat is Meyrem. De Kee heeft haar bij ons gezet om ons te helpen bij nieuwe zaken.'

'Wij hebben toch geen hulp nodig?'

'Ik vind het niet slecht. We hebben meer dan genoeg dossiers te verwerken. Alle handen zijn welkom.'

Van In knikte en wreef zijn ogen uit. Het was alsof er een defect was aan het sluitsysteem van zijn oogleden. Alsof iemand een schroef te hard had aangedraaid.

'We hebben haar niet nodig.'

'Het is geen concurrentie, Pieter.'

Van In bestudeerde hun nieuwe collega. Ze zat kaarsrecht op haar stoel en typte razendsnel een dossier op de computer. Haar zwarte krullen waren opgestoken in een paardenstaart, in haar politiekostuum was geen kreuk te bespeuren.

'Als ze door De Kee is binnengebracht, is het altijd concurrentie, Guido. Het liefst van alles zou hij ons vervangen door een leger van gehoorzame robots.'

'Niet overdrijven.'

'Ik overdrijf niet. Jij mag babysitten op die Robocop daar.'

Dat laatste had hij net iets te luid gezegd. Meyrem draaide haar hoofd naar hen toe, haast mechanisch.

'Ik kan jullie tot hier horen. Het is maar dat je dat weet.'

Van In vloekte binnensmonds en durfde haar even niet aan te kijken. Hij wilde naar de koffiemachine lopen, maar Versavel hield hem tegen.

'Iets anders. Weet je nog dat ik je verteld heb over Nadia?'

Van In probeerde niet te kijken alsof hij het in Keulen hoorde donderen, wat hem aardig lukte, aangezien zijn palet aan gezichtsuitdrukkingen die ochtend beperkt was tot die van een volwassen sharpei.

'Natuurlijk.'

'En? Is het oké?'

Versavel keek hem verwachtingsvol aan, terwijl Van In zijn hersens pijnigde om de juiste linken te leggen. De Duvels van de voorbije avond hadden echter verschillende verbindingen doorgeknipt.

'Ja, dat is prima.'

Versavel balde net niet zijn vuist en lachte breed.

'Super. Ik stuur haar morgenavond bij je langs.'

Van In keek zijn collega verbaasd aan. Langzaam kon hij opnieuw enkele associaties met de naam van Nadia maken.

'Waarom?'

Versavel klopte Van In op de schouder.

'Grapjas. Zie maar dat je klaar bent voor je date. Het zal je deugd doen.'

Van In kneep zijn ogen dicht. Juist, Versavel stalkte hem al enkele weken met de vraag of hij een blind date mocht organiseren met een vriendin van hem. Maar de naam had Van In niet onthouden. Vooruit dan maar, dacht hij, dan was hij tenminste van het gezeur af.

Hij schonk zich een kop koffie in en maakte een wandeling door de gangen om langzaam wakker te worden. Hij genoot van de bedrijvigheid die er heerste in het politiekantoor. Er werden zoveel zaken tegelijk gedaan. Mensen werden er in de eerste plaats geholpen, ze hadden politieagenten zoals hem nodig, dat was het gevoel dat hem voortdreef. De enige momenten waarop de twijfel opstak, waren de keren dat zijn baas zich moeide. Zoals nu: hoofdcommissaris De Kee kwam nijdig door de gang gelopen en zijn gezicht werd rood toen hij Van In zag.

'Wat was dat gisteren allemaal?'

'We moesten een verdwijning onderzoeken', antwoordde Van In kalm.

'Een verdwijning van iemand die niet was verdwenen?'

'Klopt. Dat hebben we dus snel en efficiënt opgelost. Die pluim kunt u weer op uw hoed steken.'

De Kee keek Van In twijfelend aan. Hij wilde kwaad zijn, had niet gerekend op complimenten.

'De volgende keer volg je de procedure.'

'Prima. De volgende keer vraag ik alle documenten en stempels aan, zodat we een week na de verdwijning zeker in actie kunnen schieten.'

Hij liet De Kee staan voor die weer een nieuwe opmerking kon maken. Toen hij weer bij hun kantoor kwam, zag hij dat Versavel en Meyrem gehaast hun jas namen. Van In zette zich op zijn gemak aan zijn bureau.

'Is het al lunchtijd?' vroeg hij lachend.

Versavel nam Van Ins jas van de kapstok en gooide die naar hem toe. Van In ontbeerde die ochtend de juiste reflexen om hem aan te pakken, waardoor de jas zich over zijn hoofd drapeerde. Hij zette zijn kop koffie op zijn bureau en schudde de jas van zich af.

'We moeten vertrekken', zei Versavel. 'Er is een verdwijning aangegeven.'

Van In fronste zijn wenkbrauwen.

'Alweer? Ik heb gisteren nog een verdwijning onderzocht. En toen bleek de vermiste helemaal niet vermist te zijn. Straks moeten we moorden onderzoeken op mensen die nog levend zijn.'

'De centrale sprak van een onrustwekkende verdwijning', zei Versavel serieus. 'Dus ik denk dat het wel ernstig is.'

Van In maakte nog steeds geen aanstalten om te vertrekken.

'En wie is er dan verdwenen?'

'Ligt op je bureau.'

Nu pas zag Van In de post-it die Versavel er had gekleefd. Hij sprong meteen overeind. Hoe was dit mogelijk? Zijn kop koffie helde vervaarlijk naar voren.

'Momentje. Ik kom eraan.'

Karin tuurde naar het huis aan de overkant, het huis van haar zus. Er was al een hele tijd geen beweging meer te bespeuren. Of had ze weer iets gemist? Die ochtend was ze op haar buik op de bank wakker geworden, de kussens nat van het kwijlen. Ze was bijna de hele nacht wakker geweest, maar in de laatste uren voor het ochtendgloren had ze het gevecht tegen de slaap verloren. Toen ze werd gewekt door de geluiden van een dichtslaande deur, was ze te verdwaasd geweest om te reageren. Iemand van de buren had zijn huis verlaten en was met de auto vertrokken, maar ze wist niet wie.

Het was belangrijk dat ze Luc in de gaten hield, dat ze wist wat zijn volgende stappen zouden zijn. Ze had zich al te vaak door hem laten inpalmen. Wist hij wat ze had gedaan?

Ze ijsbeerde door de woonkamer, keek in de spiegel en bekeek de afdruk van de tanden in haar hals. Wat een merkwaardige dag was gisteren geweest. Daarna bleef ze staan voor het boekenrek en nam er het Engelse woordenboek uit. Ze sloeg de kaft open en bekeek de binnenkant, waar een kleine kluis in verborgen zat. Het was kinderspeelgoed, maar Karin had het best wel iets handigs gevonden om iets in haar huis te verbergen. Ze draaide de juiste code en opende de kluis. Voor de zoveelste keer telde ze het geld, het was minstens honderdvijftigduizend frank. Een bedrag dat goed besteed zou worden, maar was het haar al die ellende wel waard?

Wanneer zou ze het hem geven? Ze wist dat hij ongeduldig werd. Maar het was te snel, alles zou uitkomen. Ze schudde haar hoofd, sloot de kluis en zette het boek weer in de kast.

Een nieuw geluid deed haar opschrikken. Stemmen, in de verte. Ze positioneerde zich zo in de vensterbank dat ze ongemerkt het grootste stuk van de straat kon zien. De sanseveria's onttrokken haar bijna volledig aan het zicht. Luc en haar nichtje Peggy wandelden in de richting van haar huis.

Luc drukte nijdig op de bel. Een keer, twee keer, drie keer. Toen hij merkte dat Karin niet kwam opendoen, hield hij zijn duim op de bel gedrukt.

'Ik weet dat je er bent! Doe open!'

Karin kromp in elkaar. Hij wist iets, ze was er zeker van. Het geluid van de bel teisterde haar oren, ze ging op de bank liggen, haar handen tegen haar hoofd.

'Tante Karin?'

Twee ogen staarden haar aan door het raam, tussen de sanseveria's. Peggy. Ze ademde snel in en uit. Ze mocht zich niet laten kennen. Ze kwam overeind en rekte zich uit, deed alsof ze wakker werd.

'Ik kom al!' riep ze.

Onderweg naar de deur keek ze in de spiegel in de hal. Schrok van het bleke gezicht dat het tekort aan slaap had veroorzaakt. Ze kreeg een verbeten trek op haar gezicht. Met een ruk opende ze de deur, vast van plan om zich niet te laten doen. Maar na een zin van Luc zonk de moed haar al in de schoenen.

'Wat heb je met Christine gedaan?'

Hij had het geroepen, zodat de hele buurt kon meeluisteren. Waarom deed hij dat? Had iemand hem gehoord? Ze trok aan zijn arm.

'Stop met roepen. Kom naar binnen!'

'Laat me los', zei Luc met een paniekerige stem. 'Je bent gek, weet je dat?'

Hij klonk niet als Luc. Luc was nooit bang. Waarom deed hij nu dan alsof? Karin zag in verschillende huizen de gordijnen bewegen. En toen, alsof iemand een commando had ingefluisterd, liep hij rustig het huis in. Peggy volgde in zijn kielzog. Karin liet hen passeren, snel nadenkend over hoe ze moest reageren.

In de het midden van de woonkamer bleef Luc staan. Hij staarde naar de roze vlek yoghurt die nog steeds aan de muur hing. Waarom had ze die niet weggeveegd?

'Christine is verdwenen', zei Luc.

Zijn schouders waren nu meer ontspannen, de hevigste emoties waren voorbij. Het leek alsof hij op huilen stond.

'Ik weet het', antwoordde Karin kort. 'Ik heb gisteren haar verdwijning aangegeven.'

Luc draaide langzaam zijn hoofd naar haar toe. Hij zag er moe uit, alsof hij net zo weinig had geslapen als Karin. Zijn haar, dat normaal in een perfecte zijscheiding lag, oogde nu warrig. Op zijn kin stond een kleine stoppelbaard.

'Gisteren?'

'Nadat ik bij jullie was geweest.'

'Ik heb gewoon gezegd dat ze niet thuis was. Jezus, Karin. Ga je iedereen aangeven die niet opendoet wanneer je aanbelt?'

'Ik vond het vreemd.'

Luc ging op de bank zitten, voor de eerste keer sinds Christine hem ooit aan haar zus had voorgesteld. Sindsdien waren ze hier niet meer geweest. Karins hekel aan de man was nog even groot.

'Maar je had wel gelijk', zei hij op zachtere toon. 'Christine is echt verdwenen.'

Karin keek op. Een traan biggelde langs zijn wang. Luc boog voorover en legde zijn hoofd in zijn handen.

'Sinds wanneer?'

'Gisterenavond. Ze is niet meer thuisgekomen. Ik wist dat ze 's avonds nog weg moest voor Gezien, dus ik vond het toen nog niet verdacht. Maar sindsdien heeft niemand haar nog gezien.'

Karin keek van Luc naar Peggy. Peggy staarde naar de grond en beefde een beetje. Het kind was echt in shock.

'En nu?' vroeg Karin.

'We komen net van de politie', zei Luc zonder haar aan te kijken. 'Ze is officieel opgegeven als vermist.'

'Is dat niet te snel?'

Luc hief met een ruk zijn hoofd op.

'Te snel? Waarom? Ben je soms bang dat ze haar sneller zullen zoeken?'

'Wat?'

'Was je daarom gisteren bij ons? Om te kijken wat we wisten? Of we haar al misten?'

Luc keek Karin recht aan. Ze probeerde zijn blik vast te houden, maar zo dapper was ze niet. Haar vuisten balden zich en zochten tegelijkertijd houvast. Ze voelde zich een beetje wegdraaien.

'Ik weet wat je hebt gedaan, Karin.'

Karin stapte achteruit, om zich vast te grijpen aan de tafel. Er kwamen zwarte vlekken voor haar ogen.

'Hoe bedoel je?' bracht ze met moeite uit.

'Ik heb je gezien, op het feest. Je kwam niet zomaar iets afgeven.'

Karins mond was droog, ze kon bijna niet meer slikken.

'Dat heb je fout gezien.'

Luc stond op van de bank. Hij kwam wrang grijnzend op haar toe.

'Ik weet wat ik heb gezien.'

Karin boog achterover, ze kon niet weg, zat klem tussen Luc en de tafel. Hij greep haar bij haar blouse. De tranen in zijn ogen hadden plaatsgemaakt voor bliksemschichten, die hij op haar afvuurde.

'Ik zweer het je, als je iets met haar verdwijning te maken hebt, dan weet ik je te vinden.'

4

Van In vond het vreemd om opnieuw voor de deur van Christine te staan. Alsof hij dezelfde dag opnieuw beleefde, zoals Bill Murray in *Groundhog Day*. Hij hoopte oprecht dat dat niet het geval was, want dan zou hij elke dag opnieuw opstaan met een kater. Hij kon niet geloven dat dezelfde vrouw twee keer kon verdwijnen binnen vierentwintig uur. Versavel drukte niet meteen op de bel en keek om zich heen.

'Gezellige buurt', mompelde hij.

Van In knikte. 'Iedereen houdt elkaar in het oog. Als je hier een keer dronken thuiskomt, weet heel de straat het meteen.'

'Als jij dronken thuiskomt, weet heel jouw straat het ook meteen', zei Versavel met een knipoog. 'Je maakt iedereen wakker met je gestommel.'

Normaal zou Van In kunnen lachen om de plaagstoot van Versavel, maar nu Meyrem erbij stond, vond hij het minder prettig. Hij hoefde voor zijn nieuwe collega niet zomaar direct afgeschilderd te worden als een dronkenlap. Zeker niet als die nieuwe collega een rechtstreekse lijn had met De Kee.

'Heel grappig, Guido.'

'Iemand houdt ons in de gaten', bracht Meyrem hen weer bij de les. 'Het huis hier recht tegenover. Niet kij...'

Maar het was al te laat. Van In had zich veel te bruusk omgedraaid. Hij zag nog net een gordijn bewegen en een vrouw haar hoofd wegtrekken. Hij was er zeker van dat het Karin was. Van In glimlachte.

'Waarom lach je?' vroeg Versavel.

'De sanseveria's', antwoordde Van In. 'Ze heeft echt sanseveria's.'

'Wie is dat dan?'

'Karin Vereecken, de zus van Christine. Zij is gisteren Christine als eerste als vermist komen aangeven. Maar toen ik langsging, bleek die gewoon thuis te zijn.'

'Als ze gisteravond nog thuis was, is het nu dus eigenlijk nog geen onrustwekkende verdwijning', merkte Meyrem op.

'Klopt niet', zei Van In, een tikje betweterig. 'Omdat verschillende mensen de verdwijning zijn komen aangeven, wordt ze wel onrustwekkend.'

Meyrem knikte onzeker, ze durfde Van In niet tegen te spreken. Maar hij wist dat ze eigenlijk gelijk had. Deze verdwijning was niet zorgwekkend. De kans was groot dat er veel te angstig werd gereageerd. Christine kon evengoed bij een vriendin zijn blijven slapen en nu ergens ontwaken op iemands bank.

'Maar niemand wist natuurlijk dat jij hier gisteravond nog bent geweest', zei Versavel verzoenend. 'Tenzij je gisteren nog langs kantoor bent gegaan om een verslag te maken?'

Van In negeerde de opmerking van Versavel. Als hij moest kiezen tussen een verslag typen op een van die nieuwe ondingen en thuis frieten eten, dan was zijn keuze snel gemaakt. Hij knikte naar de deur, benieuwd wie er deze keer zou openmaken.

'Bel maar aan.'

Nora staarde door het raam naar de mensen op de stoep. Ze wilde net naar de fotograaf gaan, maar was blijven staan toen ze het gezelschap zag aankomen. Ze herkende de commissaris van de dag ervoor. Wat kwam hij opnieuw bij Christine en Luc doen? Hij kwam vast weer voor Luc, niet voor de heilige

Christine. Luc had al vaak verteld hoe Christine zich publiekelijk anders voordeed dan in het echt. Altijd lachen naar iedereen, altijd vriendelijk doen, maar als niemand keek, was ze achterbaks en haatdragend. Nora speelde met de brief in haar handen die ze in haar bus had aangetroffen.

Beste Nora, we willen je graag bedanken voor je jarenlange inzet voor Gezien.

Christines glimlach diende haar zaak. Ze was vriendelijk omdat de mensen dan meer in haar winkel zouden kopen. Omdat de mensen dan meer zouden bijdragen op een benefiet van Gezien. En tegelijk was ze meedogenloos voor mensen die ondanks haar zogenaamde goedheid weigerden in de pas te lopen. Dat had Nora aan den lijve ondervonden.

Je was er altijd om de evenementen te ondersteunen en de cliënten van de organisatie een helpende hand te bieden.

Luc had haar vaak verteld hoe moeilijk het was om met zo'n veeleisende vrouw samen te leven. Hij was blij dat hij af en toe eens zijn hart kon luchten bij een begripvol iemand als zij. Zo hield hij het vol. Hij deed het voor Peggy, zei hij zelf vaak. Hij was heel erg op haar gesteld geraakt en wilde haar niet meer alleen laten bij Christine.

Er zijn de laatste tijd echter veel klachten binnengekomen.

Mensen klaagden zo vaak. Dat er hondenpoep op het trottoir lag, dat de bus twee minuten te laat was, dat ze in het restaurant geen mandje met brood kregen. Nora kon er geen greintje begrip voor opbrengen. Het was altijd de schuld van een ander. Als iedereen eerst eens voor zijn eigen deur veegde, dan zou de wereld er al veel mooier uitzien.

Medewerkers werden uitgescholden voor futiliteiten. Als ze iets vergeten waren, kregen ze de huid vol.

Leiderschap was ondankbaar, maar noodzakelijk. Zonder sterke leiders hadden de knapste verwezenlijkingen uit de menselijke geschiedenis nooit bestaan. Als de farao's hadden geluisterd naar hun slaven, hadden ze nooit hun piramides op tijd klaargekregen. En zonder de overredingskracht van Hannibal was zijn leger nooit over de Alpen naar Rome getrokken.

Verschillende slachtoffers waren bang van jou. Ze durfden hun verhaal niet meer te doen uit vrees dat ze je nog kwader zouden maken. Het deed hen denken aan de situatie waar ze net aan ontsnapt waren.

Nora streek een lucifer af en hield die onder de brief. De vlam likte aan het papier. Hij zou nooit hebben bestaan, de klachten zouden nooit hebben bestaan.

Daarom moet ik je helaas meedelen dat vzw Gezien de samenwerking met jou stopzet. Met onmiddellijke ingang.

Nora zag hoe de naam van Christine opgeslokt werd door het vuur. Verbitterd keek ze naar buiten. De vernedering zou ook nooit hebben bestaan.

De man die de voordeur opendeed, knikte hen droevig toe. Zijn haren waren netjes in een zijscheiding gelegd, de boord van zijn roze hemd stak kreukloos boven zijn witte trui uit. Hij had het uiterlijk van een filmster, Van In was benieuwd welke rol hij zou vertolken.

'Jullie zijn van de politie?'

'Commissaris Van In. En dit zijn mijn collega's Versavel en ...'

Van In stokte even. Hij besefte nu pas dat hij niet eens naar Meyrems achternaam had gevraagd.

'Kaya', zei ze licht geïrriteerd.

'Luc Desaeyere. Kom binnen', zei Luc.

Ze belandden opnieuw in de eendenwoonkamer, waar ook Versavel en Meyrem hun ogen uitkeken. Luc bracht hun koffie en thee. Van In was achter de bank blijven staan. Hij had afgesproken met Versavel dat die het gesprek zou leiden en dat hij zou observeren. Tenslotte was hij gisteren al van alles te weten gekomen, dus een frisse invalshoek was welkom.

'U bent dus de nieuwe man van Christine?' stak Versavel van wal.

'Vriend. We zijn niet getrouwd.'

'En Peggy woont hier ook?'

Luc knikte. 'De dochter van Christine.'

Versavel noteerde wat er werd gezegd. Van In bestudeerde de boekenkast die tegen de wand stond. Naast enkele klassiekers zoals de boeken van Jef Geeraerts en Hugo Claus stond er ook heel wat jeugdliteratuur, van Thea Beckman over Jan Terlouw tot Marc de Bel en Anthony Horowitz. Hij was blij dat Peggy nog boeken las. Tegenwoordig leken de kinderen meer geïnteresseerd in computers en hersenloze spelletjes. Laatst liep een kleine jongen zomaar tegen hem aan, zijn blik strak gericht op een gameboy, wat dat ook mocht zijn. Stel je voor dat ook volwassenen zo over straat zouden lopen, hun ogen alleen maar op een toestel gericht.

'Zijn jullie al lang samen?'

'Bijna twee jaar', antwoordde Luc, en er brak iets in zijn stem. 'We zouden het binnenkort gaan vieren. Ik had zelfs gereserveerd bij Heritage.'

Van In kon het verdriet van anderen niet zo goed hanteren. Zijn eigen emoties uiten vond hij al niet gemakkelijk, laat staan dat hij die van een ander moest proberen te verwerken. Luc greep naar het glas water dat hij voor zichzelf had uitgeschonken en dronk gulzig. Zijn handen trilden.

'Hoe hebben jullie elkaar leren kennen?' vroeg Meyrem. Haar hoofd hield ze een beetje schuin, meelevend met de mooie man tegenover haar.

Nu kwam er toch weer een glimlach om Lucs mond. De gedachte aan betere tijden gaf hem kracht.

'Dat is een heel verhaal. Christine heeft een vzw. Gezien.'

'Zo heet de vzw', fluisterde Van In bij het zien van Versavels vragende blik.

'Zij helpen vrouwen die geconfronteerd werden met partnergeweld', ging Luc verder.

'En mannen', voegde Van In eraan toe. Hij was het voorval van de dag ervoor bij de buren nog niet vergeten.

'Ja, natuurlijk. Ook mannen. Al komt dat niet zo vaak voor.'

Het lichte hoofdschudden deed vermoeden dat Luc het zijne dacht over mannen die door hun vrouw geslagen werden.

'Terug naar de vzw', zei Meyrem. 'Hebt u daar Christine leren kennen?'

Van In keek geërgerd naar zijn collega. Versavel moest het verhoor leiden, niet zij.

'Ja. Ik was onder de indruk van hun werk. De manier waarop ze met slachtoffers omgaan, maar ook met daders. Ze proberen niet alleen met de vinger te wijzen, maar mensen ook echt te helpen.'

Hij dronk zijn glas in één keer leeg.

'Christine is fantastisch. Wie bedenkt zoiets? Wie spant zich zo hard in om anderen te helpen? En al het geld gaat naar de vzw, ze keert zichzelf geen loon uit, ook al stopt ze er bijna evenveel tijd in als in haar winkel.'

Luc hief zijn hoofd op en keek hen een voor een aan.

'Ze is een knappe, vrolijke vrouw, die alleen maar aan anderen denkt. Wie zou haar nu kwaad willen doen?'

'Niet te snel conclusies trekken, meneer Desaeyere', merkte Van In op. 'Op dit moment is er alleen nog maar sprake van een verdwijning, er is nog geen aanwijzing dat iemand haar iets heeft aangedaan.'

'Maar ze is weg!'

'Dat klopt. Maar ze kan ook gewoon gevallen zijn met de fiets. Op een afgelegen plek, waar niemand haar vindt. Of ze kan per ongeluk in het kanaal zijn gestapt. Of wie weet is ze in het begijnhof gaan wandelen en is er een zware dakpan op haar hoofd gevallen. Of...'

'Van In, genoeg', kwam Versavel tussenbeide.

Het gezicht van Luc trok plots bleek weg. Hij kwam met een ruk overeind en liep naar de keuken om zijn glas met water bij te vullen. De kleine krokodil op zijn trui ging snel op en neer toen hij weer op de bank ging zitten.

'Ik bedoel dat we niet meteen van kwaad opzet moeten uitgaan', zei Van In verongelijkt.

'Misschien is ze weggelopen', opperde Versavel. 'Misschien wilde ze even alleen zijn? Weg van alle ellende.'

Luc schudde zijn hoofd. 'Dat zou Christine niet doen. Die loopt nooit weg van haar problemen.'

Meyrem tikte met haar pen op haar notitieboekje om de aandacht te vragen. Van In voelde het haar op zijn armen overeind komen.

'Kunt u misschien even terugkomen op uw relatie met Christine? U was aan het vertellen hoe u haar hebt leren kennen.'

Versavel knikte tot Van Ins ergernis goedkeurend, omdat Meyrem iedereen scherp hield. Lucs gezicht bleef echter somber. Hij krabde in zijn nek en staarde naar de grond.

'Dat was niet mijn allerbeste periode', begon hij aarzelend. 'Mijn laatste huwelijk liep niet echt goed.'

'Uw laatste?' vroeg Van In. 'Hoeveel keer bent u dan getrouwd geweest?'

Luc keek hem boos aan, niet bereid om kritiek te aanvaarden van iemand die hij niet kende.

'Twee keer. Is dat belangrijk?'

'In dit soort zaken kan alles belangrijk zijn, meneer Desaeyere. Vertelt u dus vooral verder.'

Luc pulkte aan zijn voorhoofd, waar door een allergie kleine velletjes huid losgekomen waren. Van In kon zich voorstellen dat een ijdel man als Luc zich daaraan stoorde.

'Ik ben redelijk… vurig in de liefde. Als ik voor iemand kies, dan is dat voor tweehonderd procent. Met Magda had ik een fantastische relatie.'

'Magda?' vroeg Versavel.

'Mijn eerste vrouw', verduidelijkte Luc. 'We trouwden snel, we waren nauwelijks een jaar samen. Maar onze relatie, dat was pure passie. We zagen onze toekomst samen, dus waarom wachten?'

Hij glimlachte bij de herinnering, maar zijn lach maakte snel plaats voor een verbitterde trek.

'Maar ze liet me in de steek. Plots dook er een andere kerel op. Hij had meer geld, zeker? Ik was er kapot van. Ik nam me voor om dat nooit meer te laten gebeuren.'

'Hoe bedoelt u?' vroeg Meyrem. 'Dat kunt u toch niet zomaar kiezen?'

Daar leek Luc even over te moeten nadenken. Hij speelde met zijn glas, bracht het naar zijn mond en weer terug. Daarna keek hij Meyrem recht aan.

'Hoe vaak bent u al verliefd geweest?'

Meyrem bloosde. 'Ik…'

'Ik bedoel echt verliefd. Zo tot over je oren dat je een bankoverval zou plegen als hij dat vraagt.'

Meyrem leek niet in staat te antwoorden, opgeslokt door Lucs intense blik. Alsof hij haar in enkele seconden had gehypnotiseerd en zij zich nu aan hem overgaf. Versavel dook tussen Luc en Meyrem.

'Dat doet hier niet ter zake. Vertel maar verder over uw tweede huwelijk. Met wie was dat?'

Luc kwam overeind en begon zenuwachtig door de kamer te lopen.

'Is dat belangrijk? Zouden jullie niet beter naar Christine zoeken? We verspelen hier kostbare tijd!'

Van In wisselde een blik met Versavel. Die knikte, hij zou de ondervraging overnemen.

'Meneer Desaeyere, ik stel voor dat u weer gaat zitten. Als we Christine willen vinden, hebben we alle mogelijke info nodig. En het helpt niet als u van de hak op de tak springt.'

Luc bleef staan bij de golftas en haalde er een club uit. Was het een putter of een wedge? Van In kende er geen jota van. Golfen was voor hem een sport voor dezelfde mensen als zij die graag gingen wandelen. Je maakte jezelf wijs dat je aan sport deed, maar in werkelijkheid was het gewoon een manier om een luie zondag te verdoezelen. Hij durfde te wedden dat zijn hoofdcommissaris De Kee een golfer was. Hij zag hem zo met een geruite broek en een pet op zijn hoofd over de green wandelen, terwijl hij zich bij belangrijke mensen in de gunst probeerde te praten.

Luc streelde eerst liefkozend met zijn vinger over het ijzer van de club en klopte er daarna stevig mee in zijn handen. Hij hield hem vast terwijl hij verder vertelde.

'Mijn tweede huwelijk heeft heel wat langer geduurd. Bijna twintig jaar waren Lieve en ik samen. Het was een mooi huwelijk, met maar één minpunt: we konden geen kinderen krijgen. Maar ik liet me er niet door afschrikken, we waren een mooi stel. We moesten bij elkaar blijven. Daar deed ik alles voor.'

Van In speelde niet graag de party pooper, maar hier had hij geen keuze, want Luc zweeg.

'Maar dat is dus niet gelukt.'

Luc zuchtte diep. 'Nee. De frustratie bij Lieve groeide. Iedereen in haar omgeving kreeg kinderen, of had er al rondlopen. En bij ons lukte het niet. Ik had nog mijn zaak die goed draaide, ik kon mijn gedachten verzetten. Maar Lieve was altijd thuis, ze werd depressief. Dat is zeer confronterend.'

Luc zwaaide met de golfclub. Even dacht Van In dat hij de

vitrinekast met eendjes van Christine stuk zou slaan, maar hij hield zich in. Het kon natuurlijk ook de kast van Luc zelf zijn, maar iets zei Van In dat Luc niet zo'n eendjesverzamelaar was.

'Ik begon te drinken', ging Luc somber verder. 'Ik verloor mijn job en na een tijdje ook mijn huis. Al mijn geld ging op aan drank. Ik was een vogel voor de kat. Tot ik bij Gezien terechtkwam. En bij Christine.'

Versavel stopte even met schrijven en dronk voor de eerste keer van zijn thee. Toen Luc niet spontaan verder vertelde, stelde hij opnieuw een vraag.

'Hoe kom je bij zo'n organisatie terecht?'

'Via een van hun buurtfeesten. Dat doen ze regelmatig. Kijk.'

Hij gooide zijn golfclub op de bank en liep naar het tv-meubel. Hij opende de kastdeur en haalde er een stapel flyers uit. Hij overhandigde er een aan elk van de agenten. Van In bekeek hem en zag dat het feest gepland was voor de volgende dag. Dat zou vast niet meer doorgaan. Terwijl hij de flyer wegstak en de woonkamer rondkeek, zag hij dat de deur naar de keuken een beetje openstond. Zijn aandacht werd getrokken door een plastic zak vol flessen. Luc ging ondertussen verder.

'Om de drempel te verlagen, organiseren ze feesten. Iedereen is welkom en kan iets eten en drinken. Enerzijds brengt het geld in het laatje voor de vzw, maar anderzijds is het ook een manier voor slachtoffers om contact te leggen. Ze komen zogezegd naar het feest, maar stiekem kunnen ze zo hulpverleners om raad vragen. Zo vermoeden hun partners niets. Geniaal van Christine. Ik kwam een keer met een vriend mee en leerde haar kennen. Ik was meteen verkocht.'

Lucs ogen begonnen te fonkelen.

'Zo'n prachtige vrouw. Zij zag al het goede in mij. Zonder haar zwierf ik nu nog door de straten van Brugge, op zoek naar geld om aan alcohol uit te geven. Nu ben ik gelukkig van de drank af.'

Zoals Luc het voorstelde, leek het haast een sprookje. Maar ook in sprookjes waren er wolven en boze heksen.

'Ik kan me voorstellen dat niet iedereen daar zo blij mee was?'

Luc snoof. 'Dat is nog zacht uitgedrukt. Zeker die van hierover gunde me geen kans.'

Hij rolde met zijn ogen en keek ostentatief in de richting van het huis van Karin.

'U schiet niet op met de zus van Christine?'

'Erger! Ze probeerde me meteen al zwart te maken. Gelukkig trapte niet iedereen daar in. Ik bleef welkom op de bijeenkomsten. Hebben jullie haar al ondervraagd?'

'Moeten we dat dan doen?' antwoordde Versavel met een nieuwe vraag.

'Het zou me niet verbazen als zij meer weet over Christine. Ik ben soms zelf bang van haar.'

De haat was op zijn gezicht af te lezen. Maar voor Van In was zijn opmerking niet erg logisch. Als Karin inderdaad meer wist over Christine, waarom zou ze dan haar verdwijning komen aangeven?

Het viel Van In op dat er nergens foto's stonden van het gezin. Wel enkele van Peggy, maar meer niet. Vonden ze het niet prettig om als gezin afgebeeld te worden? Of hadden ze nog niet het gevoel dat ze al een gezin waren?

'Sinds Karin dat geld heeft gestolen, kunnen Christine en Karin elkaars bloed drinken.'

'Welk geld?' vroeg Van In.

'Van de vzw. Enfin. Het is nooit bewezen dat zij het was, maar Christine was er zeker van.'

Van In zag Versavel ijverig noteren. Er waren nog wel wat zaken die een extra controle nodig hadden.

'Het feest zal morgen wel afgelast worden,' zei Van In.

Luc keek op. 'Waarom?'

'Omdat Christine er niet is.'

Luc schudde heftig zijn hoofd. 'Het moet doorgaan. Christine zou dat zo willen. En bovendien, al de mensen die haar kennen, komen daarnaartoe. Zo kan ik meteen aan iedereen vragen of ze iets over haar weten.'

'Zou u dat niet aan de politie overlaten?' vroeg Versavel.

'Jullie zijn meer dan welkom. Maar ik ga niet braaf hier zitten wachten tot jullie haar hebben gevonden.'

Hij klonk strijdvaardig nu. Door het gesprek leek hij te beseffen dat treuren niets zou opleveren. Van In liet hem doen, hij verkoos iemand die zijn gedachten kon verzetten boven iemand die alleen maar huilend op de bank zat. Zolang hij het onderzoek maar niet in de weg liep. En het werd tijd om dat onderzoek op te starten.

'Bedankt voor uw tijd, meneer Desaeyere. Ik heb nog drie vragen. Hebt u er iets op tegen dat ik een team van de recherche het huis laat doorzoeken? Misschien vinden we een aanwijzing.'

Luc schudde zijn hoofd. 'Geen probleem. Alles wat kan helpen, is goed. En de tweede vraag?'

Van In nam het notitieboekje van Versavel en scheurde er een blad uit. Hij legde het op de salontafel voor Luc.

'Kunt u hierop noteren wat u allemaal hebt gedaan sinds gisterenochtend?'

Luc was verrast door die vraag. Hij keek van het blad naar de agenten, alsof hem net gevraagd was om het werk in hun plaats te doen. 'Waarom?'

'Het kan ons helpen Christine terug te vinden.'

'Hoe dan?'

'Laat u dat maar aan ons over.'

Luc krabde opnieuw aan zijn voorhoofd en wreef de velletjes tussen zijn vingers. 'Oké, dan. En wat wilde u nog weten?'

'Zou ik nog even naar het toilet mogen voor we vertrekken?'

'Natuurlijk. Het toilet is achter de keuken.'

Van In knikte dankbaar en liep door de keuken naar het toilet. Hij wachtte een minuut en spoelde dan door. Hopelijk had Versavel de hint begrepen. Toen hij voorzichtig de deur weer opendeed, hoorde hij Versavel praten. Hij legde uit wat de volgende stappen in het onderzoek zouden zijn. Dat ze op zoek zouden gaan naar signalen die erop wezen dat Christine zelf vertrokken was, zoals een afscheidsbrief of uitspraken die ze tegenover iemand had gedaan. Dat ze op zoek zouden gaan naar de plek waar ze laatst gezien was, om van daaruit verder te zoeken. Dat ze bij de verschillende ziekenhuizen zouden navragen of er iemand was binnengebracht met haar naam. En dat ze de nodige ondervragingen zouden doen om een aanknopingspunt te hebben.

Terwijl Versavel vertelde, liep Van In naar de plastic zak met de flessen. Het waren verschillende soorten drank bij elkaar. Van bruiswater tot witte en rode wijn, tot zelfs pure wodka. Van In boog snel voorover en rook eraan. Hij was er bijna zeker van dat die er nog niet zo lang stonden.

Iemand in dit huis dronk dus nog, in tegenstelling tot wat Christine gisteren had verteld. En als het Luc niet was, dan moest het Christine zelf zijn. Zijn voorgevoel zei hem dat het niet de enige leugen was die zonet verteld was.

5

Van In bestudeerde het verslag van de huiszoeking bij Luc en Christine. Er was weinig gevonden, er waren geen aanwijzingen dat Christine ervandoor wilde gaan, er was geen afscheidsbrief die een tragischere afloop deed vermoeden. Een van de onderzoekers had wel een opmerkelijke geur van schoonmaakproducten gemeld, maar volgens Luc was dat normaal: Christine paste de hygiëneregels die ze voor haar winkel hanteerde ook bij haar thuis toe.

In de winkel hadden ze één aanwijzing gevonden. Er hing een geschreven briefje van Christine op de glazen deur, waarop stond dat de winkel die middag iets langer gesloten zou zijn. Christine had dus geweten dat het een speciale namiddag zou worden. Maar waarom was niet duidelijk. Wat had haar doen beslissen om langer te sluiten?

Ook het tijdschema dat Luc had doorgegeven, was weinig verhelderend. Luc was gaan lunchen en daarna rechtstreeks naar de RVA gegaan. Hij had zelfs het bonnetje van het restaurant toegevoegd. Verder had hij het grootste deel van de dag thuis doorgebracht. Rond etenstijd was hij naar een doe-het-zelfzaak gegaan, dat moest het moment zijn geweest waarop Van In was langsgekomen. Christine was na haar werk in de winkel meteen vertrokken naar een afspraak voor Gezien, maar was daarna niet meer thuisgekomen.

Hoe langer Van In naar het verslag keek, hoe meer hij begon

te denken dat het een loos geval was. Tien tegen een dat Christine binnenkort weer ergens zou opduiken. Ze had even genoeg gehad van alle spiedende ogen die elke stap volgden die ze deed. Ze moest gewoon even weg, Van In kende dat gevoel maar al te goed. Bij een tirade van De Kee of bij een zoveelste bureaucratische oplossing binnen het korps, wilde hij soms ook even weg. Hij hield niet van gedoe.

Hij legde de documenten weg en keek tevreden naar de schragen die in het midden van zijn woonkamer stonden. Daarop lagen de houten plinten die een witte laag verf moesten krijgen. Versavel had hem gezegd dat voorbereiding alles was bij het schilderen, en voor een keer had Van In geluisterd. In plaats van meteen verf op het hout te kwakken, had hij nagedacht over een snelle manier van verven en drogen.

Hij ging op zijn rechterknie zitten en nam een spatel om het blik verf te openen. En toen ging de bel. Hij twijfelde nog even om de onverwachte bezoeker gewoon aan de deur te laten staan, maar besloot dan toch maar open te doen. Snel afwimpelen en verder werken. Het was vast een kind dat iets kwam verkopen voor een goed doel. Stiften voor de Damiaanactie, of van die onnozele mannetjes die je aan elkaar kon hangen van Vredeseilanden. Van In liet het kind de prullaria meestal houden en gaf gewoon het verschuldigde geld. Of de kleine verkoper dat geld dan lekker in zijn zak stak of de extra inkomsten naar het goede doel liet gaan, zou Van In worst wezen. Zijn schuldgevoel was in elk geval tijdelijk afgekocht.

Maar het was geen kind dat voor de deur stond. Een jonge blonde vrouw met twee vlechten in haar haren keek hem lachend aan. Ze had een denim tuinbroek aan met daarboven een wit topje. Als dit de nieuwe verkoopsters van goede doelen waren, dan was de honger binnenkort de wereld uit.

'Hallo. Jij bent Pieter?'

Het was dan nog eens een heel persoonlijke verkoopstrategie. Van In was nu al verkocht.

'Ja?'

'Ik ben Nadia.'

Van In kon zich wel voor het hoofd slaan. Versavel had gezegd dat hij zijn vriendin langs zou sturen, maar hij was het helemaal vergeten. Hij keek naar zijn broek die vol verf hing en zijn bezwete T-shirt. Ze zou een mooie eerste indruk van hem hebben.

'Ja, natuurlijk. Nadia,' stamelde Van In. 'Ik had even de tijd uit het oog verloren. Druk bezig. Kom binnen.'

Hij deed een stap opzij en liet Nadia door. Ondertussen draaiden zijn hersenen overuren om een oplossing te zoeken die niet zou verraden dat hij het rats vergeten was.

'Je bent aan het schilderen?'

'Ja. De laatste loodjes.'

In feite waren het de eerste loodjes, want Van In had nog niets geverfd buiten dat ene hoekje op die ene muur. Maar dat hoefde Nadia niet te weten.

'Fijn, zo'n man die de handen uit de mouwen steekt.'

'Ach,' wuifde Van In het weg.

Hier konden ze niet blijven, hij kon Nadia moeilijk vragen om mee te helpen schilderen, zelfs al had ze een tuinbroek aan. Maar hij had ook niets gereserveerd.

'Ik zal me even omkleden en dan zullen we vertrekken. Is dat goed?'

'Prima.'

Nadia keek even rond of ze ergens kon gaan zitten, maar bleef dan wijselijk staan. Van In trippelde de trap op naar zijn slaapkamer. Hij gooide zijn T-shirt in de was en zocht naar een nieuw zo min mogelijk gekreukt exemplaar. Hij twijfelde tussen een jeans en een kostuumbroek en koos uiteindelijk voor een jeans, zodat hij beter paste bij Nadia's outfit. Hij friste zich op in de badkamer, gooide wat water door zijn haar en knikte zichzelf toe in de spiegel. Daarna haastte hij zich weer naar beneden. Nadia liep bewonderend de woonkamer rond.

'Je woont hier wel mooi.'

'Dank je. Het is het huis waar ik altijd al wilde wonen. Zodra het te koop stond, heb ik me erop gestort. Maar het moest nog wel een beetje opgeknapt worden.'

'En jij bent ook opgeknapt, zie ik. Waar gaan we naartoe?'

Van Ins oog viel op de flyer die hij de dag ervoor van Luc had meegekregen.

'Ik hou wel van verrassingen', antwoordde hij. 'Ik heb iets heel speciaals in gedachten.'

Karin keek naar de beweging in de Raamstraat. De bewoners sijpelden binnen op het buurtfeest, opgemaakt en met hun vrolijkste glimlach, alsof ze naar de zondagsmis gingen. En ze gingen om dezelfde reden als waarom ze naar de kerk zouden gaan: om gezien te worden, niet omdat ze geloofden. Ze luisterden op dezelfde manier naar Christines redevoeringen als naar de preek van de pastoor: het ene oor erin, het andere er weer uit. Net als God kon dat hele gedoe rond partnergeweld hun gestolen worden. Partnergeweld was iets wat anderen overkwam, niet hun. Net zo ongrijpbaar als de heilige geest. Maar er viel achteraf goedkoop iets te drinken, dus bleven ze komen.

Christine had het Karin nooit in dank afgenomen dat ze dat zo durfde te stellen. Karins voorstellen voor vernieuwing werden afgewezen, net als suggesties om efficiënter te werk te gaan. Gezien diende vooral als alibi om zelf feestjes te organiseren. Of mensen er echt mee geholpen werden, was niet meer zo duidelijk.

Karin twijfelde. Ze moest in actie komen, maar ze durfde niet. Had Luc haar geheim doorverteld? Hoe zouden de mensen reageren? Misschien moest ze zich er gewoon niets van aantrekken.

Ze liep naar de tafel en kieperde de resten van een voorverpakte lasagne in de vuilnisbak. Haar maag was gevuld, maar de voedingswaarde was ongetwijfeld nihil. Zo kon ze niet blijven doorgaan, ze zou ziek worden. Maar voorlopig durfde ze niet aan het geld te komen. Het was niet voor haar, Malik had het nodig. Zou het nodig hebben. Wanneer ging hij er eindelijk eens werk van maken? Wanneer zou hij er eindelijk in slagen om onder het juk van Nora uit te raken? Als hij niet snel actie ondernam, moest ze het geld zelf maar gebruiken. De aanmaningen voor de terugbetaling van de lening van haar huis bleven maar komen. Ze had zichzelf in het nauw gedreven met die hoge rentevoeten. Van haar loon als halftijdse bediende bleef aan het einde van de maand niets meer over. Ze moest zichzelf ook niet te veel wijsmaken, er zou een dag komen waarop ze het niet meer kon laten liggen.

Waarom liet Luc het feest eigenlijk doorgaan? Christine was vermist, er was helemaal geen reden tot feesten. Wat zou er nog moeten gebeuren voor die schijnheilige vertoning zou stoppen? Die klootzak wilde vast de show stelen, de aandacht naar zich toe trekken. Misschien kon hij zijn zielige verhaal nog eens brengen.

Karin keek opnieuw door het raam. Tot haar verbazing zag ze de commissaris weer door de straat lopen. Wat deed die hier?

'Een buurtfeest?' vroeg Nadia.

'Niet zomaar een buurtfeest,' antwoordde Van In. 'Een voor het goede doel.'

'Welk doel dan?'

'Partnergeweld.'

'Dus mensen komen samen om partnergeweld te steunen? En dan rammelen ze elkaar af bij het afscheid?'

'Nee, tégen partner...'

Van In stopte halverwege zijn zin toen hij in de gaten kreeg dat Nadia hem in de maling nam. Ze liepen door de Raamstraat en opnieuw had Van In het gevoel dat hij bekeken werd. Deze keer niet zozeer van achter de ramen, maar eerder door de mensen op straat.

In de buurt van Christines huis aan het einde van de Raamstraat, op het kruispunt met Zakske, waren enkele lange tafels naast elkaar gezet. De straat liep dood, waardoor er geen onverwacht verkeer kon opduiken. Er hingen guirlandes in allerlei kleuren tussen de gebouwen en er stonden kaarsen op de tafels. Iemand had zijn garage geopend om de koelkasten van stroom te voorzien en daarvoor was ook de toog geplaatst. Van In keek rond, maar zag niet meteen iets om te eten.

'Heb jij al gegeten?' vroeg hij.

Nadia schudde haar hoofd.

'Ah, dat heeft Guido niet goed gecommuniceerd.'

In zijn hoofd verontschuldigde hij zich bij zijn collega voor het doorschuiven van de zwarte piet.

'Dat lossen we wel op.'

Van In liep naar de toog en keek op de prijslijst. Er waren zakjes chips, nootjes en kauwgomballenrepen. Niet meteen de meest voedzame opties.

'Hebben jullie ook iets om te eten?' vroeg hij aan de vrouw die achter de toog stond.

'Straks komen er hotdogs.'

Van In keek even om en stak zijn duim op naar Nadia. Hij wist niet of ze fan zou zijn van zijn oplossing, maar het zou tenminste hun maag vullen. En dan kon hij meteen inschatten wat voor iemand Nadia was: een plantrekker of een zeurpiet. Hij bestelde twee Duvels en zocht naar een rustige plek waar twee personen konden zitten. Veel stoelen waren echter al bezet, waardoor ze in het midden van een van de tafels belandden, naast elkaar in plaats van over elkaar.

'Dit is, eh, gezellig', zei Nadia toen ze op haar stoel zat. Ze nam de Duvel aan van Van In en fronste haar wenkbrauwen. 'Duvel?'

'Lust je dat niet?'

'Ik weet het eigenlijk niet. Ik heb het nog nooit gedronken.'

Van In hief zijn glas en tikte het tegen het hare. 'Dan wordt dit een avond van veel eerste keren. De eerste keer op een buurtfeest tegen partnergeweld, de eerste keer Duvel en de eerste keer hotdogs op een date.'

'Hotdogs?'

'Sorry, ze hebben niets anders.'

'Ik ben dol op hotdogs.'

'Dan zijn we al met twee. Met of zonder zuurkool?'

'Met.'

Van In trok een grimas.

'Verdorie, net toen ik dacht dat het begon te vlotten.'

Nadia bracht de Duvel aan haar lippen en proefde. Van In zag aan haar reactie dat ze het niet meteen lekker vond. Maar toegeven deed ze dat niet.

'Pittig', zei ze.

'Zal ik iets anders voor je halen?'

'Nee, ik drink hem wel uit.'

Van In keek om zich heen. Hij merkte dat de sfeer eerder sereen was, niet het uitbundige karakter van een doorsnee buurtfeest. De verdwijning van Christine had zijn effect. Hij vroeg zich af wie er naar dit soort feesten kwam. Was hier iemand die Christine kwaad wilde doen? Toen hij opnieuw naar Nadia keek, merkte hij dat ze hem vragend aanstaarde. Hij had iets gemist.

'Sorry, kun je dat nog eens herhalen?'

'Wat is jouw band met Guido?'

'O, heeft hij dat nog niet verteld? We werken al jaren samen. Hij is mijn beste vriend.'

Aan haar reactie zag hij dat ze dat eigenlijk al wist, maar dat ze een aanknopingspunt had gezocht om over te praten.

'En hoe ken jij hem?'

'We zijn na een optreden in gesprek geraakt. Guido houdt van klassieke muziek.'

'Welk optreden was dat?'

Nadia glimlachte. 'Een van mij.'

Van In dronk van zijn Duvel en knikte goedkeurend. 'Treed jij op?'

'Soms.'

'Heb je dan een groepje ofzo? Of hoe heet dat? Een band?'

Nadia schudde haar hoofd en lachte. Ze had een aanstekelijke lach, waardoor Van In meteen mee begon te grijnzen.

'Wij noemen dat een orkest. Ik speel viool bij het Collegium Instrumentale Brugense.'

'Klinkt als een sekte.'

'Dat is het soms ook. We moeten allemaal minstens een keer per week seks hebben met de dirigent.'

Van In stond enkele seconden perplex voor hij besefte dat ze een grapje maakte. Hij begreep waarom ze bevriend was met Versavel.

'Dat is ook een fulltime job voor die man. De hele tijd met zijn stokje zwaaien.'

Ze lachten allebei. Nadia tikte nog eens tegen zijn glas en nipte voorzichtig. Van In wist nu al dat ze haar glas nooit zou leegdrinken. Geen probleem, hij zou zich opwerpen als redder in nood.

'Het lijkt soms wel een fulltime job', zei ze. 'We repeteren haast elke dag in de stadsschouwburg tegenwoordig.'

Van In knikte, maar luisterde nog maar half. Hij had gemerkt dat tegenover hem iemand al de hele tijd in zijn richting aan het kijken was. En het was pas toen hij echt opkeek dat hij de man herkende. De buurman van Christine, Malik.

'Alles oké?' vroeg hij vriendelijk.

De man knikte. 'Natuurlijk. Wat zou er mis kunnen zijn?'

Van In besloot het spel mee te spelen, het was duidelijk niet het juiste moment, noch de juiste plaats om herinneringen op te halen aan de ruzie van twee dagen geleden.

'Ik dacht dat jullie je wel zorgen zouden maken om Christine.'

'Is ze nog altijd niet terug?'

Van In schudde zijn hoofd. Nadia keek verbaasd op.

'Wie is er verdwenen?'

'De buurvrouw van meneer...'

Hij keek vragend naar de man.

'Benali. Zeg maar Malik. Ik dacht dat ze al terug was, aangezien het feest doorging. Maar goed, wie weet vinden we nog wel ergens een aanwijzing.'

'Dat zou mijn werk makkelijker maken', zei Van In.

'Jij onderzoekt die zaak?' vroeg Nadia.

Van In kon niet helemaal afleiden of het een uitroep van bewondering was of eerder verwondering dat hij in zijn vrije tijd nog altijd met zijn werk bezig was. Of vooral: tijdens een date met haar.

'Ja, samen met Guido. Maar we zijn nog niet opgeschoten. Al heb ik mijn twijfels of er wel een echte zaak is. Ik denk dat Christine er gewoon even tussenuit moest.'

'Echt? Hebben jullie dan al meer ontdekt?' vroeg Malik.

'Ja', knikte Van In. 'Ik heb vooral het gevoel dat Luc en Karin geen goede vrienden zijn.'

'Dat is het minste wat je kunt zeggen.'

'Waarom?'

Malik haalde zijn schouders op. Hij wreef met zijn hand over zijn stoppelbaard. De zuiderse trekken op zijn vriendelijke gezicht gaven hem iets mysterieus.

'Dat weet toch iedereen?'

'Ik niet. Ik woon niet in deze straat. Waarom is Luc geen fan van Karin?'

'Sinds zijn komst zijn de problemen begonnen.'

'Welke problemen?'

'Tussen Christine en Karin. Christine heeft haar zus uit de vzw gegooid.'

'Dat is drastisch. Waarom?'

'Ze waren het niet eens over het beleid. Karin vond dat ze strenger moesten optreden.'

Van In besloot ineens grondig door te vragen.

'Tegen wie?'

'Tegen de vrouwen die steun kregen.'

Van In wilde opmerken dat ook mannen steun konden zoeken bij de vzw, maar hij slikte de opmerking net op tijd in. Hij moest ervoor zorgen dat Malik niet dichtklapte.

'Dat klinkt hard. Waarom zou je daar strenger tegen optreden?'

'Karin vond het jammer dat veel vrouwen eerst werden opgevangen, maar dan na enkele weken weer naar hun man terugkeerden. De vzw investeerde geld en tijd in mensen en het leverde te weinig op.'

Van In liet de informatie even bezinken. Pech dat Versavel er niet bij was, die zou alles al in een schriftje hebben genoteerd. Al was het voor Nadia helemaal vreemd geweest als ook Versavel op hun date was verschenen. Het was nu al origineel genoeg.

'Waarom keerden die vrouwen zo snel terug? Ze wisten toch dat het slecht zou aflopen?'

Voor de eerste keer aarzelde Malik. Hij nam de Duvel aan die Nadia hem bracht en legde zijn beide handen rond het koude glas.

'Dat is inderdaad moeilijk te verklaren. Hun mannen zijn op het eerste gezicht ook geen baarlijke duivels. Het zijn vaak charmante kerels, graag gezien in de buurt, altijd in voor een grapje. En zij vertellen een ander verhaal over hun vrouw. Ze vertellen dat ze depressief zijn, dat ze zichzelf niet meer verzorgen, dat ze geen zin hebben om nog buiten te komen.'

Van In luisterde aandachtig, liet hem de kans om zijn verhaal af te sluiten. Sprak hij nog over de vrouwen in de vzw of over zichzelf?

'Dus als zo'n vrouw daarna een keer tegen de deur is gelopen, of van de trap gevallen, dan geloven de mensen dat.'

Van In keek om zich heen en merkte dat Nadia verdwenen was. Ze stond in de verte met een hotdog in haar hand. Hij moest dringend naar haar toe. Hij bedankte Malik voor het gesprek en liep naar Nadia. Ze stond te praten met Nora, terwijl ze aan haar tweede hotdog begon.

'Smaakt het?'

'Als in een driesterrenrestaurant', lachte Nadia. 'Zacht gegaard vlees op een bedje van zuurkool, afgewerkt met toefjes van mosterd, mayonaise en ketchup.'

'In dat geval trakteer ik deze keer', knipoogde Van In. 'Jij mag de volgende keer in een echt sterrenrestaurant betalen.'

'Komt er dan een volgende keer?'

'Eentje met minder volk misschien?'

Van In besefte dat het tijd was om op te stappen. Hij zou nog een hotdog voor zichzelf bestellen en dan moesten ze ervandoor, naar een rustige plek. Maar Nora had het zo niet begrepen. Ze keek naar Van In met een blik die hem rillingen gaf. Voor de eerste keer die avond voelde hij zich niet welkom op het feest.

'Is er al nieuws over Christine?'

'Nee. Het onderzoek is volop bezig', antwoordde hij aarzelend. 'We hebben het huis al doorzocht, maar nog niet veel aanwijzingen gevonden.'

'Luc is er kapot van.'

Van In speelde met zijn Duvel, nipte even.

'Dat kan ik me voorstellen. Hoe was de reactie op de komst van Luc in de straat eigenlijk?'

Nora fronste haar wenkbrauwen.

'Wat bedoelt u daarmee?'

'Jullie lijken me een hechte buurt, waarin Christine en Gezien een belangrijke plaats hebben. Ik kan me voorstellen dat mensen vreemd opkeken als net Christine met iemand met een bewogen verleden tevoorschijn kwam.'

Nora dacht even na over haar antwoord.

'Dat viel eigenlijk wel mee. Eerst waren de meningen verdeeld. Sommigen vonden het knap van Christine, dat ze haar eigen filosofie ook in de praktijk bracht door mensen nieuwe kansen te geven. Anderen vreesden dat hij van haar goedheid profiteerde.'

'In welk kamp zat u?'

'Ik vond het prima. Luc was altijd vriendelijk, altijd beleefd. Heel bescheiden eigenlijk, hij zorgde ervoor dat hij niet opviel. Christine had het wat moeilijk de laatste tijd en hij hield haar recht. Dat was mooi, hij steunde haar ook als het minder ging.'

'Waarom had ze het moeilijk?'

'Dat weet ik niet. Ik moei me niet te veel.'

'Wat was zijn verhouding tot Karin?'

Nora moest hardop lachen, al klonk het eerder vals dan gemeen. 'Ik vermoed dat u dat antwoord al wel kent. Luc is bang van Karin. Gisteren nog: hij passeerde haar huis en ze probeerde hem aan te vallen.'

Van In vroeg zich af waarom Luc daar niets van had gezegd.

'Wat vond Christine daarvan?'

'Die baalde, want voor Christine moet iedereen goed opschieten met elkaar. Toen Karin nog in de vzw zat, hebben

Christine en Karin eens openlijk een fikse ruzie gehad. Het was ook op een buurtfeest. Heel Brugge heeft hen gehoord.'

'En niet veel later heeft Christine Karin uit de vzw gezet?'

'Dat was te verwachten. Die ruzie heeft de beslissing alleen maar versneld.'

Ze boog zich een beetje voorover naar Van In. De lach op haar gezicht was al lang weer weggeëbd, alleen de kille blik bleef over.

'Soms is het beter wanneer iedereen zich met zijn eigen zaken bemoeit. Dan hoeft niemand ruzie te maken.'

'Ik zal het onthouden.'

Van In maakte in gedachten een aantal notities. Hopelijk herinnerde hij zich alles nog de volgende ochtend. Om geen risico te lopen zette hij zijn Duvel opzij. Hij knikte naar Nora en zocht opnieuw naar Nadia. Hij zag haar nergens. Verdorie, was ze weggegaan?

Hij liep tussen de tafels en zocht haar. Misschien was ze even naar het toilet gegaan. Misschien moest hij gewoon even wachten. Altijd op dezelfde plaats blijven staan als je iemand kwijt was, zo hadden zijn ouders het hem altijd ingeprent. Maar in zijn binnenste wist hij dat het zinloos was. Nadia was weg, ze zou hem niet komen zoeken. En hij kon het haar niet kwalijk nemen. Hij kon maar beter nadenken over hoe hij dat aan Versavel zou uitleggen de volgende dag. Maar voor hij daarover na kon denken, werd zijn aandacht getrokken door een nieuwe gast op het buurtfeest, naar wie alle hoofden zich draaiden zodra ze aan het hoofd van een van de tafels stond.

Karin.

Er stonden tranen in haar ogen, ze had een vastberaden blik op haar gezicht.

'Ik ga morgen Christine zoeken!' riep ze. 'Ik kam heel Brugge uit, tot ik haar heb gevonden. Iedereen die wil, mag meedoen!'

6

'Peggy?'

Luc klopte op de kamerdeur van zijn stiefdochter. Hij zou nooit zomaar binnenkomen, hij vond het belangrijk dat een tiener haar privacy kon hebben. Toen hij geen antwoord kreeg, klopte hij nog een keer.

'Peggy?'

Nu pas hoorde hij het geluid van stromend water dat uit de badkamer kwam. Peggy stond in de douche. Luc liep naar de badkamer en duwde zacht tegen de deur. De badkamer was mistig door de stoom, hoog tijd dat ze een beetje verlucht werd. Zijn blik viel op het douchegordijn dat niet helemaal gesloten was. De contouren van Peggy werden zichtbaar. Ze zou een prachtige vrouw worden, net als haar moeder. Even bleef Luc kijken, maar hij trok zijn hoofd terug toen Peggy bewoog.

Hij liep terug naar haar kamer. Het was een stort, zoals gewoonlijk. Meestal was het Christine die haar dochter verplichtte om op te ruimen, maar nu zij er niet was, liet Luc Peggy haar gang gaan. Als het te erg werd, zou ze vanzelf in actie komen.

Hij luisterde, de douche stond nog steeds aan, Peggy zou niet meteen uit de badkamer komen. Hij stapte naar binnen en bestudeerde haar kamer. De posters aan de muren wekten de illusie dat ze nog steeds een klein meisje was, maar de tafel met make-up, nagellak en lippenstift verraadden de ontwikkeling van een jonge vrouw. Een evolutie die Luc alleen maar kon toejuichen.

Hij trok een van de lades open en zag ook hier hoe de inhoud de veranderingen weerspiegelde. Naast enkele stapels rozig briefpapier met paarden op en twee pennen met verschillende kleuren, lag een pak condooms. Zouden de speurders dat ook hebben gezien? Waarschijnlijk wel, ze waren grondig te werk gegaan.

Hij sloot de lade weer. Het water in de badkamer was gestopt met stromen. Zijn blik viel op een kostuumjasje dat aan een kapstok van een giraf aan de muur hing. Hij had het nog nooit gezien. Hij nam het in zijn handen. Het was een bruin jasje met lapjes op de ellebogen. Dat gaf iemand een schijnbaar intelligente look. De badkamerdeur ging open, hij glipte naar buiten, net voor Peggy opkeek en hem aan haar deur zag staan. Hij verborg het jasje achter zijn rug, klopte op de deur en draaide dan schijnbaar verrast zijn hoofd naar haar.

'Daar ben je! Ik vond je niet.'

Peggy rolde met haar ogen. 'Zo groot is het huis nu ook weer niet.'

Hij lachte. 'Je hebt gelijk.'

Ze had haar handdoek om zich heen geslagen. Haar natte haren zorgden voor krullen die uitwaaierden tot over haar borsten. Hij moest zijn best doen om haar niet aan te staren.

'Wat kwam je doen?'

Luc schrok op uit zijn gedachten.

'Ik kwam vragen of ik iets van de bakker voor jou moet meebrengen.'

Van In keek met gemengde gevoelens naar de inwoners van de Raamstraat die zich hadden verzameld aan het huis van Christine. Ze waren met een stuk of tien, niet meteen de grote massa waarop Karin had gehoopt. Was dat het gevolg van het gekibbel tussen Karin en Christine? Vertrouwden de buren Karin niet meer? Ze waren gewapend met plattegronden van Brugge, wandelschoenen en zaklampen, ook al was het klaarlichte dag. Karin gaf aanwijzingen over haar plan.

Van In liet de mensen in de waan dat hun zoektocht iets zou opleveren. Liever dit scenario dan dat ze zijn eigen onderzoek dwarsboomden. Versavel en hij hadden besloten een stuk mee te stappen met de optocht, zodat ze de burgers het gevoel gaven dat hun verdriet serieus werd genomen. Versavel was zo keurig geweest om ook Meyrem mee te vragen, tot ergernis van Van In. Tijdens het wandelen begon Versavel eerst over iets anders.

'Hoe was je afspraakje met Nadia?'

Van In durfde zijn collega nauwelijks aan te kijken.

'Ach, je weet wel. Gewoon...'

'Nee, ik weet helemaal niet hoe jouw dates verlopen, Pieter', lachte Versavel. 'Wat is gewoon?'

'We zijn iets gaan drinken.'

'Ai, ik had gezegd dat jullie iets zouden gaan eten.'

Meyrem liep net achter hen, en toen Van In even omkeek, zag hij dat ze geamuseerd meeluisterde. Zijn gezicht stond op onweer.

'Dat had ik dus niet helemaal begrepen. Maar ik heb een oplossing gezocht.'

'Blij dat te horen. Waar zijn jullie naartoe geweest?'

'Naar het buurtfeest.'

'Een buurtfeest? Ik wist niet dat er in de Vette Vispoort buurtfeesten werden gehouden.'

'Het was geen feest van mijn buurt.'

'Van wie dan wel?'

Van In schudde met zijn hoofd in de richting van de huizen. Zijn ogen rolden in alle richtingen.

'Wat? Het feest van Gezien?'

Versavel bleef staan en legde zijn hand op Van Ins schouder. Zijn andere hand gleed over zijn eigen gezicht.

'Ik regel een date voor je met een prachtige vrouw en jij neemt haar mee naar je werk?'

Van In haalde zijn schouders op.

'Kom kom. Dat is ook niet echt mijn werk. Ik had niets gereserveerd en het was in de buurt. Het was best gezellig, hoor. Ik ben veel te weten gekomen.'

'Over Nadia?'

'Eh... Ze speelt cello?'

'Viool.'

Van In keek naar de mensen om hen heen. Ze keken geconcentreerd in het rond, op zoek naar sporen van Christine. Sporen die ze nooit zouden vinden. Karin liep voorop, als een krijgsvrouw in de strijd, blij dat de andere buurtbewoners zich achter haar initiatief schaarden.

'Ik denk dat ik iets goed te maken heb', bromde Van In.

'Wees daar maar zeker van.'

Van In baande zich een weg naar voren, met Versavel en Meyrem achter zich aan. Hij ging naast Karin lopen.

'Het is een mooi initiatief', zei Van In.

'Maar het heeft weinig zin', zei Karin. 'Dat weet ik ook wel.'

Ze bleef met snelle passen de groep aanvoeren. Door haar kleine gestalte en gestage pas had ze veel weg van een generaal die zijn leger deed oprukken. Het viel Van In op dat ze niet op haar zus leek. Die was veel groter en slanker.

'Het toont dat u bezorgd bent om uw zus. Uit alle verhalen die ik hoorde, leek het eerder alsof jullie ruzie hadden. Christine heeft u zelfs uit de vzw gezet.'

Karin vertraagde even.

'Ik ben er zelf uitgestapt.'

'Omdat u het niet eens was met het beleid?'

'Precies. Ik wilde de vrede bewaren. Iemand anders had al genoeg ruzie veroorzaakt.'

Karin keek Van In niet aan. Haar blik verplaatste zich van de grond naar de berm en vervolgens naar de mensen op straat. Alsof ze stiekem hoopte Christine plots te zien opduiken. Zouden ze elkaar in de armen vallen of zou de begroeting eerder ongemakkelijk zijn? De reden waarom Karin de vzw had verlaten was duidelijk, van de manier waarop bestonden er verschillende versies. Kon de ruzie geëscaleerd zijn? Was heel deze zoektocht bedoeld om een rookgordijn op te trekken? Om zichzelf minder verdacht te maken? Luc had al in haar richting gewezen. Was ze inderdaad iemand om bang van te zijn?

'Luc?' mengde Meyrem zich in het gesprek.

'Wie anders?'

Van In herinnerde zich het misprijzen van Karin toen ze voor de eerste keer zijn naam noemde.

'Jullie schieten niet met elkaar op?'

'Dat is zacht uitgedrukt. Luc is een profiteur, maar Christine wilde dat niet inzien.'

'Maar u hebt haar dat wel duidelijk proberen te maken?'

Karin liep de Sint-Jakobsstraat in en keek om zich heen. Het was een straat zonder veel nissen. Hier zouden ze weinig vinden.

'Ik heb dat geprobeerd, ja,' zuchtte ze. 'Maar Christine wilde niet luisteren, ze was verliefd.'

'U geloofde niet dat Luc veranderd was?'

Nu stopte Karin. De hele compagnie hield halt. Karin keek de agenten een voor een aan.

'Klootzakken veranderen niet, maar ze kunnen wel doen alsof. Daarom zijn het klootzakken.'

Ze wilde weer verder stappen, maar Meyrem hield haar met een kort gebaar tegen. Het werkte. Karin ademde snel, meer door de gedachte aan Luc dan door de wandeling.

'Wat deed hij dan?'

'Hij hield Christine klein. Hij maakte dat ze geen zelfvertrouwen meer had, dat ze niets durfde te doen zonder zijn toestemming.'

'En zij vond dat normaal?'

'Ze besefte het niet. Zoiets gaat erg langzaam. Ze werd helemaal afhankelijk van hem. Hij zoog alle liefde uit haar, maar gaf zelf niets terug. Ze hunkerde naar een lief gebaar, en als ze dat kreeg, was ze zo blij als een kind.'

Ze zette zich opnieuw in beweging. Als wilde ze de nare herinneringen uit haar hoofd verdrijven. Van In dacht terug aan de woorden van Nora. Luc was bescheiden en vriendelijk. Tegenover zijn buren, maar was hij dat thuis ook? Of overdreef Karin, omdat ze hem niet mocht?

Van In twijfelde. Ze klonk geloofwaardig, maar ook jaloers. Ze had een hechte relatie met haar zus gehad tot Luc op het toneel verscheen. Plots ging de liefde van Christine ook naar iemand anders. Was het mogelijk dat Karin de persoon was die opeens geen liefde meer kreeg?

'En wat met Peggy?'

Ze wandelden nu over de Eiermarkt, de zoektocht zou weldra eindigen.

'Die leed er nog meer onder. Haar punten op school gingen erop achteruit en ze leek vaak lusteloos. Alsof het allemaal niet meer hoefde.'

'En wat had Luc daarmee te maken?'

'Dat zei Christine ook. Die zag de puberteit als de boosdoener. Dat was nu eenmaal wat kinderen doormaakten. En dan begon ze over het feit dat ik dat niet kon begrijpen omdat ik zelf geen kinderen heb.'

'Maar u geloofde dat niet?' vroeg Meyrem.

'Nee, ik had een goede band met Peggy. Ze vertelde alles aan haar tante. Ik wist exact wie haar vriendjes waren en wanneer ze voor het eerst ongesteld was. Je maakt mij niet wijs dat dat van de ene op de andere dag stopt.'

'Pubers hebben soms rare kuren', merkte Versavel op.

'Het heeft niets met puberteit te maken', snauwde Karin. 'Peggy is ongelukkig, maar ik weet alleen niet waarom. Misschien heeft Luc ook haar geld ontfutseld?'

Van In keek op zijn horloge. Het was tijd om naar kantoor te gaan. Ze moesten dringend een overzicht maken van alle mogelijke scenario's. Ze hadden te weinig aanknopingspunten om Christine te zoeken. Maar die laatste zin van Karin intrigeerde hem.

'Wat bedoelt u daarmee?'

'Hij had ook al geld van Christine en Gezien gestolen. Dus waarom zou hij niet aan Peggy's geld komen?'

'Kunt u toch wat meer uitleg geven?'

Karin keerde zich van hem af en maakte aanstalten om weer naar de groep te lopen.

'Daar komt u zelf wel achter.'

Malik duwde met zijn rechterwijsvinger de lamellen van de jaloezieën omlaag en tuurde naar buiten. De straat was leeg.

'Ze zijn nog niet terug.'

'En dan?'

Nora keek hem hoofdschuddend aan vanaf de bank, waar ze in de krant door het sportkatern bladerde. Malik liet de houten latten van het rolgordijn terugspringen. Ze waren het enige huis in de straat met rolgordijnen, in alle andere huizen hingen gewone gordijnen. Of soms zelfs niets. Nora had erop aangedrongen om ze te hangen, zodat ze meer privacy hadden. En vooral minder pottenkijkers.

'Hadden we niet mee moeten zoeken?'

'Die tocht heeft totaal geen zin, dat weet jij ook.'

Malik wist dat ze een punt had. Nora had zo vaak gelijk.

Hij voelde zich stom, hij had de vraag niet mogen stellen. Hopelijk werd ze niet boos.

'Wil je nog thee?' vroeg hij.

'Nee, ik ben aan het lezen.'

'Koffie dan?'

'Ik ben aan het lezen!'

Nora verfrommelde een deel van de krant en keek hem aan. Malik kromp in elkaar. Waarom luisterde hij niet beter? Hij had haar antwoord de eerste keer toch al gehoord? Waarom drong hij dan nog aan?

Hij ging naast haar op de bank zitten, niet te dicht, zodat hij de krant niet per ongeluk vouwde, daar hield ze niet van. Hij probeerde van een afstand mee te lezen, maar de letters dansten voor zijn ogen, zijn gedachten gleden weg.

Binnenkort waren ze vijf jaar getrouwd. Hij had het gevoel dat ze op een kruispunt stonden. Wilden ze nog samen verder? De gebeurtenissen van de afgelopen dagen hadden hem doen twijfelen. Maar ook doen beseffen dat hij behoefte had aan standvastigheid. Een nieuwe situatie schrikte hem ook af. Misschien was het tijd voor een volgende stap? Misschien werd het tijd om het over kinderen te hebben? Hij had eens gelezen dat het voor vrouwen ouder dan vijfendertig jaar steeds moeilijker werd om kinderen te krijgen. Maar hij wilde haar ook niet te veel confronteren met haar leeftijd, hij wist dat ze het er soms lastig mee had. Maar een kind zou hen weer dichter bij elkaar brengen, het zou de stiltes opvullen die er nu soms hingen. Het zou hen dwingen om samen te werken aan een nieuw project, in plaats van dat ze elk met hun eigen nevenprojecten bezig waren. En op die manier zouden ze zich weer herinneren waarom ze ooit verliefd op elkaar waren geworden.

'Malik?'

Nora's stem klonk poeslief.

‘Ik zou die thee misschien toch wel lusten.’

Malik glimlachte. ‘Natuurlijk, schat, het aanbod geldt nog steeds.’

Vrolijk stond hij op van de bank en liep naar de keuken om water in de fluitketel te gieten. Hij zette de dop erop, nam een lucifer, streek hem aan en hield hem boven het gasvuur. De vlammen flakkerden op en dansten hun rondje rond het ijzer.

Misschien was het een idee om vanavond een fles wijn open te trekken bij het eten. Nora zou een geweldige moeder zijn. Streng, maar rechtvaardig. En hij zou de knuffelpapa worden, met wie de kinderen diepe gesprekken wilden voeren. Die bij hen in bed kwam liggen als ze een nachtmerrie hadden. Die in de tuin paardje bleef spelen, tot ze allemaal uitgeput waren.

Ze zouden als gezin uitstappen doen naar het Melipark of naar het dolfinarium in het Boudewijnpark. En in de winter zouden ze verzamelen onder een dekentje voor televisie. Iets voor zessen zou hij dan ‘Plons, de gekke kikker’ opzetten, of ‘Tik Tak’, dan konden ze raden wat er achter het papier tevoorschijn zou komen. Werden die programma’s nog uitgezonden? Hij was verrast dat hij zo vrolijk kon zijn, ondanks zijn donkere gedachten van de laatste dagen.

De ketel begon te fluiten. Snel afzetten, want hij wist dat Nora dat geluid niet goed kon verdragen. En al helemaal niet als ze zich probeerde te concentreren. Malik nam een zakje jasmijnthee en legde het in een kop. Daarna goot hij het hete water erbij. Hij wilde naar de woonkamer gaan, maar bedacht zich. Waarom het nu al niet gezellig maken? Hij pakte een tweede kop en deed daar ook thee in. Hij legde enkele koekjes op een bord en bracht alles naar de woonkamer. Nora glimlachte toen ze zag dat hij zoveel moeite had gedaan.

Malik beschouwde het als een toestemming om dichter bij haar op de bank te kruipen. Ze legde haar hand in zijn nek, kriebelde de kortgeschoren haren. Ze wist dat hij dat fijn vond. Hij sloot zijn ogen en genoot van het moment. Hij hunkerde naar haar, naar de tederheid die ze in zich had, naar de liefde die ze bij momenten gul kon tonen. Hij voelde haar hand naar beneden glijden en hij werd zo mak als een lammetje.

Hij nam zijn kop thee en blies erin. Het water stoomde nog. Ook Nora bracht de thee naar haar mond.

En proestte het uit.

'Verdomme!'

Haar hand zwiepte de lucht in en de thee uit haar kop belandde op Maliks been. Hij voelde het water schroeien door zijn broek. Hij schreeuwde en sprong op. Hij wilde naar de badkamer rennen om koud water over zijn been te laten stromen, maar hij bleef staan en keek bezorgd naar Nora.

'Heb je je verbrand?'

Nora keek hem kwaad aan.

'Nee, gelukkig niet. Welke thee was dat?'

'Jasmijnthee', antwoordde Malik verward. 'Denk ik.'

'Denk je? Ik ben er zeker van! Bah, niet te drinken. Je weet toch dat ik alleen kamillethee drink?'

Malik staarde naar de grond, durfde haar niet aan te kijken, terwijl de pijn in zijn bovenbeen aanzwol. Kamillethee, natuurlijk, het moest altijd kamillethee zijn. Hoe kon hij zo dom zijn? Nora wapperde met haar natte krant, besefte dat ze die toch niet meer kon lezen en gooide ze op de bank.

'Blijf daar niet zo staan. Ruim die troep op.'

In hun kantoor praatte Van In Versavel en Meyrem bij over wat hij de vorige avond van Malik en Nora had opgevangen. Daarna probeerde hij alles nog eens samen te vatten.

'Karin merkt iets vreemds op in het huis van haar zus. Omdat Luc niet meteen kan zeggen waar ze is, besluit ze de verdwijning van Christine aan te geven.'

Versavel noteerde het op een flipchart. Hij zette er een pijl bij en schreef het woord 'snel' op.

'Wat wel een overhaaste conclusie is', zei hij. 'Zeker omdat Christine niet veel later gewoon thuis is.'

'Precies', zei Van In. 'Ik vraag me bovendien ook nog altijd af hoe ze iets gehoord kan hebben. De huizen in de Raamstraat zijn niet geweldig geïsoleerd, maar zo ver reikt dat geluid toch niet?'

'Had ze niet gebeld met haar overbuurman?'

'Ja.'

'Misschien had hij iets gehoord en dan naar Karin gebeld?'

'Zou kunnen, moeten we hun nog eens vragen. Want volgens zijn vrouw was Malik die dag op zijn werk.'

Van In staarde naar de namen op het papier van Versavel. Wat had er zich die dag allemaal afgespeeld in de Raamstraat?

'Nadat ik haar heb gesproken, blijkt Christine opeens verdwenen. Wat verdacht is.'

Meyrem deed een stap naar voren en wees naar de naam van Karin.

'Misschien wilde Karin Christine laten verdwijnen, maar probeerde ze zichzelf minder verdacht te maken door zelf de verdwijning aan te geven?'

'Zou kunnen', beaamde Versavel. 'Alleen had ze er dan niet op gerekend dat Christine nog thuis zou zijn als Van In aanbelde. Het blijft vreemd.'

'Nee, dat klopt niet', haakte Van In erop in. 'Als dat Karins plan was, had ze Christine eerst laten verdwijnen en was ze dan pas naar ons gekomen.'

'Misschien wil ze ons dat doen denken?' opperde Meyrem. 'Dat een dader nooit zo stom zou zijn om zijn slachtoffer te vroeg aan te geven.'

Van In moest toegeven dat het een geldig denkspoor was. Al liet hij dat niet blijken.

'Heeft ze een motief?' vroeg hij.

'Toch wel. In die vzw rommelde het behoorlijk. Er zijn al voor banalere zaken familieruzies ontstaan.'

'En heeft ze een alibi?' liet Van In erop volgen.

Versavel schreef het neer. 'We hebben haar nog niet officieel ondervraagd, maar volgens mij niet. Uit haar verklaringen kunnen we afleiden dat ze alleen thuis was.'

Van In ging op zijn bureau zitten en leunde achterover.

'Ik denk dat we Karin zo snel mogelijk moeten verhoren. Meyrem, laat jij haar weten dat we willen langskomen?'

Meyrem knikte en schreef iets op een post-it. Karin onmiddellijk bellen zou weinig zin hebben. Die keerde ongetwijfeld nog elke kassei om in de hoop een aanwijzing te vinden. Was dat gemeend of wilde ze iedereen misleiden?

'Ik zou ook graag Malik en Nora verhoren', ging Van In verder.

'De buren', knikte Versavel. 'Die hebben ook iets te verbergen.'

'Stel je voor dat Malik bij de vzw was gaan aankloppen en dat Christine hun geheim te weten was gekomen. Nora zou woest zijn.'

'En dan is er natuurlijk nog Luc', zei Versavel. 'Die laat ook niet het achterste van zijn tong zien. Die flessen in de keuken bewijzen dat er wel vaker gelogen wordt in dat huis. En hij was de hele dag thuis, behalve wanneer Christine er was. Toevallig was hij dan in een doe-het-zelfzaak.'

'Klopt', zei Van In. 'Luc beweert bovendien dat Karin geld heeft gestolen en Karin zegt dat Luc geld achterover heeft gedrukt. Hoe gaan we daar de waarheid ontdekken?'

'We kunnen Peggy verhoren?' opperde Meyrem. 'Misschien kan zij meer inzicht geven in hun relatie?'

Van In twijfelde.

'Die is minderjarig, dus daar moeten we voorzichtig mee

zijn. Dan wil Luc waarschijnlijk aansluiten als vertrouwenspersoon. Kunnen we trouwens van iedereen foto's opvragen? Dat zegt meer dan enkele namen op een blad.'

Een klop op de deur deed hen opkijken. Hoofdcommissaris De Kee struinde het kantoor binnen, op zijn eigenwijze houterige manier, die hij zelf zou omschrijven als 'statig'. Zijn ernstige blik maakte even plaats voor een glimlach toen hij Meyrem zag.

'Mevrouw Kaya, blij u hier in actie te zien! Zorgen deze heren een beetje goed voor u?'

Meyrem knikte bedeesd. 'Prima, hoofdcommissaris. We zijn volop bezig met de zaak.'

'Blij dat te horen. Schepen Van Pamel zal tevreden zijn.'

'Wat heeft de schepen hiermee te maken?' vroeg Van In.

'Niets, Van In', bromde De Kee. 'Dat zijn zaken die jouw verstand te boven gaan.'

'Ah, het heeft weer met diplomatie te maken', merkte Van In op.

'Precies. En de dag dat jij je met diplomatieke zaken bezighoudt, is waarschijnlijk de dag waarop ons land de oorlog wordt verklaard.'

Van In zag dat Versavel hem een teken gaf. Hij mocht niet ingaan op de uitspraken van zijn baas. Hij zou het gevecht toch niet winnen. Nu ja, de verbale veldslag waarschijnlijk wel, maar nooit de oorlog op papier. De Kee versterkte zijn burcht met tal van vazallen uit zijn netwerk die qua regelneverij niet voor hem moesten onderdoen en die hem te allen tijde rugdekking zouden geven.

'Kunnen we verdergaan met de zaak of is dat om een of andere diplomatieke reden geen goed idee?' spotte Van In. 'Er is iemand vermist en ik zou haar graag terugvinden.'

Tot zijn verbazing reageerde De Kee er ernstig op.

'Jullie moeten verdergaan. Alleen is de aard van de zaak veranderd.'

'Hoezo?'
'Jullie hoeven niet meer te zoeken naar Christine Vereecken.'
'Wat?'
'Haar lichaam is net teruggevonden.'

7

De inwoners van Vresse-sur-Semois werden wel vaker geconfronteerd met kadavers die aanspoelden aan de oevers van de Semois. Maar doorgaans waren dat everzwijnen en geen Vlaamse vrouwen. Het nieuws dat een jager een lichaam had aangetroffen, ging als een schokgolf door de omgeving.

Van In en Versavel arriveerden na een tocht van drie uur in de heuvels rond het kleine dorp. Versavel zette de auto aan de kant en rekte zich uit.

'Het zou fijn zijn als moordenaars hun slachtoffer gewoon op de plek lieten liggen waar ze zijn vermoord', mompelde hij.

'En met een post-it erop met hun naam en telefoonnummer, zeker?' zei Van In geeuwend.

Tijdens de lange rit hadden ze allerlei theorieën uiteengezet, maar bij geen enkele hadden ze het gevoel dat die in de buurt kwam van de waarheid. Uiteindelijk waren ze zelfs beginnen te twijfelen of Christine wel vermoord was. Misschien was ze gewoon gaan wandelen in de Ardennen en was ze uitgegleden en in de rivier beland. Was het trouwens wel Christine? Was het niet gewoon een toevallige koppeling van twee feiten: er was iemand verdwenen en daarna was er een lichaam gevonden. Ook De Kee had erbij vermeld dat het nog niet zeker was.

'En nu maar hopen dat het echt Christine Vereecken is', zei Van In.

Hij legde geschrokken zijn hand voor zijn mond.

'Dat bedoelde ik natuurlijk niet. Uiteraard hoop ik dat het Christine niet is.'

Versavel glimlachte.

'Er is geen pers in de buurt, Pieter. Er zijn ook geen nabestaanden. Dat is het enige voordeel van een lijk in de Ardennen. We kunnen de zaak relatief rustig onderzoeken.'

Ze liepen door het natte gras in de richting van de bomen. In de verte zagen ze beweging achter een politielint. In tegenstelling tot bij andere moorden stonden er geen ramptoeristen die een glimp van het onheil wilden opvangen.

'Wat is eigenlijk het verband tussen Meyrem en schepen Van Pamel?'

Versavel haalde zijn schouders op. 'Niets speciaals. Haar ouders zijn vrienden van de schepen. Hij heeft geregeld met De Kee dat ze bij ons aan de slag kon.'

Van In snoof. 'Gewoon een typische benoeming dus. De Kee had gelijk, dat gaat inderdaad mijn petje te boven.'

'Meyrem kan het ook niet helpen. Ze is een goede aanwinst.'

'Hm.'

Van In moest toegeven dat Versavel gelijk had. Maar het was nog te vroeg om dat ook hardop te zeggen. Hij had het veel erger kunnen treffen. Hij huiverde bij de gedachte dat De Kee hem ooit zou opzadelen met een loopjongen die helemaal niet deugde. Hij had geen zin om oppas te spelen.

'Is Vanmaele hier al?'

'Waarschijnlijk wel. Hij is een tijdje voor ons vertrokken.'

De wetsdokter zat naast het politielint op een boomstronk en nipte van een thermosfles. Hij staarde in gedachten verzonken in de verte.

'Ben je al klaar?' groette Van In.

'Even pauze', antwoordde Vanmaele. 'Ik was nog nooit zo lang onderweg naar mijn werk.'

Van In begreep wat hij bedoelde. Hij had de luxe om elke dag te voet of met de fiets naar het werk te kunnen komen. Hij begreep niet wat mensen bezielde om werk te zoeken aan de andere kant van het land en daarvoor uren in de file te staan. Hij kende collega's die hun zinnen hadden gezet op een baan in Brussel. Maar dat interesseerde Van In geen moer, hij liet het over aan types als De Kee om zich een weg naar boven te slijmen. Misschien moest hij maar eens een goed woordje doen voor De Kee bij iemand in Brussel, dan was hij hem meteen kwijt.

'En wat denk je?'

'Ik denk dat dit een uitstekende plek is om een keer op weekend te gaan', zei Vanmaele, terwijl hij naar de bossen knikte. 'Je kunt hier uitstekend wandelen, als het warm genoeg is je teen in het water steken en tegen de avond hebben de jagers wel iets geschoten dat je kunt verorberen.'

'Ik bedoelde eigenlijk...' begon Van In, maar Versavel onderbrak hem.

'Gaan jullie op weekend?'

'Nee, wij gaan niet op weekend', bromde Van In. 'De vrouw van Vanmaele gaat op weekend. En daarom wil hij ook gaan.'

'Leuk, waar gaat ze naartoe?' vroeg Versavel aan Vanmaele.

'Ze hebben afgesproken om naar Breda te gaan. Wat heb je daar nu aan? Dan zit je midden in een stad.'

'Dat is toch juist tof?' reageerde Versavel. 'Wat gaan winkelen, tussendoor genieten van een koffie met een gebakje, tegen de avond een cocktail en daarna de discotheken afschuimen.'

Versavel zag het al helemaal voor zich. Vanmaele was er minder gerust op.

'Denk je dat ze naar een discotheek zullen gaan? Dan moet ik haar toch waarschuwen. Je weet hoe het Thelma is vergaan.'

'Thelma?'

'Van *Thelma & Louise*', verduidelijkte Van In.

'O. Juist. Ik denk nu niet dat jouw vrouw...'

Vanmaele stond op van zijn boomstronk en schudde zijn hoofd.

'Ik denk ook niet dat ze met andere venten zal aanpappen. Maar beter voorkomen dan genezen. En uiteindelijk wil Thelma ook gewoon gezien worden, dat is het belangrijkste.'

Van In kon zijn vriend niet helemaal volgen. De lange rit had duidelijk de nodige hersenkronkels veroorzaakt.

'Door wie wil Thelma gezien worden?'

'Door haar vent. Hij waardeerde haar te weinig. En dat had hij beter niet gedaan, dan had hij haar niet hoeven te gaan zoeken in de Grand Canyon. Dus ik ben mijn vrouw nu al in de watten aan het leggen. Zodat ze weet wat ze mist, als ze vertrekt.'

'Wanneer gaat ze?'

'Pas over enkele maanden.'

'Dan duurt het vast nog even voor wij nog eens iets gaan drinken', grinnikte Van In.

Vanmaele stak zijn vinger op.

'Nee! Want wij gaan ook op weekend. Ik ben daarstraks voorbij een huis gereden dat ze verhuren. Als ik hier klaar ben, zal ik eens horen wat de prijs is.'

Van In zette een stap achteruit en schudde zijn hoofd. De gedachte aan lange wandelingen in met modder besmeurde wandelschoenen stuitte hem nu al tegen de borst.

'Ik heb toch niet gezegd dat ik meeging?'

'Als hij niet gaat, wil ik wel mee, hoor', knipoogde Versavel.

'Allemaal goed voor mij, hoe meer zielen, hoe meer vreugd', lachte Vanmaele.

Van In besefte dat er maar één manier was om Vanmaele van de weekendobsessie af te leiden. En dat was hem te confronteren met de gruwelijke realiteit.

'Toen ik vroeg wat je dacht, bedoelde ik eigenlijk over het slachtoffer.'

Vanmaeles grijns verdween op slag, de wetsdokter nam het weer over van de vriend.

'Moeilijke zaak. Meestal zakt een lichaam na enkele dagen naar de bodem, om dan na een tijdje door de ontbindingsgassen weer te gaan drijven. Hier heeft het lichaam volgens mij nooit de tijd gehad om te zinken.'

'Is ze verdronken?'

'Het lijkt me weinig waarschijnlijk dat ze hier is gestorven. De hoofdwond doet een andere doodsoorzaak vermoeden en de kneuzingen op verschillende plekken op haar lichaam zouden erop kunnen wijzen dat ze naar de rivier is gesleurd.'

'Kneuzingen? Kunnen die ook opzettelijk zijn toegebracht?' vroeg Van In.

'Dat zou kunnen. Maar ik denk van niet.'

'En de blauwe plekken zijn geen teken van ontbinding?' vroeg Versavel.

'Nee. Ze heeft lang in het water gelegen. Doordat er weinig zuurstof in het water zit, vertraagt de ontbinding. Het is pas nu dat er verkleuringen zullen optreden.'

'Wanneer is ze overleden?'

Vanmaele haalde zijn schouders op.

'Het is nog te vroeg om dat al te kunnen vaststellen.'

'Maar je kunt vast wel een gok doen?'

Van In kende zijn collega goed genoeg. Vanmaele had zeker al een idee over het tijdstip van overlijden, maar hij gaf de informatie meestal pas officieel door als hij honderd procent zeker was.

'Meer dan achtenveertig uur geleden. De ontbinding is nog niet echt ingezet, maar je ziet al enkele sporen van verval. Ik zou zelfs zeggen bijna drie dagen.'

Van In rekende snel terug. Drie dagen geleden had Karin

de verdwijning van haar zus aangegeven. Daarna had hij Christine gesproken. Dan was ze waarschijnlijk vermoord niet lang nadat hij haar had gezien. Ze leek toen al wel gespannen. Had ze een voorgevoel gehad?

'Maar ze is wel degelijk vermoord?'

'Daar lijkt het op. Ik zal het je laten zien.'

Van In kreunde. Dit was zijn minst favoriete onderdeel bij een moordonderzoek. Maar hij was niet helemaal van Brugge naar de Ardennen gereden om alleen met Vanmaele te spreken. Dan had hij net zo goed aan zijn bureau kunnen wachten tot de wetsdokter terug was. Hij volgde Vanmaele, die naar de plaatselijke agenten knikte en het politielint voor Van In en Versavel omhooghield.

Het lichaam van Christine was in het water gevonden door een jager. Vanmaele had haar op het droge op een draagberrie laten leggen. Ze lag op haar buik, waardoor het gapende gat in haar achterhoofd hen aanstaarde. Haar huid was vaal en blauwig, haar lange haren hingen langs de draagberrie tot op de grond. Van In kreeg een akelig voorgevoel. Er was iets niet in de haak, maar hij kon niet zeggen wat precies.

'Kun je haar eens omdraaien?'

'Waarom?'

'Er klopt iets niet.'

Het waren niet alleen de haren, het was ook het postuur van het lichaam dat hem dwarszat. Vanmaele legde zijn arm onder de schouders en draaide het bovenlichaam een kwartslag, zodat Van In haar gezicht kon zien. Zijn mond viel open.

Dit was niet de vrouw die hij had gesproken.

'Kom snel binnen.'

Nora keek angstig de straat in terwijl ze Luc aan zijn linkerhand naar binnen trok. Luc liet zich naar de woonkamer leiden, waar hij zich op de bank liet neerploffen.

‘Is Malik niet thuis?’ vroeg hij.

‘Wat dacht je? Dat ik jou dan zou binnenlaten?’

Nora vlijde zich naast hem. Van Malik zou ze het nooit verdragen dat hij de netjes geschikte kussens zo zou verkreuken.

‘Nog nieuws over Christine?’

Luc schudde zijn hoofd, zijn blik somber. ‘Geen enkel teken. Ik had verwacht dat ze al gebeld zou hebben.’

‘Gebeld? Denk je niet dat haar iets is overkomen?’

‘Nee. Wie zou haar nu kwaad willen doen? Zo’n prachtige vrouw.’

Ze ging een beetje dichter bij hem zitten. De bank kraakte.

‘Vrouwen zijn vaak mooi omdat er een knappe man achter hen staat’, fluisterde ze.

‘Geloofde iedereen dat maar.’

‘Ik geloof jou.’

Nora legde haar hand op zijn been en wreef erover. Een troostend gebaar, dat ze lang genoeg liet duren, en steeds hoger liet gaan. Ze wist dat hij dat leuk vond. Luc schoof heen en weer op de bank.

‘Jij bent ook een prachtige vrouw’, knipoogde hij. ‘Ook al staat er niet echt een knappe man achter jou.’

‘Let op wat je zegt!’

Nora meende het. Ook al had ze zelf niet altijd een hoge dunk van Malik, iemand anders mocht geen kwaad woord over hem zeggen. Hij was en bleef haar man.

‘Ik trek het terug.’

‘Dat is dan het enige dat terugtrekt’, lachte ze.

Haar hand lag nu op de knobbel in zijn broek. Met haar smalle vingers pulkte ze aan de knopen. Luc legde zijn armen op de leuning van de bank. Zoals zo vaak liet hij zich graag bedienen. Nora boog voorover en nam zijn hard geworden penis in haar mond. Langzaam ging ze op en neer. Luc liet zijn hoofd achteroverhangen en kreunde luid.

'Niet zo luid, straks horen de buren ons', mompelde Nora.

'Ik ben de buren', bromde Luc. 'Ga door.'

Toen ze merkte dat Luc harder begon te hijgen, wilde Nora zich losrukken en zich boven op Luc zetten. Maar hij legde zijn handen op haar hoofd en hield haar tegen.

'Doorgaan.'

Zijn vingers verstrengelden zich in haar haren en hij bewoog haar hoofd mee op en neer. Het deed een beetje pijn, maar daar durfde ze niets van te zeggen. Met haar rechterhand tastte ze naar de doos tissues die op de salontafel stond. Ze nam er enkele uit, klaar om zijn hoogtepunt op te vangen.

Maar Luc liet haar niet meer los. Hij bewoog nu zijn middel heen en weer en stootte tot in haar keel. Nora moest kokhalzen. Met een luide kreet kwam hij klaar in haar mond. Hij sloot zijn ogen en duwde haar hoofd nog wat meer omlaag. Pas na een tijdje liet hij haar los.

Ze kwam overeind en keek naar hem. Hij lag nu helemaal achterover, even ver weg van de spanningen van de afgelopen dagen. Ze vond het leuk om hem zo te zien genieten, zeker nu hij zoveel moest doorstaan. Nora hief haar rok op en trok haar slipje naar beneden. Ze ging op de bank zitten met haar rug tegen de zijleuning.

'Mijn beurt', knipoogde ze.

Luc keek haar niet aan. Hij knoopte zijn broek dicht en kwam overeind.

'Nu niet.'

Nora keek hem boos aan. Ze wilde hem niet nog meer overstuur maken, maar ze was ook niet van plan om hem zomaar te laten gaan.

'Doet zij dat ook voor jou?'

Ze zag Lucs hand nauwelijks bewegen. Hij greep haar bij de keel en drukte haar tegen de bank.

'Hoe durf je? Christine is nog maar net verdwenen.'

Nora hapte naar adem, alle lucht werd afgesneden. Een grote angst nam bezit van haar lichaam.

'Ik heb het niet over Christine', zei ze, toen hij zijn greep een beetje loste.

'Wat?'

Ze dacht aan wat ze had gezien op de dag van de verdwijning. De foto zat in haar handtas. Zou ze de foto halen en Luc ermee confronteren? Ze had hem al vaak gezegd dat ze de enige voor hem wilde zijn.

'Laat maar.'

Misschien was dit geen goed moment. Haar tijd kwam nog. Luc liet haar los en ze zakte in elkaar op de bank. Zonder nog iets te zeggen verliet hij de woning.

Hoe kon een zaak in zo'n korte tijd zo van richting veranderen? Eerst was er iemand die verdwenen was, maar toch gewoon thuis bleek te zijn. Daarna was diezelfde vrouw alsnog verdwenen en nu bleek dat de vrouw die thuis was geweest niet de vermiste persoon was, maar zich wel voordeed als die persoon. En nu zaten ze met een moordzaak.

Van In staarde met een verfborstel in de hand naar de plinten op de schragen. Hij had tijdens de terugrit vanuit Vresse-sur-Semois met Versavel zo lang over verschillende theorieën gediscussieerd dat hij helemaal het noorden kwijt was. Hij moest nu even tot zichzelf kunnen komen. En daarom had hij besloten om wat te gaan schilderen, zodat zijn lichaam in actie kon komen, terwijl hij zijn gedachten de vrije loop liet.

Hij probeerde zich het gesprek met Christine, of toch met de vrouw die hij had aangetroffen in het huis van Christine, voor de geest te halen. Had ze gezegd dat ze Christine was? Of had hij dat verondersteld? Maar ze was in elk geval in Christines huis, en ze had zonder problemen voor gastvrouw gespeeld en op zijn vragen geantwoord. Dat was toch niet normaal? En hoe was ze binnengeraakt? Want Luc was op dat moment naar een winkel. En Peggy, waar zat zij?

Ondertussen was de identiteit van het lichaam bevestigd: het was wel degelijk Christine Vereecken die in de rivier was aangetroffen. De officiële identificatie door de familieleden moest nog plaatsvinden, maar op basis van foto's was Vanmaele negenennegentig procent zeker geweest.

Waarom had hij nog geen foto van Christine te zien gekregen? Op het moment dat hij voor haar deur stond, deed hij natuurlijk nog geen officieel onderzoek, hij had zich gebaseerd op de verklaring van Karin. En in het huis waren er ook geen foto's van het gezin geweest. Waren die er nooit geweest of waren die halsoverkop verwijderd?

Zijn gedachten werden verstoord door luide muziek die door de muren heen kwam. Zijn buurvrouw was weer eens haar nieuwe geluidsinstallatie aan het testen. Gelukkig deed ze dat niet met die luide gitaarmuziek die momenteel zo populair was. Langharige nozems die heftig met hun hoofd schudden en ondertussen op hun gitaren ramden, en drie akkoorden, waarschijnlijk de enige die ze kenden, uitentreuren herhaalden. Veel leeftijdsgenoten van Van In beleefden hun tweede jeugd met de opkomst van de grunge, maar hij had het niet zo begrepen op Nirvana, Rage Against The Machine en consorten. Hoe verzonnen ze die namen ook? Stopten ze allemaal een papiertje in een hoed en trokken ze dan het meest debiele idee eruit? Hoe kwam je anders terecht bij Rode Hete Chili Pepers of Parel Confituur?

Van Ins buurvrouw koos voor klassieke muziek, en als Van In goed had opgelet tijdens de muziekles, meende hij 'Eine kleine Nachtmusik' te herkennen. Het schalde zo luid dat het leek of Mozart zelf zijn orkest in het huis had opgesteld en het nu driftig aanvuurde. Hij gooide de verfborstel in de verfbak en trok zijn schildersplunje uit. Met al die herrie kon hij zich niet concentreren op zijn gedachten en al evenmin op het schilderen. Bovendien herinnerde de muziek hem eraan dat hij nog iets goed te maken had.

Hij dook zijn kleine tuin in en keek naar de wilde bloemen die er door elkaar groeiden. Sommigen zouden het een mooi voorbeeld noemen van het stimuleren van biodiversiteit, maar Van In zelf wist dat dit louter het resultaat was van totale verwaarlozing. Hij kon geen onderscheid maken tussen echte bloemen en onkruid, dus plukte hij op goed geluk een bos bij elkaar. Hij zocht in de kasten naar een elastiekje om alles mooi samen te binden. Daarna controleerde hij zijn wijnrek op flessen die oud genoeg waren om een topwijn te kunnen zijn, maar niet zo oud dat er een reële kans was dat ze niet meer te drinken waren. Hij blies het stof van een Argentijnse malbec en stopte de fles in een zak.

Voor de gelegenheid trok hij deze keer een kostuum aan, omdat hij dat altijd associeerde met klassieke muziek. Hij had nog niet vaak jonge gasten in een T-shirt met doodshoofden erop zien pogoën op Chopin.

De Koninklijke Stadsschouwburg was niet de plek waar Van In regelmatig kwam. Hij associeerde die eerder met types als De Kee, die kwamen doen alsof ze van cultuur hielden. Cultuur met een grote C uiteraard, geen populair volkstheater, maar ernstige toneelstukken waar niemand iets van begrijpt, maar dat achteraf ook niet durft toe te geven, uit angst om voor een cultuurbarbaar versleten te worden.

Het gebouw zelf boezemde ontzag in. De drie grote ingangen deden Van In spontaan een beetje vooroverbuigen om zijn nederigheid te tonen. Nadia had gezegd dat ze hier ergens repeteerde. Hij vermoedde dat dat in een van de kleine zalen zou zijn, waar ze met haar muziekleerkracht aan de slag was. De gedachte aan muziekles bracht bij hem nog steeds nare herinneringen naar boven. Zijn ouders hadden het belangrijk gevonden dat hij een instrument leerde bespelen en daarom had hij eerst notenleer moeten volgen op de muziekacademie. Dat had hij verschrikkelijk gevonden. Het schrijven van de noten op een notenbalk en het aanleren van de verschillende ritmes waren nog vlot verlopen, maar het zingen was een totale ramp geweest. Dan moest hij helemaal vooraan gaan staan, naast de leerkracht die hem begeleidde op de piano. Om noten te zingen. Maar de kleine Van In had geen idee gehad waar die noten allemaal in het spectrum lagen – de grote Van In had dat trouwens nog altijd niet. Wist hij veel of je voor een re moest zingen alsof je een zware verkoudheid had of eerder alsof je een trap in je edele delen had gekregen. Hij perste lukraak klanken uit zijn stembanden, om daarna vragend naar de leerkracht te kijken. Die had helaas al even vragend teruggekeken.

Hij repte zich naar de balie, waar een jongen met een hoofdtelefoon op uitnodigingen in enveloppen stopte.

'Excuseer. Weet u waar Nadia les volgt?'

De jongen reageerde niet meteen. Van In boog zich over de balie en drukte op de stopknop van zijn walkman. De jongen nam langzaam zijn hoofdtelefoon af en keek Van In met een glimlach aan.

'Kan ik u helpen?'

'Ik ben op zoek naar Nadia.'

'Wie is Nadia?'

Dat was een goede vraag. Wie was Nadia eigenlijk? Ondanks het feit dat ze al een eerste officiële date achter de rug hadden, wist Van In nauwelijks iets over haar.

'Blonde vrouw. Soms vlechten in haar haar. Mooie glimlach?'

De jongen ging rustig verder met de uitnodigingen.

'U zult toch iets specifieker moeten zijn. Werkt ze hier?'

'Nee, ze speelt hier viool. Bij de Brugse Metten of zoiets.'

De jongen likte aan de envelop en sloot ze. Tergend langzaam plakte hij de postzegel zo in de hoek dat hij perfect evenwijdig zat met alle zijden.

'Het Collegium Instrumentale Brugense?'

'Ja. Dat was het!'

De jongen nam een agenda uit een ladeblok. Hij bladerde erin naar de dag van vandaag.

'Eens kijken. Inderdaad, zij repeteren in de grote zaal.'

'Bedankt, ik vind het wel.'

Hij draaide zich om en liep weg.

'Ho, wacht meneer, u mag niet zomaar...' riep de jongen nog, maar Van In was al te ver weg. Hij had een pijl gezien die artiesten moesten volgen om op het podium te komen. Daar zou hij Nadia vast wel aantreffen. Hij zou gewoon even wachten tot ze klaar was met de les en haar dan verrassen.

Na enkele trappen hoorde hij in de verte muziek klinken. Nadia speelde best luid, de geluidsinstallatie van zijn buurvrouw was er niets tegen. Hij volgde de richting vanwaar het geluid kwam tot aan een deur. Ze klemde een beetje en hij zette zijn schouder ertegen. Vast een deur die er al meer dan honderd jaar stond en dringend wat olie kon gebruiken.

Met een extra duw beukte hij de deur open. Hij zette enkele stappen, struikelde het podium van de stadsschouwburg op en botste tegen iemand aan. De fles viel uit zijn handen en belandde op de vloer, waar ze uit elkaar spatte. De wijnvlekken verspreidden zich over zijn broek en zijn schoenen.

'Hè.'

De muziek stopte. Van In keek op. De persoon tegen wie hij aan was gebotst, had een groot blaasinstrument vast, dat wel eens een trombone zou kunnen zijn, maar Van In vond het niet het moment om dat te vragen. De vrouw met de vermeende trombone stond helemaal aan de rand van een reusachtig orkest. Ze viel bijna van het podium, zo dicht stond ze bij de deur waardoor Van In binnen was gestormd. Honderden ogen staarden hem aan.

De les van Nadia was helemaal geen les, maar een echte repetitie, met een groot orkest, geleid door een grijzende dirigent die hem woedend aankeek. Ergens tussen alle muzikanten zag hij Nadia zitten, haar viool rustend op haar schouder, een verbaasde en tegelijk geamuseerde blik op haar gezicht. Van In zorgde ervoor dat hij geen oogcontact maakte.

'Excuseer', mompelde hij. 'Ik denk dat ik de foute zaal ben ingestuurd.'

8

Laura las aandachtig het nieuws over het lichaam dat in de Semois was aangetroffen. Er werd vermeld dat het slachtoffer vermoedelijk de vrouw was die al enkele dagen vermist was. Ze had gehoopt dat het langer zou duren voor het lichaam ontdekt werd. Misschien had ze het moeten verzwaren met stenen, wist zij veel dat zo'n lichaam niet naar de bodem zakte. Misschien had ze het beter gewoon ergens verstopt. Maar tegelijkertijd wist ze ook dat dat achteraf gemakkelijk gezegd was, het was voor haar de eerste keer geweest dat ze een lichaam moest dumpen. En hopelijk ook de laatste keer.

Ze probeerde zich voor te stellen welke gevolgen het ontdekken van Christine had. De politie zou nu niet meer op zoek gaan naar een vermiste, maar wel naar een moordenaar. En de agent die bij Christine was geweest zou zich ernstige vragen beginnen te stellen. Ze moest ervoor zorgen dat ze hem nooit tegenkwam.

Ze lepelde een potje rijstpap uit en vroeg zich af of ze een tweede zou nemen. De koelkast zat nog vol rijstpapjes, als ze die niet opat, zouden ze vervallen. Hoe was ze zo in de nesten geraakt? Ze was verliefd en ze wilde helpen. Twee eigenschappen die haar al vaker in de problemen hadden gebracht. Toen ze pas was afgestudeerd, was ze een keer verliefd geworden op een jongen die samen met haar voor dezelfde baan solliciteerde. Na het eerste gesprek waren ze iets gaan drinken om de zenuwen door te spoelen. De jongen had verteld dat hij doodzenuwachtig was, niet zozeer voor het interview, maar wel omdat zijn vader zo streng was. Als hij deze job weer niet had, durfde hij niet meer naar huis te gaan. Ze hadden allebei de tweede ronde gehaald en daarin had Laura met opzet een slechte beurt gemaakt, zodat de jongen meer kans maakte. Het was een impuls geweest, ze deed wel vaker dingen waar ze niet eerst over had nagedacht. Het resultaat was echter niet zoals Laura had gehoopt: de jongen kreeg de baan, maar negeerde haar daarna volledig.

Gelukkig had ze zich op dat moment geen zorgen gemaakt. Ze was al blij dat ze bij zulke bedrijven kon solliciteren. Dat ze een mooi diploma had behaald, want dat was bij haar thuis helemaal niet vanzelfsprekend geweest. Niet dat ze niet mocht studeren, het liet haar ouders simpelweg koud. Ten huize Van Lierde was er geen interesse geweest in de kinderen. Alsof haar ouders kinderen op de wereld hadden gezet omdat dat zo hoorde, omdat iedereen dat deed. Maar zodra haar broer en zij waren geboren, hadden ze beseft: misschien zijn kinderen toch niets voor ons.

Ze kon zich voorstellen dat een tweeling opvoeden best pittig kon zijn. Maar ze kon zich niet indenken dat ouders het na een jaar of vijf gewoonweg opgaven. Dat ze hun kinderen in de steek lieten. Boterhammen klaarmaken? Neem maar iets, gezond of ongezond, maakt niet uit. Huiswerk? Doe maar, niemand houdt je tegen. Uitgaan? Prima, zolang je het in huis maar niet te bont maakt.

Er waren vrienden van Laura die geld hadden gegeven voor zulke ouders. Die het kotsbeu waren dat hun eigen ouders zich met alles bemoeiden, hen voor het minste straften en hun vooral niet te veel vrijheid gaven. Maar te veel vrijheid was ook niet prettig. Laura probeerde haar vrienden duidelijk te maken dat het eigenlijk wel fijn was dat iemand bezorgd om je was, dat iemand moeite deed om je een evenwichtige opvoeding te bezorgen. Dat het leuker was om je tegen iemand af te zetten dan alles zelf te moeten uitzoeken.

Ze nam het haar ouders kwalijk dat ze niet wist hoe een liefhebbend gezin eruitzag. Het was de reden waarom ze zelf geen kinderen wilde. Hoe kon ze liefde geven als ze die zelf nooit had gekregen? Hoe kon ze garanderen dat haar kinderen niet hetzelfde overkwam als wat ze zelf had meegemaakt?

Ze had zich dan maar op haar werk gestort, omdat ze daar wel het gevoel had dat ze waardering kreeg. En ook al was die niet altijd oprecht, of werd die tactisch ingezet uit eigenbelang, ze ervoer het toch als iets wat ze nooit had gekregen. En zelfs zonder waardering ging ze gewoon door, zoals ze altijd had gedaan. Ze durfde risico's te nemen, ze dacht als een onderneemster, en vaak zorgden haar ideeën voor mooie resultaten, waardoor het bedrijf kon groeien. Het maakte van haar een geliefd manager: begripvol waar het kon, meedogenloos als het moest. Ze kreeg promotie na promotie en haar loonbriefje groeide evenredig mee.

En toen kwam er een punt in haar leven waarop dingen veranderden. Als jongere had ze alle vrijheid gehad, maar nooit alle middelen om te doen wat ze wilde. Haar gezin was niet arm, maar ook niet rijk geweest, ze had dus zorgvuldig moeten kiezen waar ze op inzette. Maar als goedverdienende manager lag de wereld opeens aan haar voeten. Ze kon doen wat ze wilde en kopen wat ze wilde. En dat liep snel uit de hand. Het begon op schijnbaar onschuldige feestjes. Etentjes met klanten waarbij de alcohol rijkelijk vloeide, waren de beste gelegenheden om zaken te doen. Lippen werden losser, banden werden gesmeed en gênante momenten konden een latere deal doen versnellen. Maar alcohol had ze onder controle, daar had ze zich in haar tienerjaren in bekwaamd. Het waren de drugs die voor haar funest waren.

De eerste keer was het nog gewoon een xtc-pil, die haar de hele nacht deed dansen, maar al snel stond ze in de toiletten lijnen cocaïne te snuiven. Steeds meer, steeds vaker, tot ze nog moeilijk functioneerde zonder een dagelijkse oppepper. Haar geld ging er in een razend tempo door, waardoor ze nog meer promoties ging najagen, nog meer geld wilde verdienen. Ze verbaasde zich er nog altijd over hoe snel alles was gegaan. Ongemerkt was die neerwaartse spiraal erin geslopen en plots was alles weg.

Het grote voordeel was dat ze, ondanks haar verslaving, goed bleef functioneren op haar werk. Dat was meteen ook het nadeel, want dat zorgde telkens voor een nieuwe geldstroom die ze kon omzetten in zakjes poeder. Ook in haar druggebruik was ze een onderneemster: zolang de winst groter was dan het verlies, bleef ze doorgaan. Soms vroeg ze zich af of ze zich wel zorgen hoefde te maken. Ze had een mooie baan en een wild leven, was dat niet waar iedereen van droomde? Haar broer had een andere weg gekozen en had zich nooit ingezet op school, aangezien hun ouders nooit eisen hadden gesteld. Het resultaat was dat hij nu een flutjob had en zichzelf allerlei dingen moest ontzeggen omdat hij het niet kon betalen.

Dan was haar leven nog niet zo slecht. Maar dat kon het wel worden door de gebeurtenissen van de laatste dagen. Al hoefde ze voorlopig nog niet ongerust te worden. Niemand zou het verband leggen tussen haar en de moord op Christine. Of toch bijna niemand.

Er waren twee mogelijke spelbrekers.

'Meneer Van In?'

Van In keek op naar de vrouw met de zwarte krullen die voor hem stond. Hij bestudeerde dossiers uit het verleden die met partnergeweld te maken hadden, en wat hem betrof waren dat er verrassend weinig. Was het zo rustig in de Vlaamse huiskamers? De Vlaming hield van zijn privacy, zelfs als het om schokkende zaken ging. Zoals hij al had verwacht, was er ook geen dossier over Malik en Nora te vinden. Hij vroeg zich af of het er ooit zou komen.

'Ja?'

'Ik ben hier voor de robotfoto', zei de vrouw.

'Prima. Zoek maar ergens een tafel.'

Van In richtte zijn aandacht weer op het dossier. Mensen waren snel geneigd om te denken dat waar rook was, ook vuur was. Van In dacht aan Nora en Malik. Wat als Nora plots met een verklaring kwam dat Malik haar had gemolesteerd? Dan zou iedereen dat ook geloven, terwijl weinig mensen wisten dat het eigenlijk andersom was. Hij zag Nora nog in staat zichzelf iets aan te doen om de schuld op Malik te steken. Zij zou hoe dan ook haar status als liefhebbende vrouw en motor van het gezin in ere willen houden. Zou het bij Luc ook zo zijn verlopen?

'Ik heb uw input wel nodig', zei de vrouw.

'Waarom?'

In een ooghoek zag Van In Versavel komen aanhollen. Hij legde zijn handen op het bureau van Van In.

'Sorry, dat was ik nog vergeten te zeggen. Ik heb mevrouw Faes gevraagd om een robotfoto te maken van de valse Christine Vereecken.'

Van In knikte. 'Goed idee. Dan kunnen we haar signalement verspreiden.'

Een luide klop op de deur kondigde een nieuwe bezoeker aan. Wetsdokter Vanmaele kwam met een koffer in de ene hand en een Balisto in de andere het kantoor binnen.

'Hebben jullie even?'

Van In keek verontschuldigend naar mevrouw Faes.

'U zult nog even moeten wachten. Het verslag van de wetsdokter is dringender.'

De dame knikte en zocht naar een stoel om zich in stilte bezig te houden. Van In keek verwachtingsvol naar Vanmaele, die rustig zijn Balisto openscheurde en in zijn mond stak.

'Heb je iets gevonden?'

'Ja, het is prachtig. Drie slaapkamers, een grote woonkamer met een houthaard en een kelder met een snookertafel.'

'Wat?'

'Het is nog maar enkele weekends vrij dit jaar, dus we zullen snel moeten beslissen.'

'Ik bedoelde bij Christine Vereecken.'

'O juist. Nee. Weinig nieuws. Ze is zeker niet in de rivier gestorven, er is geen sprake van verdrinkingslongen of kapotte rode bloedcellen. De doodsoorzaak is een klap op haar achterhoofd. Met een hoekig voorwerp, vermoed ik, want het is een diepe wond. Daarna is ze vervoerd met een auto. De stofdeeltjes die ik heb teruggevonden in haar mond vertonen een sterke gelijkenis met die van de bekleding van de kofferbak van een auto. Vermoedelijk waren er nog meer, maar die zijn weggespoeld door het water. Net als veel andere sporen.'

'En blijft het tijdstip van het overlijden hetzelfde?'

'Ja. Het water maakt het ook hier moeilijk om nauwkeurig te zijn. Ik zou zeggen: donderdagmiddag, ergens tussen twaalf uur en vier uur. Eerder vroeger dan later.'

Van In was na zijn werk naar het huis van Christine gegaan. Dan moest het lichaam al weg geweest zijn.

'Dus terwijl ik met de nep-Christine aan het babbelen was, was de echte Christine al dood?'

Hij had argwanender moeten zijn. Tegelijkertijd wist hij dat dat niet kon. Hij kon niet bij iedereen die hij tegenkwam dubbelchecken of ze het wel echt waren.

'Vermoedelijk,' zei Vanmaele. 'Voor zover ik kan zien is het lichaam ook niet onmiddellijk naar de Semois vervoerd. Er zijn meer sporen van ontbinding dan alleen door het water.'

'Dus ze is waarschijnlijk meegenomen en vermoord, maar pas 's nachts of zelfs pas de volgende dag vervoerd', besloot Van In. 'Kunnen we dat nog eens op een rijtje zetten?'

Meyrem deed een stap naar de flipchart waar ze alles genoteerd hadden, maar Van In wuifde het weg.

'We beginnen helemaal opnieuw, weg ermee.'

Meyrem draaide het blad naar achteren en begon op een blanco vel. Van In legde zijn handen op zijn rug en ijsbeerde door het kantoor. Toen hij de vragende blik van mevrouw Faes zag, schudde hij zijn hoofd. Het was nog niet het moment.

'Christine was een populaire vrouw. Graag gezien, begaan met de buurt en de vzw. Maar toch wordt ze vermoord.'

Meyrem zette de naam van Christine op het papier, trok er een cirkel rond, en liet er verschillende lijnen uit vertrekken.

'Ondanks haar populariteit waren er strubbelingen', voegde Versavel eraan toe. 'Zo had ze ruzie met haar eigen zus over de vzw.'

Meyrem voegde Karin eraan toe en zette meteen ook de naam van Luc erop.

'Haar vriend Luc is niet onbesproken. Hij zorgde voor wrevel in de buurt en in de vzw.'

'En dan is er nog die vreemde vrouw die plots in het huis van Christine opdook.'

Van In bleef staan, terwijl Meyrem de onbekende vrouw noteerde. Het was een vreemde vrouw geweest, maar ook iemand die haar weg in het huis wist. Behalve dan de werking van het koffiezetapparaat. De kans was groot dat Christine haar had gekend.

'We moeten haar vinden', zei Van In. 'Zij moet weten wat er gebeurd is.'

'Maar Luc was tussendoor toch thuis?' merkte Meyrem op. 'Karin is nog bij hem komen aanbellen.'

‘Op dat moment was Christine al weg. Al dood zelfs’, zei Van In. ‘Die vrouw had in elk geval de sleutels van het huis. Ze kwam waarschijnlijk nog iets halen.’

‘En toen was Luc boodschappen gaan doen’, voegde Versavel eraan toe.

Misschien keken ze met een verkeerde blik naar de zaak. Misschien ook niet. Van In wist het even niet meer.

‘Heb je Karin al kunnen spreken?’ vroeg hij aan Meyrem.

‘Nog maar net. We kunnen morgenvroeg langsgaan.’

‘Laten we daar dan beginnen. En we gaan meteen langs bij Luc. Misschien herkent hij de nep-Christine.’

Hij richtte zich tot mevrouw Faes.

‘Zullen wij aan de slag gaan?’

Faes had op het bureau van Versavel een blocnote klaargelegd en een hele reeks potloden. Daarnaast lag een boekje dat Van In herkende: een map vol haartooien, ogen, neuzen, monden en kinnen om de beschrijver te helpen een beeld te vormen. Het was een vast onderdeel van de opleiding: het beschrijvend portret.

‘Laten we beginnen bij het begin’, zei Faes. ‘Welke kleur haar had de vrouw?’

‘Bruin’, zei Van In stellig.

‘Lichtbruin, donkerbruin?’

‘Gewoon bruin.’

Faes schreef iets op.

‘Kort haar of lang haar?’

‘Heel kort.’

Faes tekende een bijna kaal hoofd op het blad voor haar, met enkele stoppeltjes erop.

‘Zo?’

‘Nee, niet zo kort.’

Faes maakte de stoppeltjes telkens iets langer tot ze iets getekend had wat Van In tevreden stemde.

'Weet u nog welke kleur ogen ze had?'

Van In schudde het hoofd.

'Nee. Geen idee, sorry.'

'En waren de ogen groot of klein?'

'Niet echt groot en niet echt klein.'

Faes wreef zenuwachtig met haar vingers over haar potlood. Ze begon nog niet te tekenen.

'Kunt u iets over de neus zeggen?'

'Geen grote neus', antwoordde Van In stellig. 'Maar ook geen kleine.'

'Laten we de neus even overslaan. Was er iets speciaals aan haar mond?'

Van In dacht na.

'Geen dikke lippen. Maar ook geen dunne.'

Faes zuchtte en legde haar potlood weg.

'Laten we het boekje er maar even bij halen.'

'Christine is gevonden. Ze is dood.'

Nora reageerde nauwelijks toen Malik het meldde, maar concentreerde zich in de hal op haar spiegelbeeld, terwijl ze haar mascara zorgvuldig aanbracht.

'Heb je me niet gehoord?'

Nora draaide zich boos naar hem toe, gestoord in haar bezigheden.

'Ik wist het al. De tamtam gaat snel in de Raamstraat.'

'Wat moeten we tegen de politie zeggen? Ze zullen vast langskomen.'

Malik liep zenuwachtig heen en weer. Nu stopte Nora wel met haar make-up. Ze hield een borsteltje dreigend voor zich uit.

'Wij doen niets. We bemoeien ons niet.'

Malik keek haar verbijsterd aan.

'We kunnen toch niet liegen tegen de politie?'

'We liegen ook niet. We zeggen gewoon niets.'

Malik liep naar de keuken en zocht in de kast naar een pak Cent Wafers. Hij had suiker nodig om zijn energie op peil te brengen.

'Blijf uit die kast, ik heb net opgeruimd.'

Nora stond ook in de keuken, ze was op het geritsel afgekomen.

'Ik hoef toch geen toestemming te vragen om een koek te eten?'

'Nee, natuurlijk niet. Doe jij maar lekker je zin. Word maar dik en onaantrekkelijk. Ik ben de enige die hier een beetje moeite doet om er goed uit te zien!'

Malik opende het pak en stak provocerend twee koekjes tegelijk in zijn mond. De kruimels vlogen in het rond. Nora reageerde zo snel dat hij het nauwelijks in de gaten had. Ze griste de broodrooster van het aanrecht en gooide het toestel naar zijn hoofd. Hij was te laat om uit te wijken of om met zijn handen het stalen gevaarte af te weren en hij kreeg het recht in zijn oog. De bult die net bijna was verdwenen begon weer te prikken.

'Je bent gek!'

Nora kwam naast hem staan en legde haar hand in zijn nek.

'Nu moet jij eens goed luisteren. Jij houdt je mond, ik wil niet dat we hierin betrokken raken. Anders zal iedereen denken dat we er iets mee te maken hebben. Je weet hoe mensen redeneren. Ik offer alles op voor ons gezin, dat mag jij niet kapotmaken.'

Malik schudde haar van zich af. Ze herhaalde onophoudelijk diezelfde woorden. Nora was de hoeksteen van het gezin, Nora offerde zich op om thuis te blijven, Nora hield de boel draaiende. Ze wist bijzonder goed dat het leugens waren. Leugens die hij lang had geloofd.

'Ga je weer lunchen?' vroeg hij. 'Met wie deze keer? Ken ik hem?'

Ze duwde hem achteruit. 'Wat zeg je? Ik ga met de vrouwen uit. Ik ben niet zoals jij. Ik ben geen hoer die met de buurvrouw aanpapt.'

Malik knarsetandde. Waarom reageerde hij niet? Waarom liet hij de verwijten elke keer over zich heen komen? Waarom zei hij niet wat hij echt dacht?

'Ik ben niet bij Karin geweest. Hoe vaak moet ik dat nog zeggen?'

Hij wist dat hij loog, maar het was sterker dan hemzelf. Hij kon het niet toegeven tegenover zijn eigen vrouw, ook al kwam er elke keer ruzie van. Hij schaamde zich omdat hij zwak was geweest, en dat was precies waar ze hem altijd van beschuldigde. Hij wilde niet dat ze gelijk kreeg.

'Ga je het weer ontkennen?'

Nora opende haar handtas en haalde er een papieren mapje uit waar foto's in zaten. Malik herkende de naam van de fotograaf bij wie ze altijd hun foto's lieten ontwikkelen. Nora nam de eerste foto en hield die voor zijn neus. Hij schrok. Hij zag zichzelf aan de voordeur van Karin staan. Hij wist wanneer dat was. En op de volgende foto stapte hij naar binnen. Ze had hem in de gaten gehouden, daarom was ze zo zeker geweest.

'Rot op!'

Hij schreeuwde het uit en stampte tegen een van de keukenstoelen. De poot brak en de stoel viel op de grond. Nora kreeg rode plekken in haar gezicht. Malik schoot langs haar heen naar de woonkamer.

'Stop met haar te verdedigen!' riep Nora, die achter hem aan kwam. 'Jouw hoer heeft haar zus vermoord, besef je dat? Zeg dat maar tegen de politie, als je toch zo graag wilt helpen.'

Het was Nora's theorie sinds de verdwijning van Christine: Karin had er iets mee te maken. Malik wist vaak niet meer wat waar was en wat niet. Misschien moest hij ook maar Karin beschuldigen, dan zou de politie niet meer bij hen langskomen.

'Ik doe niet meer mee aan jouw spelletjes.'

'O. Jawel.'

Nora nam een vaas met bloemen van een bijzettafel en gooide die naar Malik. Ze miste, de vaas barstte in stukken tegen de muur. Malik nam op zijn beurt een stapel tijdschriften en gooide die naar Nora. Maar de bundel fladderde uit elkaar en slechts één licht roddelblaadje belandde tegen haar arm.

'Je bent echt een zwakkeling', zei ze minachtend, en om haar woorden kracht bij te zetten, pakte ze alles wat in haar buurt stond om naar Malik te gooien. Een kop thee, de fruitmand op de eettafel, een schilderij aan de muur, alles vloog op Malik af, die zijn armen voor zijn hoofd hield. Toen haar woedeuitbarsting voorbij was, streek Nora haar kleren glad en wurmde zich langs Malik naar de hal. Ze nam haar jas, trok haar schoenen aan en opende de deur. Voor ze die dichttrok, stak ze nog even haar hoofd naar binnen.

'Zorg ervoor dat alles straks opgeruimd is.'

9

'Sorry voor de inval. Ik wilde jullie niet storen.'

Van In roerde met zijn lepeltje door zijn koffie en durfde Nadia niet aan te kijken. Tot zijn verbazing had ze hem opgebeld om nog eens af te spreken. Een kop koffie drinken voor ze naar hun werk vertrokken. Van In had onmiddellijk ja gezegd, ze hadden toch pas om twaalf uur bij Karin afgesproken.

'Ik vond het best wel schattig.'

Van In glimlachte besmuikt. Hij wilde niet dat Nadia hem schattig vond, hij wilde dat ze hem stoer vond, een He-Man die de wereld beschermde tegen Skeletor, een MacGyver die overal een oplossing voor bedacht. Geen Mister Bean die alles verknalde.

'De dirigent was minder gecharmeerd.'

'Ach, Dirk is een vakidioot. Een geniale virtuoos, maar in het dagelijks leven even boeiend als een blik verf.'

'Ik vind blikken verf tegenwoordig uitermate boeiend. Ik kan er uren naar kijken.'

Van In voegde er maar niet aan toe dat hij er soms daadwerkelijk uren naar keek, zonder te schilderen. Hij slaagde er maar niet in om in actie te komen.

Nadia dronk van haar chocolademelk – ze dronk geen koffie, had ze hem toevertrouwd – en legde haar blonde haren achter haar oren.

‘Ik ken het gevoel. Ik ben ook aan het verbouwen. Dat slorpt zoveel energie op.’

‘Wat ben je aan het doen?’

‘Mijn keuken is helemaal afgebroken. En ik heb me voorgenomen om de nieuwe kasten allemaal zelf te plaatsen. Dus dat zal nog even duren.’

‘Chic.’

Nadia haalde haar schouders op. ‘Niets aan, het kost gewoon wat tijd. Zeker omdat ik me heb voorgenomen om nog wel te blijven genieten van het leven. Ik ga mijn leven niet on hold zetten omdat mijn keuken nog niet klaar is. Ik mis geen enkele repetitie met het orkest. En ik ga nog altijd naar merkwaardige buurtfeesten.’

Ze knipoogde naar Van In voor ze verder ging.

‘Soms voel ik me dan ook wel schuldig. Als ik een hele dag ben weggeweest in plaats van te timmeren in mijn keuken. Heb jij dat ook?’

‘Niet echt’, antwoordde Van In. ‘Ik voel me nooit schuldig als ik niets doe, maar wel omdat anderen zeggen dat ik me schuldig moet voelen.’

Nadia moest lachen. Ze praatten nog een tijd verder over verbouwen, repeteren en optreden, waarbij Van In beloofde die avond naar haar optreden te komen. Hij had het gevoel dat het gesprek spontaan verliep. Hij luisterde, Nadia babbelde en dat was prima, ze was een interessante vrouw vol verhalen. Maar veel te snel keek Nadia op haar horloge.

‘Is het al zo laat? Ik moet ervandoor. Want ik wil niet te laat komen.’

Nadia werkte in een kleine boekenwinkel, die om tien uur opende. Van In nam zich voor om een keer binnen te springen, maar dan zonder een fles wijn op de vloer te gooien, een opdracht die nog wel moest lukken.

Hij aarzelde bij het afscheid. Wat nu? Een kus op de wang,

op de mond, een schouderklop? Onhandig stonden ze tegenover elkaar. Om het moment niet te lang te laten duren, stak Van In zijn hand uit, juist toen Nadia zich naar voren wilde buigen. Geschrokken trok ze zich terug en pakte ze zijn hand vast. Ze had een stevige handdruk, maar hij voelde voor Van In te kameraadschappelijk aan. Als Versavel hen bezig had gezien, had hij met zijn hoofd geschud en zachtjes 'aiaiai' gemompeld. Met een rood hoofd haastte Van In zich weg.

Toen Van In en Versavel tegen de middag door de Raamstraat liepen, leek het alsof de huizen op hen afkwamen. Van In voelde zich bekeken, al was dat meer inbeelding dan werkelijkheid. In de verte zagen ze drie kinderen voetballen. Eigenlijk was het een geweldige straat om in te wonen, rustig en veilig. Al zou Christine dat waarschijnlijk hebben tegengesproken. Voor het huis van Karin bleven ze staan en belden aan. Versavel keek om zich heen.

'Vreemd', zei hij. 'Er is niemand op straat te bekennen, en toch heb je het gevoel dat iedereen aanwezig is.'

Van In was blij dat hij niet de enige was.

'En toch kan iemand in zo'n straat verdwijnen. Hoe is dat mogelijk?'

'We zullen het alvast eens aan Karin vragen.'

Maar de deur van Karin bleef gesloten. Van In probeerde door het raam te kijken, maar dat was moeilijk met de gehaakte gordijnen en de sanseveria's. Hij zag in elk geval niemand bewegen.

'Misschien is ze boodschappen gaan doen', opperde Versavel. 'Of moest ze langer werken.'

'Wachten we hier of zullen we ergens koffie gaan drinken?'

'Goed idee', knikte Versavel.

'Café Vlissinghe?'

'Dat is een kwartier lopen. We zoeken wel iets dichterbij.'

Van In draaide zich om en zag dat ze bekeken werden. Deze keer niet stiekem, maar openlijk. Nora stond in haar deuropening, haar armen gekruist, haar blik dodelijk.

'Zijn jullie hier nu nog eens?' snauwde ze. 'Christine is dood, je hoeft haar niet meer te zoeken.'

Van In keek naar Versavel en gaf een korte knik. Het was beter dat hij het woord nam, want hijzelf stond sinds zijn berisping niet meer in een goed blaadje bij Nora.

'We vinden het verschrikkelijk dat we haar niet levend hebben kunnen terugvinden', stak Versavel van wal. 'Maar nu moeten we er alles aan doen om te weten te komen wie zoiets gruwelijks op zijn geweten heeft.'

'Dat hoef je toch niet zo ver te zoeken?'

'Nee?'

'Je staat aan de juiste deur.'

Van In keek om zich heen. Hij was er zeker van dat hun gesprek door verschillende mensen werd gevolgd. En het was niet de bedoeling om het onderzoek openlijk te voeren.

'Mogen we even binnenkomen?'

'Waarom?'

'Dan kunnen we wachten tot Karin thuiskomt en dan kunt u rustig vertellen waarom u denkt wat u denkt.'

De strenge blik van Nora verdween. Een kans om te vertellen wat haar dwarszat, beviel haar wel. Ze leek even af te wegen of ze wel publiekelijk agenten in haar huis wilde, maar wenkte hen dan toch.

'Kom binnen.'

Het huis van Nora en Malik was kraaknet. In de keuken was geen spoor meer van het ontbijt te zien, de vloeren blonken en zelfs de kussens op de bank waren opgeklopt. Op de tafel lag het fruit op kleur gesorteerd in een fruitmand. Boven de bank hing een grote trouwfoto van een dolgelukkige Malik en Nora van enkele jaren geleden. Alleen in een schilderij aan de muur meende Van In een kleine kreuk te zien.

'Verwacht u nog bezoek?' vroeg Van In.
'Nee, waarom?'
'Zomaar.'
Maar Nora had zijn onderzoekende blik opgemerkt.
'Ik heb het huis graag netjes. En ik heb toch niets anders te doen.'
'Werkt u niet?'
'Nee. Malik wil niet dat ik ga werken.'
'Waarom niet?'
Voor de eerste keer die ochtend verzachtte de blik van Nora. Alsof ze in de beslotenheid van haar eigen woonkamer haar granieten masker even kon afzetten.
'Willen jullie koffie?'
'Graag', knikte Van In.
'Hebt u ook thee?' vroeg Versavel.
'Natuurlijk.'
Terwijl Nora naar de keuken verdween, ging Van In aan het raam staan. Wat kon hij van hieruit allemaal zien? Niet zoveel eigenlijk. Het huis van Karin en dat van haar buren. Een stuk van de straat aan de ene kant en een stuk aan de andere kant. Nora kon net zien wie er bij Christine en Luc ging aanbellen, iets wat ze de laatste dagen waarschijnlijk extra in de gaten hield. Nora kwam terug met een kop koffie voor Van In en jasmijnthee voor Versavel. Zelf nam ze niets.
'Willen jullie niet aan Malik vertellen dat jullie hier zijn geweest?'
Van In blies in zijn koffie en wachtte even met drinken.
'Waarom?'
'Hij... Hij heeft niet zo graag dat ik bezoek ontvang.'
'Wij zijn van de politie. Dat is niet zomaar bezoek.'
'Ja. Maar toch.'
De strenge, zelfs arrogante vrouw had plaatsgemaakt voor een verlegen, bang meisje.

'Hij vindt het vast niet prettig dat ik zomaar twee mannen het huis binnenlaat', ging Nora verder.

Ze ging op de bank zitten en staarde naar haar voeten.

'We zullen er rekening mee houden', zei Versavel. 'Zijn er nog dingen die u niet mag doen?'

Ze schudde haar hoofd. 'Het is vooral als ik alleen ben. Als hij erbij is, mag ik juist alles doen. Dan moet ik zijn sympathieke, goedlachse vrouw zijn. Het is belangrijk voor hem dat we overkomen als een gelukkig koppel. Mensen mogen niet denken dat hij zijn taak als man niet vervult.'

Versavel ging naast haar zitten.

'Ik wil me niet moeien, maar u hebt ook recht op een eigen leven. Malik moet niet alles voor u bepalen.'

Van In probeerde haar verklaring te koppelen aan de situatie waarvan hij getuige was geweest. Het leek toen niet of Malik haar iets oplegde, integendeel.

'Het is in orde. Malik heeft gewoon veel stress op het werk.'

Ze begon te huilen, legde haar hoofd in haar handen. Versavel zat er ongemakkelijk naast. Hij keek naar Van In, maar die hief zijn handen. Hij was niet de specialist in het troosten van gevoelige vrouwen. Misschien moest hij het gesprek maar een andere wending geven.

'Waarom denkt u dat Karin er iets mee te maken heeft?'

Nora antwoordde niet meteen en snikte nog een beetje. Toen ze haar hoofd oprichtte, waren haar tranen gedroogd.

'Ik heb haar gezien, die avond.'

Van In ging op de andere bank zitten en zette zijn kop koffie op de glazen salontafel.

'Vertel.'

'Er was eerst wat gestommel in het huis hiernaast. Ik weet niet wat er precies aan de hand was, maar ik hoorde stemmen.'

'Wat zeiden ze?'

'Dat kon ik niet verstaan. Er was ruzie. En dan niets meer. En niet veel later zag ik Karin terug naar huis lopen.'

Versavel nam zijn notitieboekje en noteerde wat Nora had gezegd.

'En wat gebeurde er daarna?'

'Daarna is Karin weer naar buiten gekomen en de straat uit gerend.'

Toen was ze naar het politiebureau gegaan, in een poging om haar zus als vermist op te geven, wist Van In. Veel te vroeg eigenlijk. Wilde ze echt dat er iemand kwam of wilde ze zich gewoon indekken?

'En niet veel later kwam ik langs', vulde Van In aan. 'Of is er tussendoor nog iets anders gebeurd?'

Nora schudde haar hoofd.

'Was er toen iemand bij u?' vroeg Versavel.

'Nee, mijn man was op zijn werk. Hij kwam pas iets later thuis.'

Ze durfde Van In niet aan te kijken toen ze dat zei. Ze wisten allebei wat er daarna was gebeurd. Van In kon deze Nora en die van toen niet rijmen. Het kostte hem moeite om die ruzie weer voor de geest te halen, wat waarschijnlijk Nora's bedoeling was. Maar toch klopte er iets niet aan haar verhaal.

'Ik dacht dat Karin eerst nog naar jullie had gebeld?'

Nora keek verbaasd op. 'Nee. Waarom zou ze dat doen?'

Van In loste haar blik geen seconde nu.

'Of misschien had ze met uw man gebeld?'

Nora schudde haar hoofd. 'Dat kan niet. Die was niet thuis, zoals ik net al zei.'

Van In verzette zich op de bank. Nora keek hem strak aan, knipperde niet met haar ogen.

'Dus niemand kan bevestigen dat u hier thuis was,' nam Versavel het weer over, 'tussen pakweg twaalf uur en zes uur?'

'Nee. Ik was hier alleen. U denkt toch niet dat...?'

'Gewoon een standaardvraag, mevrouw. Maakt u zich geen zorgen.'

Van In haalde de robotfoto die hij met mevrouw Faes had gemaakt uit zijn zak en schoof die over de salontafel naar Nora.

'Kent u deze vrouw?'

Nora bestudeerde de foto, maar reageerde er nauwelijks op.

'Nee. Zegt me niets.'

Van In zuchtte onhoorbaar, stond op en keek door het raam naar de overkant.

'Nog altijd weinig beweging daar.'

'Ik zal nog eens aanbellen', zei Versavel.

Hij verliet Nora's huis en liep naar dat van Karin. Maar opnieuw bleef het stil. Hij kwam terug en tikte met zijn pen op zijn boekje.

'Vindt u het erg als we hier nog wat op haar wachten?'

Nora keek onwillekeurig naar de klok die boven de keukentafel hing. Checkte ze of haar man kon thuiskomen?

'Het is oké.'

Lange tijd werd er niets meer gezegd. Van In tuurde onophoudelijk door het raam en schaamde zich daar een beetje voor. Alsof hij spontaan de gewoontes uit de straat had overgenomen. Dit was hoe Nora haar dagen doorbracht en dat leek hem verschrikkelijk. Ze hadden toch beter voor de wandeling naar café Vlissinghe gekozen, want hier durfde hij niet te vragen of er ook iets van bier in huis was. Na een uur werd hij het moe.

'Karin wist dat we een afspraak hadden. Dan blijf je niet zo lang weg. Er is iets mis.'

Meyrem zuchtte terwijl ze de dossiers grondig inkeek. Van In en Versavel waren weer op uitstap en zij mocht het papierwerk doen. En ja, ze wist dat dat ook belangrijk was, maar het leek eerder een taak die werd verzonnen om haar bezig te houden.

'Alles oké hier?'

Hoofdcommissaris De Kee stak zijn hoofd door de deur. Meyrem knikte en glimlachte.

'Druk bezig.'

'Dat hoor ik graag. En de schepen waarschijnlijk ook.'

'Fijn.'

'Kan ik nog iets voor je doen?'

Meyrem twijfelde. Zou ze er iets van zeggen tegen De Kee? Die zou het niet dulden dat Van In haar benadeelde. Maar werd ze wel benadeeld? Ze maakte tenslotte deel uit van het onderzoeksteam en dat was toch wat ze altijd had gewild. Bovendien wilde ze geen klikspaan zijn. Hoe moeilijk Van In het haar ook maakte, ze zou zich niet laten kennen.

'Nee, als we iets vinden, laten we het u meteen weten.'

'Prima, houd me op de hoogte.'

De Kee verdween weer en Meyrem zocht haar focus weer. Ze begon aan een dossier over Luc Desaeyere. Blijkbaar was hij al vaker in aanraking gekomen met het gerecht. Terwijl ze las, viel haar mond open van verbazing.

Er waren heel wat zaken die Luc hun niet had verteld.

'Waar werkt Karin?' vroeg Van In.

'In het kantoor van het Gemeentekrediet. Ze zit er aan het loket. In de voormiddag toch. Ze werkt halftijds.'

'Hebt u een Gouden Gids in huis?'

Nora knikte en liep naar een kast die tussen de twee banken stond. Uit de bovenste lade haalde ze een telefoonboek en de Gouden Gids, die ze aan Van In gaf. Hij nam het dikke boek aan en speurde de inhoudstafel af naar banken. Zodra hij het juiste cijfer had gevonden dat erbij hoorde, begon hij aan de zoektocht naar het Gemeentekrediet van Brugge. Was er geen makkelijkere manier om een telefoonnummer op te zoeken? Na enkele keren per ongeluk twee pagina's te hebben omgeslagen en op die manier bij de verkeerde bedrijven terecht te komen, vond hij uiteindelijk het juiste nummer.

'Zou ik uw telefoon even mogen gebruiken?'

Nora knikte met tegenzin. 'Niet te lang, graag. Het is geen daluur.'

Haar zachte toon was opeens weer verdwenen. Van In wilde met zijn ogen rollen, maar kon zich net op tijd bedwingen. Hij nam de hoorn van de haak, toetste het nummer in en kreeg na enkele tonen een opgewonden mannenstem aan de lijn.

'Gemeentekrediet! Kan ik u helpen?'

'Goedemorgen, u spreekt met commissaris Van In. Ik ben op zoek naar Karin Vereecken.'

'Dat treft, daar ben ik ook naar op zoek!' klonk het wanhopig. 'Ze is deze ochtend niet komen opdagen. Nu moet ik hier alles tegelijk doen. Hoe kan ik nu klanten ontvangen als ik ook het loket moet doen?'

Van In fronste zijn wenkbrauwen.

'Dus u hebt haar vandaag nog niet gezien?'

'Dat zeg ik toch! U wel?'

'Nee. Ik zal u iets laten weten als we meer weten.'

Van In legde de hoorn weer op het toestel. Er klopte iets niet, zoveel was duidelijk. Versavel merkte het aan zijn reactie.

'Vraag ik een huiszoeking aan?'

'Daar gaan we niet op wachten. Bel maar een slotenmaker.'

Versavel liep op zijn beurt naar de telefoon, legde zijn hand op de hoorn, maar bedacht zich dan. Hij keek verontschuldigend naar Nora.

'Zou ik nog één keer mogen...?'

Gespannen wachtten ze op de komst van de slotenmaker. Eerst nog bij Nora thuis, daarna op straat, omdat ze merkten dat Nora hen liever kwijt dan rijk was. Of misschien omdat ze haar plaats aan het raam weer wilde opeisen, nu er een garantie op actie in de straat was.

In geen tijd boorde de slotenmaker het slot open. Van In knikte naar de man en schoof langs hem heen naar binnen. De gang kwam uit op de trap. Van In gaf een teken aan Versavel om naar boven te gaan. Hij tastte naar zijn holster en haalde zijn pistool eruit. Behoedzaam liepen ze de treden op, die kraakten in het muisstille huis. Beneden aan de trap was de slotenmaker nieuwsgierig blijven kijken. Van In gebaarde dat hij moest verdwijnen.

Er kwamen drie deuren uit op de hal boven. Van In ging bij de eerste deur staan en liet Versavel dekking bieden. De badkamer. Van In keek naar de tandenborstel die in een beker op het glazen planchet stond. Die was nog nat. Ook het stoffen douchegordijn vertoonde nog sporen van water. Karin was hier deze ochtend nog geweest. Op de tegels waren schimmelplekken, de badkamer leek niet in goede staat.

Achter de tweede deur lag de slaapkamer van Karin. Haar bed was niet opgemaakt, het raam stond nog open. Van In rook aan de lakens. De muffe geur vertelde hem dat Karin deze nacht thuis had geslapen. Verder geen foto's of schilderijen aan de muur, geen boeken op het nachtkastje, geen plantjes of versiering in de vensterbank. Hield Karin het graag sober of had ze de middelen niet om het gezellig in te richten?

De derde kamer was Karins werkkamer annex rommelkamer. Een houten studentenbureau stond te midden van een overdaad aan rekken die op hun beurt weer een grote verscheidenheid aan objecten herbergden: oude boeken, pennenzakken, flacons shampoo en conditioner, pakken beschuitjes, pennen, wc-rollen, planten met of zonder pot, uitpuilende ringmappen en kartonnen dozen in allerlei vormen en formaten. Alles wat Karin niet kwijtraakte in een kast werd hier in de kamer gestouwd.

Van In schudde zijn hoofd, ze moesten beneden zijn. Versavel ging nu eerst. In de hal waren twee deuren, vermoedelijk naar de woonkamer en naar het toilet of de kelder. Versavel koos voor de woonkamer en wilde meteen binnenvallen, maar Van In hield hem tegen. Hij vertrouwde het niet, al kon hij niet direct zeggen waarom. Voor een hinderlaag was het te stil in huis, hij kon zich niet voorstellen dat er gewapende figuren achter de deur zaten. Maar het was net die stilte die hem deed vermoeden dat wat ze achter de deur zouden aantreffen niet fraai zou zijn. Niemand had Karin naar buiten zien gaan, ze was niet op kantoor aangekomen en ze was niet bepaald geliefd in de straat, ze wist alles van iedereen.

'Moeten we versterking roepen?'

'Nee, maar let wel op.'

Hij haalde diep adem en knikte naar Versavel. Ze konden niet blijven wachten. Versavel legde zijn hand op de klink en duwde tegen de deur. Van In sprong naar binnen, zijn pistool in de aanslag.

De woonkamer was leeg. Maar ze lag er niet zo vredig bij als de kamers op de bovenverdieping. De salontafel was omvergevallen, de tijdschriften lagen kriskras door de kamer. Een staande lamp lag op de grond en was in stukken gebroken. De kussens van de bank waren eraf gevallen. Op de grond naast de salontafel lag een zilveren naamplaatje met Karins naam erop, besmeurd met bloed. De chaos deed hen het ergste vermoeden.

Ook Karin was verdwenen.

10

‘Luc Desaeyere is niet zomaar gescheiden van zijn laatste vrouw.’

Meyrems blik stond ernstig terwijl ze met een dossier zwaaide. Van In en Versavel waren net aangekomen en wilden in hun kantoor wachten op het verslag van de huiszoeking bij Karin. Een opsporingsbericht stond klaar, maar eerst moesten ze er zeker van zijn dat ze echt was verdwenen.

‘Wat?’

Van In liep naar Meyrem en griste het dossier uit haar handen.

‘Zal ik je vertellen wat erin staat?’

‘Ik lees het wel. Dan kan ik zelf bepalen wat belangrijk is en wat niet.’

‘Van In’, mompelde Versavel afkeurend en hij nam op zijn beurt een stuk van het dossier uit Van Ins handen. Van In liet hem begaan. Zijn ogen gleden over het dossier.

Een van de documenten was de aangifte van zijn toenmalige vrouw Lieve. Ze beweerde dat hij haar had proberen te wurgen, niet eenmaal, maar meerdere keren. Ze was gevlucht, maar hij was haar achternagekomen. En toen had hij haar verrot geslagen. De foto’s die bij het dossier waren gevoegd, logen er niet om. De linkerhelft van het gezicht van de vrouw zag helemaal blauw. De rechter had haar verhaal gevolgd, maar achtte het enkel bewezen dat Luc een slag had uitgedeeld. Er waren geen sporen van wurging gevonden en niemand had de ruzie gezien. Luc had een celstraf van een maand gekregen en kreeg daarna een contactverbod opgelegd.

'Hij heeft zijn vrouw het ziekenhuis in geslagen', bromde Van In. 'Daar heeft hij helemaal niets over gezegd.'

'Het is natuurlijk niet iets dat je spontaan vertelt', zei Meyrem.

Hij had er niets van gezegd, dus strikt genomen had hij ook niet gelogen. Van In las hoofdschuddend verder.

'Desaeyere is in februari vorig jaar opgenomen in het ziekenhuis', zei Versavel, na het lezen van zijn stuk uit het dossier. 'De waarnemende agenten hebben toen een pv opgesteld voor dronkenschap en vernieling van openbaar materiaal.'

'Wat is openbaar materiaal?' vroeg Van In. 'Want er zijn in Brugge zaken die ik ook wel zou willen vernielen. Zoals die Bloementuil voor Frank Van Acker. Wie heeft dat bedacht? Ik dacht eerst dat het een mand vol middeleeuwse wapens was. Het leek me eerder een ode aan Jan Breydel dan aan onze vorige burgemeester.'

'Volgens onze collega's heeft hij bloembakken omgegooid en verkeerssignalisatie door de lucht geslingerd. En ten slotte heeft hij tegen hun combi geplast.'

'En was hij toen al samen met Christine?'

'Ja.'

Lucs relaas over zijn relatie met Christine was er een van rozengeur en maneschijn geweest. Een sprookje over prinses Christine die kikker Luc had gekust en omgetoverd in een prins. Maar nu bleek de vijver waarin de kikker had gezwommen toch nog steeds een hoog alcoholpercentage te bevatten.

'Dan zal Christine heel ontgoocheld zijn geweest. Ze had vertrouwen in hem gesteld, een risico genomen ten opzichte van al haar vrienden en buren. En hij heeft dat vertrouwen beschaamd.'

‘Vraag ik hem om langs te komen?’

‘Kunnen we hem niet meteen arresteren? Er is iets niet in de haak met die kerel.’

‘Mag niet van De Kee. Er moet eerst concreet bewijs zijn.’

Van In zuchtte diep. Waarom schrok hij niet van dat antwoord?

‘Dan gaan we er wel naartoe. Ik zou niet willen dat er nog een vogel gaat vliegen.’

Van In keek naar de namen die Meyrem op de flipchart had geschreven. Christine was dood teruggevonden, van de vreemde vrouw was nog geen spoor en Karin was verdwenen. Hun enige spoor was voorlopig Luc.

‘Denk je dat Karin is gevlucht?’

‘Weinig waarschijnlijk.’

Van In stond op en nam zijn jas. Hij keek nog eens naar de foto’s van Lucs ex-vrouw en stak ze in zijn zak.

‘Laten we ons eerst focussen op Luc. Die heeft nog heel wat uit te leggen.’

Laura sleurde aan de geboeide handen van Karin. Ze had haar polsen aan elkaar gebonden met kabelbinders, het was het enige wat ze had gevonden dat bruikbaar was. In de Gamma bij haar om de hoek verkochten ze nu eenmaal geen doe-het-zelfontvoeringspakketten. Karin snikte onophoudelijk.

‘Laat me los. Ik beloof je dat ik niets zal zeggen.’

Laura antwoordde niet en trok haar uit haar kleine Renault. Het hoofd van Karin was bedekt met een papieren zak, waardoor ze niet kon zien waar ze naartoe werd gebracht. Of dat iets uitmaakte, wist ze niet. Ze had de zak gewoon over haar hoofd getrokken, wist zij veel hoe zo’n ontvoering werkte. De manier waarop ze Karins huis waren binnengevallen, was al behoorlijk amateuristisch geweest. Laura had in de vroege ochtend om de hoek staan wachten tot Karin aarzelend opendeed. Daarna was ze mee naar binnen gestormd en hadden ze haar na een korte schermutseling overmeesterd. Karin had zich snel gewonnen gegeven, ze besefte dat ze niets kon beginnen tegen de overmacht. Laura hoopte maar dat niemand had gezien hoe ze Karin in de auto hadden geduwd.

Ze sleepte Karin over de betonnen vloer en liet haar in het midden van de ruimte los. Ze nam een klapstoel die tegen de muur stond en opende die. Daarna duwde ze Karin ernaartoe en gebood haar te gaan zitten. Toen Karin eindelijk op de stoel zat, wilde Laura de zak verwijderen.

Ho, wacht even.

Laura liep naar buiten, opende het portier van haar R4 en nam haar bivakmuts er weer uit. Ze had nog nooit in haar leven zo'n ding op haar hoofd gezet, maar in de films hadden gangsters ook zoiets op, dus leek het haar wel geschikt te zijn. De muts was in elk geval al handig geweest in de Raamstraat. Ze sloot de wagen, dook onder de ijzeren roldeur en trok ze naar beneden. Met haar rechterarm reikte ze naar de lichtknop aan de zijkant. Een felle tl-lamp aan het plafond begon te flikkeren, op de maat van de tokkelende regen op het dak van de betonnen constructie. Ze zette de bivakmuts op en haalde de zak van Karins hoofd. Haar betraande ogen knipperden tegen het felle licht.

'Wat wil je?' stamelde ze.

Laura gaf geen antwoord. Niet omdat ze niet wilde, maar omdat ze het antwoord niet wist. Wat wilde ze eigenlijk bereiken door Karin mee te nemen? Ze had een probleem opgelost door een nieuw probleem te veroorzaken. In haar professionele leven werkte dat meestal: schulden maken om te kunnen investeren. Meestal leidde dat tot meer winst, maar in dit geval was het hoogst twijfelachtig wat die winst dan precies was.

'Wil je het geld?' vroeg Karin. 'Ik zal je zeggen waar het ligt!'

Laura keek naar de wanhopige vrouw op de stoel. Over welk geld had ze het? Ze moest even raad vragen. Ze nam extra kabelbinders en bond Karin aan haar enkels en haar polsen vast aan de stoel. Karin stribbelde slechts zacht tegen. Wat als ze echt in opstand kwam? Wat kon ze dan doen?

Ze draaide zich om en opende de garagedeur opnieuw. Ze keek even de gang in. Die was veilig. Ze schoof onder de roldeur door, sloot ze en trok haar bivakmuts uit. Ze startte de auto en reed naar buiten.

Iets verderop had ze een telefooncel gezien. Ze parkeerde de auto en dook in het hokje. Zenuwachtig schudde ze enkele munten uit haar portemonnee. Het was niet veel, maar voldoende om even te bellen. Hopelijk was hij thuis.

'Ja?'

'Ik ben het. Het is gelukt, Karin zit vast.'

Ze speelde met de draad van de telefoon tussen haar vingers en keek om zich heen. Kon iemand haar zien? Kon iemand haar horen? Het antwoord dat ze kreeg, was kort.

'Wat?'

'Hoezo, wat?'

'Waarom is ze er nog?'

Laura kneep nu hard in de draad. Ze had steun verwacht, medeleven, omdat zij al voor de tweede keer de rotklus voor haar rekening nam.

'Dat hadden we toch afgesproken? Zij is een van de spelbrekers. Ik ben er zeker van dat zij mij heeft gezien.'

Ze hoorde gezucht aan de andere kant van de lijn.

'Ik weet het nog altijd niet. Dan had ze dat toch al aan de politie verteld?'

Laura probeerde haar stem onder controle te houden. 'Nu moet je niet van gedachte veranderen. Ze moest verdwijnen, we konden geen risico nemen. Hiermee is het opgelost.'

'Nee, ze is niet verdwenen, ze zit daar nog ergens', klonk het bars. 'Hoelang denk je haar daar te houden?'

Daar had Laura nog niet over nagedacht. Hoe anders reageerde ze in persoonlijke situaties. Op haar werk wierp ze zich op als de perfecte strateeg. Ze kon een presentatie van een collega vakkundig fileren en instant feedback geven. En wonder boven wonder draaiden haar prognoses meestal goed uit. Maar in haar eigen leven lukte het haar niet om de juiste keuzes te maken. Ze volgde haar instinct, leefde op haar gevoel. En nam voortdurend de verkeerde beslissingen.

'Ik weet het niet.'

'Wat denk je dat Karin zal doen als ze weer vrijkomt? Ze zal je direct verraden.'

'Ze heeft me nog niet herkend.'

'Nog niet. Maar ze weet wie je bent, ze weet dat je bij Christine was. Vroeg of laat komt de waarheid aan het licht.'

Laura ademde plots sneller.

'Wat stel je dan voor?'

'Toen ik zei dat Karin weg moest, bedoelde ik echt weg. Ze moet dood.'

Laura liet de hoorn zakken. De glazen wanden van de telefooncel leken op haar af te komen. Ze kreeg het ontzettend benauwd.

'Dat doe ik niet.'

'Je moet. Anders vliegen we allemaal de cel in.'

'Dit is helemaal niet...'

Een langgerekte beltoon onderbrak haar. De tijd was op. Ze krijste luid.

'Fuck!'

Ze gooide de hoorn op de haak, nam hem er weer af en ramde hem er nog twee keer op. Daarna zakte ze met haar rug tegen het glas naar beneden. Tranen stonden in haar ogen. Het duurde even voor ze zichzelf herpakte. Ze reed terug naar de ruimte waar ze Karin had achtergelaten. Ze trok de bivakmuts weer over haar hoofd en opende de garagedeur. Karin keek hoopvol op, maar sloeg dan haar ogen neer. Het was niet de redding waarop ze had gehoopt.

Laura ging tegenover haar op de grond zitten, met haar armen om haar benen. Hoe had het zover kunnen komen? Ze was een succesvolle zakenvrouw, gerespecteerd en een beetje gevreesd door zowel voor- als medestanders. Ze had haar leven min of meer onder controle, zelfs met haar verslavingen meegerekend. Maar nu zat ze hier, met een muts van een goedkope kledingketen, die bovendien vreselijk jeukte, tegenover een vrouw die haar niets had misdaan, behalve dan dat ze op het verkeerde moment door haar raam had gekeken.

Het was ook nooit de bedoeling geweest om Christine te doden, dat was iets helemaal anders. Ze had nooit mogen instemmen met het plan om het lichaam te verstoppen. Nu was ze medeplichtig, ze kon niet meer terug. Maar iemand in koelen bloede vermoorden? Nee, dat kon ze niet. Ook al leek Karin tegenover haar te denken van wel.

Maar wat als ze geen keuze meer had?

Wat als het Karin of zij was?

Luc was gewoon thuis. Hij keek gejaagd op toen Van In en Versavel aan zijn deur stonden. Alsof het hem niet helemaal paste. Ze hadden Meyrem op kantoor gelaten om verder in de archieven op zoek te gaan naar alles wat de hoofdpersonages in dit verhaal met elkaar kon verbinden.

'Waar is Karin?' viel Van In met de deur in huis.

Luc bleef in de deuropening staan, niet van plan hen binnen te laten. Hij zette zijn handen op de deurstijlen om dat duidelijk te maken.

'Ik weet het niet. Het is verschrikkelijk. Eerst Christine en nu haar zus. Ik begrijp er niets meer van.'

'Helpt dit misschien?'

Van In hield de foto van Lucs toegetakelde ex-vrouw omhoog. Luc keek niet weg.

'Nee', zei hij rustig. 'Ik weet niet wat dat er mee te maken heeft.'

'Misschien kunnen we er binnen rustig over praten?'

Luc keek de straat in, op zoek naar getuigen die zagen dat de politie weer op bezoek was. Voor zijn imago was het geen goede zaak om te veel met ordehandhavers gezien te worden. Het kon het idee versterken dat hij iets met de dood van Christine te maken had. Hij ging opzij en wenkte hen binnen. De deur vloog met een knal achter hen dicht.

'Iets drinken, heren?'

De toon waarop Luc sprak, was zachter nu. Alsof hij de schijn niet meer hoog moest houden nu de deur gesloten was en de bewoners van de Raamstraat niet meer meeluisterden. Ook zijn blik was vriendelijker, de omschakeling van bruut naar innemend voltrok zich razendsnel. Van In wilde iets bestellen uit de plastic tas die hij vorige keer in de keuken had zien staan, maar hij besloot de goede vrede te bewaren.

'Koffie, graag.'

Versavel knikte dat dat ook voor hem goed was en Luc verdween naar de keuken. Van Ins blik viel op de vitrinekast met de eendjes. Ze was helemaal leeggemaakt, er was geen eendje meer te bespeuren. Alsof iemand de jachthonden erop af had gestuurd.

'Ben je gestopt met verzamelen?' knikte Van In naar de kast toen Luc terug was met de koffie.

Luc zette de koppen neer en ging tegenover hen zitten.

'Ja. Het was de verzameling van Christine. Ik kon er niet naar kijken. Het deed me te veel aan haar denken.'

'Is dat niet wat snel?'

'Hebt u uw vrouw al verloren?' vroeg Luc.

Van In beet op zijn lip. Ja, hij was zijn vrouw al een keer kwijtgeraakt, maar niet zoals Luc bedoelde.

'Nee.'

'Iedereen rouwt op zijn manier.'

Versavel kuchte en haalde een blad papier uit zijn binnenzak. Hij liet het aan Luc zien.

'We hebben in uw dossier gezien dat u dit jaar nog bent opgenomen met een alcoholvergiftiging. Ik dacht u gestopt was met drinken?'

Luc reageerde verrassend kalm op de feiten. Hij wist dat hij ze niet kon ontkennen.

'Ik schaam me nog altijd kapot', zei hij. 'Christine was de enige die in mij geloofde en dan slaag ik erin om het zo te verknallen.'

'Hoe reageerde ze?'

Luc glimlachte wrang. 'Dat was ongelooflijk. Met begrip. Ze wilde het me vergeven.'

Van In kreeg stilaan het gevoel dat Christine een soort engel was. Als je een foto van haar had genomen, was er beslist een aureool boven haar hoofd verschenen. Kon iemand echt zo onberispelijk goed zijn? Of was het de perceptie die haar altijd het voordeel van de twijfel gaf, een selffulfilling prophecy die ervoor zorgde dat mensen haar nooit kwade eigenschappen zouden toedichten? Net zoals nog een Duvel bestellen een steeds beter idee leek naarmate er al meer gedronken waren.

'Ze bleef je kansen geven.'

'Ja. Ik weet natuurlijk niet of er nog kansen zouden zijn gekomen. Sindsdien ben ik clean gebleven.'

Dat strookte niet met de flessen alcohol die in de keuken hadden gestaan. Of zou Christine echt zelf de gebruiker geweest zijn?

'Hoe reageerden de andere bewoners in de straat?'

'De meesten wisten het niet. Christine heeft het ook niet rondverteld. Alleen Karin had het gemerkt.'

'Hoe wist ze dat?'

Luc haalde zijn schouders op. 'Karin weet altijd alles.'

'Kende ze ook uw verleden?'

Luc zuchtte diep. 'Waarschijnlijk wel. Of toch de officiële versie. De enigen die weten wat er echt is gebeurd, zijn Lieve en ik.'

Van In nam een andere houding aan. Hij was benieuwd welk verhaal Luc nu zou vertellen.

'Ik heb u al gezegd dat we geen kinderen konden krijgen. Lieve kon het niet verwerken en koelde haar woede regelmatig op mij.'

Van In keek op. 'Sloeg ze u?'

Luc haalde zijn schouders op. 'Ach, wat is slaan? Lieve was niet sterk. Het was haar manier om haar emoties te uiten.'

Van In dacht aan buurvrouw Nora. Had ze die ene keer ook gewoon haar gevoelens willen uiten? Van In kon het zich niet voorstellen.

'En hoe is jullie huwelijk dan spaak gelopen?' vroeg Versavel.

Luc kneep hard in zijn beker.

'Omdat ik een keer mijn zelfbeheersing verloor. Een keer kon ik de verwijten niet meer aanhoren. Hoeveel ik ook van haar hield, ik kon niet ook al haar verdriet erbij nemen. En toen heb ik haar hard vastgepakt. En dat had ik niet mogen doen.'

Hij ademde luid door zijn neus.

'Ze heeft de politie gebeld en ze hebben me opgepakt.'

Van In zag hoe de frustratie door zijn lichaam gierde. Zijn lip trilde terwijl hij hen aankeek.

'Weet u wat dat met een mens doet? Nee, natuurlijk weten jullie dat niet. Het is een stempel die met een heet ijzer in je voorhoofd wordt gebrand. Iedereen weet het, iedereen denkt het, maar niemand praat erover. Vanaf dan ben je voor altijd die kerel die zijn vrouw heeft geslagen. Maar de vernederingen, het gestamp op de bank, de nagels die krasten in je rug. Daar heeft niemand oren naar. En ik heb haar niet eens aangeraakt.'

'Zo bent u dus in contact gekomen met de vzw', concludeerde Versavel.

'Precies. En in tegenstelling tot de psychologen die ik verplicht moest zien, had de vzw wel impact. Door niet meteen te spreken over een dader. De mensen van de vzw gingen op zoek naar het waarom van wat er was gebeurd. Ze probeerden te begrijpen wat er aan de hand was en daarna boden ze de vereiste hulp.'

'Geloofde iedereen dat verhaal?' vroeg Versavel.

Luc snoof. 'Wat denkt u zelf? Die stempel stond op mijn hoofd. Mensen vertrouwden me niet. "Als hij ooit geslagen heeft, zal hij dat nog doen." Ondanks het feit dat ze zich in de vzw engageerden, gunden ze me geen tweede kans.'

Van In legde de foto van Lieve op de tafel en tikte er met zijn wijsvinger op.

'De beelden liegen natuurlijk niet.'

'Ze heeft de politie ook misleid.' Hij schokschouderde. 'Lieve wond iedereen om haar vinger. Ik weet niet hoe ze het heeft klaargespeeld, maar ze is bij mij vertrokken zonder enig letsel en toegetakeld aangekomen op het politiekantoor.'

Versavel keek Luc weinig overtuigd aan. 'Dus ze heeft die wonden zelf veroorzaakt?'

'Of laten veroorzaken, weet ik veel', zei Luc. 'Maar ze was vastberaden om van mij de slechterik te maken.'

Van In geloofde geen woord van wat Luc zei. Hij creëerde een waarheid die hij zelf graag wilde geloven. Maar hij was hier niet voor de zaak over Lieve.

'U probeerde van Karin ook de slechterik te maken. Waar is ze nu?' probeerde hij nog een keer. Luc was minder op zijn hoede nu. Het was het proberen waard.

'Dat heb ik toch al gezegd? Ik weet het niet. Gevlucht zeker? Om haar straf te ontlopen? Maar ik zal haar niet missen.'

Van In dronk zijn kop leeg en zette ze op de salontafel. Ze hoorden een sleutel omdraaien in het slot. Het gesprek viel stil. De voordeur viel dicht en Peggy kwam de woonkamer binnen. Ze schrok toen ze het onverwachte bezoek zag.

'Het is oké, schat', zei Luc. 'De heren van de politie zijn op zoek naar tante Karin. Ze willen weten of wij informatie hebben.'

Peggy bleef naar de grond kijken. 'Oké.'

'Jij schoot wel goed op met je tante?' vroeg Versavel voorzichtig.

'Ja, redelijk.'

'Jullie vertelden alles aan elkaar. Enig idee waar ze nu kan zijn?'

'Nee. We spraken elkaar minder na de ruzie met mama.'

'Waarover ging die ruzie?'

'Mama wilde niet dat ze uit de vzw stapte.'

Van In wilde erop ingaan, maar deed het niet. Soms was het beter om te zwijgen. Peggy bevestigde onbewust het verhaal van Karin dat ze zelf uit de vzw was gestapt. Waarom dacht iedereen dan iets anders? Of loog Peggy?

'Mag ik gaan?'

'Natuurlijk, schat', antwoordde Luc.

Peggy liep naar de keuken om iets uit de koelkast te nemen en haastte zich daarna naar boven. Luc staarde haar na, zijn hoofd een beetje schuin.

'Arme stakker. Eerst haar moeder en nu haar lievelingstante. Dat is veel voor een tiener om te dragen.'

Boven hen hoorden ze luide muziek door de boxen weerklinken. Snelle gitaren en drums die liederen vol weltschmerz door het huis lieten knallen. De perfecte muziek voor een verdrietige tiener. Versavel nam een blad papier uit zijn jaszak en ontvouwde het voor Luc op de salontafel. Het was de robotfoto die Van In van de valse Christine had laten maken.

'Kent u deze vrouw?'

Luc wierp een blik op de foto, terwijl Versavel en Van In nauwkeurig zijn reactie bestudeerden. Zijn gezicht vertrok geen millimeter.

'Nee.'

'Ze is in uw huis geweest.'

Nu keek Luc wel op. 'Wat?'

'Op de dag dat Christine verdwenen is,' zei Van In. 'Ik ben komen aanbellen en ze ontving me alsof ze Christine was.'

Luc leunde achterover, verbijsterd over wat hij net te horen had gekregen.

'Heeft zij dan...'

Het kostte hem moeite om de woorden uit te spreken.

'Heeft zij dan Christine... vermoord?'

Versavel nam de tekening weer van de tafel en stak ze weg.

'Dat weten we niet. Maar hoe komt zo'n vrouw plotseling in uw huis? En waarom hebt u daar niets van gezegd?'

Luc schudde zijn hoofd. 'Dat moet geweest zijn toen ik een boodschap deed. Want ik heb u ook niet gezien, commissaris.'

Van In had ook al gezien in de tijdsbesteding van Luc dat ze elkaar hadden gemist. Als Luc de waarheid sprak.

'Hebt u nog een bonnetje van de doe-het-zelfzaak?'

Luc nam zijn portefeuille uit zijn achterzak en keek erin.

'Nee, sorry. Ik gooi dat meestal weg.'

Dat kwam Luc wel handig uit. Maar tegelijk moest Van In toegeven dat hij ook zelden een bonnetje bewaarde.

'Heeft Christine gezegd met wie ze een afspraak had die avond?'

'Nee, ik wist gewoon dat ze niet thuis zou komen die dag.'

Van In had gehoopt dat Luc zich zou verspreken. Dat hij

veinsde nog contact te hebben gehad met Christine. Maar hij bleef hen alleen maar doodserieus aankijken. Van In hield het voor bekeken in dit huis, hij had niet het gevoel nog veel te weten te komen. Ze zouden andere middelen moeten inzetten om Karin te vinden.

'Als u nog iets opvangt over Karin, laat u het dan zo snel mogelijk weten?'

'Natuurlijk.'

Versavel stond op van de bank, wilde vertrekken, maar draaide zich toch nog een keer om.

'Waar was Peggy eigenlijk op die bewuste dag?'

Luc leek verrast door de vraag. 'Bij haar vader.'

Versavel noteerde het nog snel. Hij wilde vermijden dat hij achteraf belangrijke dingen vergat.

'Hoe is de relatie met haar echte vader?'

Luc nam de vraag verrassend kalm op. 'Danny is nogal… hoe zal ik het zeggen? Saai. Ik wil er geen slecht woord over zeggen, maar hij is niet de vader waar je als puber trots op bent. Of de man met wie je als vrouw graag uitpakt.'

Van In kreeg het steeds moeilijker om zich te bedwingen. Hij wist dat hij als politieman neutraal moest blijven. Het was niet aan hem om te oordelen hoe iemand anders zijn kinderen opvoedde. Maar hij vond het een brug te ver als mensen fout gedrag verwarden met een degelijke opvoeding. Hij ging voor Luc staan.

'En u bent dat wel? Een voorbeeld voor de jeugd?'

Luc week geen centimeter. Zijn blik werd weer grimmig, hij stond bijna neus aan neus met Van In. Versavel zette een stap naar voren, maar durfde toch niet tussenbeide te komen.

'Na mijn opname heb ik gezworen dat ik de best mogelijke man voor Christine zou zijn. De man die ze verdiende. Bij mij zou ze tenminste een beetje opwinding krijgen.'

'Christine is vermoord. Is dat niet te veel opwinding?'

'Hoe durf je?'

'Peggy heeft geen moeder meer. Gaat ze nu alleen nog uw kijk op het leven meekrijgen? Is die beter dan die van haar saaie vader?'

'Eruit!'

Lucs stem sloeg over. Van In was net een stap te ver gegaan. Lucs adamsappel pompte op en neer, de aders op zijn voorhoofd zwollen op, velletjes leken los te komen. Was hij altijd zo gemakkelijk uit zijn lood te slaan?

'Maak dat je godverdomme nu weg bent!'

Versavel kreeg kippenvel toen hij naar het huis van Karin liep. De temperatuur was de laatste dagen fors gedaald, hij had eraan moeten denken om een jas mee te nemen. Ze schoten niet echt op met hun onderzoek, dus had hij besloten zelf nog eens naar het huis te gaan en nieuwe aanwijzingen te zoeken. Iemand had Karin overmeesterd en haar meegenomen, dat was de meest logische conclusie die ze konden trekken. Of had Karin een woedeaanval gekregen en was ze daarna halsoverkop vertrokken? Ze mochten niets uitsluiten.

Er was alleen bloed teruggevonden op het naamplaatje van Karin, dus er was een reële kans dat ze nog in leven was. Maar dat hadden ze bij Christines verdwijning ook eerst gedacht. Het laatste dat Versavel wilde was een nieuw lichaam op te zien duiken in een Waalse rivier.

Maar stel dat ze was ontvoerd: wie had haar willen meenemen? Wie had er baat bij om een gewone vrouw met een gewone job uit een gewone straat te kidnappen? Karins verdwijning kon op geen enkele manier losgekoppeld worden van de moord op Christine. Wat had er zich bij Christine afgespeeld? Waren de stoppen bij Luc opnieuw doorgeslagen? Was Karin zo kwaad geweest op haar zus dat ze haar de dood had ingejaagd en had ze het nu op een lopen gezet? Of was het die vreemde vrouw geweest die zich had uitgegeven voor Christine?

Versavel opende de deur en voelde de tocht langs zich heen strijken. Stond er nog ergens een raam open? Hij bleef staan, hoorde iets kraken. De invallende duisternis maakte de hal erg donker, maar hij aarzelde om een licht aan te steken.

Hij duwde de voordeur zachtjes achter zich dicht en sloop op zijn tenen naar de deur van de woonkamer. Hij kon niet duiden waarom hij zo voorzichtig was, maar het huis gaf hem een benauwend gevoel. Hij legde een hand op zijn pistool, met de andere opende hij de deur. De kamer was leeg, ze lag er nog net zo bij als toen hij hier met Van In was binnengevallen. Hij rilde, Karin had de verwarming blijkbaar nog niet aangezet. Het zou er ook niet onmiddellijk van komen. Hij keek naar de kapotte lamp en naar de salontafel die nog steeds omverlag. Wat was hier gebeurd?

Hij liep langs het boekenrek dat tegen de muur stond. Op de planken stonden beelden die souvenirs konden zijn van verre reizen of van een tripje naar de rommelmarkt. Houten olifanten, een marmeren schaakspel, gipsen vrouwenhoofden, het was een allegaartje van voorwerpen, maar door hun diversiteit vormden ze een geheel.

Achter een groot Afrikaans masker stond een doos met foto's waarvan het deksel maar half gesloten was. Versavel wurmde zijn hand in een plastic handschoen, duwde het deksel eraf en graaide naar de foto's. Net zoals de beelden, was het een gevarieerde verzameling herinneringen aan verschillende gelegenheden. Van de kleine Karin die in een gocart op de zeedijk reed tot foto's van feesten in de straat. En dan heel wat foto's van hetzelfde huis: dat van Christine. Telkens stond er een bezoeker op: hij herkende Luc, Nora en Malik, maar er waren veel meer mensen die hij niet kende. Eén vrouw kwam vaak terug. Ze was groot, had relatief kort haar, dat met gel omhoog was gezet. Karin hield in de gaten wie er bij haar zus op bezoek kwam. Had het met de vzw te maken?

Versavel stopte de doos in een plastic tas die hij bij zich had. Daarna speurde hij verder. Hij bestudeerde de boeken. Karin had een brede smaak, van romans van Mulisch tot thrillers van Grisham en er was ook een Engels woordenboek. Het woordenboek lag gekanteld en zag er vreemd uit, het leek niet uit bladzijden te bestaan, maar uit één geheel. Vreemd dat hem dat de vorige keer niet was opgevallen. Hij opende het boek en zag de reden voor de vreemde vorm. Het was geen boek, het was een kluis. Die was niet op slot en helemaal leeg. Er klopte iets niet, dit konden Van In en hij onmogelijk over het hoofd hebben gezien.

Hij draaide zich om, zijn rug naar de kast, plotseling overvallen door het gevoel dat hij erg kwetsbaar in de ruimte stond. Iemand kon hem zo in de rug besluipen. Een blik op de deur van de woonkamer. Die was nog steeds gesloten. Het was de enige mogelijkheid om uit het huis weg te komen. Hij greep een gipsen Mexicaanse vrouw en liet zijn ogen door de kamer gaan. In de woonkamer kon je je niet verbergen. Langzaam liep hij naar de keuken. Zijn ademhaling versnelde. Hij zette de plastic tas neer en duwde tegen de deur.

En kreeg een duw terug.

Een magere gedaante met een capuchon over het hoofd wrong zich langs hem heen en zette het op een lopen. Versavel wankelde, maar herstelde snel zijn evenwicht. In een reflex gooide hij de gipsen mevrouw in de richting van de indringer. Hij raakte hem tegen het achterhoofd. Het beeld was net hard genoeg om de bezoeker zijn evenwicht te doen verliezen. Versavel zette zich af en sprong op de inbreker. Net op tijd. Zijn armen sloten zich om zijn benen en brachten hem ten val. Hij viel recht voorover op de bank, een dikke bruine envelop schoof van onder zijn trui op de grond. Versavel nam geen risico en trok zijn pistool.

‘Blijven liggen’, beval hij. ‘Handen op je hoofd.’

De indringer gehoorzaamde onmiddellijk. Versavel schoof wat dichterbij en tastte met zijn voet naar de envelop. Met de punt van zijn schoen trok hij die naar zich toe. Hij ging door zijn knieën en raapte de envelop op van de grond. Hij voelde onmiddellijk wat erin zat. Geld. Veel geld.

Als hij naar hier was gekomen om antwoorden te vinden, kwam hij van een kale reis terug. Hij zou met nog meer vraagtekens vertrekken. Hij stak zijn hand uit en trok aan de kap van het hoofd van de inbreker.

Malik.

11

'Wat deed je in het huis van Karin?'

Malik staarde naar de tafel in de verhoorruimte. Hij had zijn handen in zijn schoot gelegd en zat kaarsrecht, als een leerling die bij de schooldirecteur moest komen. Hij had nog geen woord gezegd. Van In knikte naar Versavel. Andere tactiek.

'Wil je koffie?'

Nu ging zijn hoofd toch omhoog.

'Graag.'

Versavel ging een kop koffie halen, terwijl Van In zwijgend naar Malik bleef staren. Hij moest zich op zijn gemak voelen, maar ook weer niet te ontspannen. Van In streek een stofje van zijn kostuum. Het was warm met dat dikke jasje aan. Enkele minuten later zette Versavel een kopje op de tafel.

'We willen heel graag Karin terugvinden', gooide Van In het over een andere boeg. 'Alles wat je daarover weet kan ons helpen.'

Malik antwoordde nog steeds niet. Maar Van In had hem even zien opkijken toen hij over Karin begon. Ze hadden de juiste snaar geraakt.

'We denken dat Karin gevlucht is.'

'Dat kan niet.'

Het was er sneller uit gekomen dan Malik zelf had verwacht. Hij legde zijn hand onwillekeurig voor zijn mond.

'Waarom niet?'

'Ze... ze had haar geld niet bij zich.'

Versavel wees naar de envelop die hij uit het huis had meegenomen.

'Dat is wel erg veel cash voor iemand die halftijds bij de bank werkt. Waar heeft ze dat geld vandaan?'

Malik krabde in zijn nek en bleef naar de tafel staren.

'Dat weet ik niet.'

Hij loog. Van In boog zich voorover, hij wilde vooral niet boos worden.

'Dus je wist dat ze geld had, maar niet waar het vandaan kwam.'

'Dat heeft ze nooit gezegd.'

Van In trommelde met zijn vingers op de tafel.

'Heeft ze dat geld gestolen op de benefiets van Gezien?'

Malik keek weg van Van In en Versavel. 'Ik weet het niet.'

'Maar eigenlijk doet het er ook niet toe waar het vandaan komt', zei Van In. 'Je wist dat het er lag en je dacht: Karin is toch verdwenen, dan kan ik net zo goed het geld nemen.'

'Nee!'

Malik klemde zijn tanden op elkaar. Hij keek Van In boos aan. Hij was makkelijker uit het lood te slaan dan Van In dacht. Vast het gevolg van een niet al te stabiele relatie thuis.

'Nee?'

'Het geld was voor mij. Karin had het gespaard voor mij.'

Van In fronste zijn wenkbrauwen. 'Dat kan iedereen wel zeggen.'

'Het is echt waar. Met het geld kon ik een nieuw leven beginnen.'

'Een nieuw leven?'

Er liep een traan over de wang van Malik. Hij slikte luid.

'Een nieuw leven, ja. Weg van Nora.'

Versavel en Van In wandelden naar het huis van Van In, elk

in zijn eigen gedachten verzonken. De koude zorgde voor mistige straten, wat het middeleeuwse karakter van de stad nog extra benadrukte. Pas toen ze bij de Vette Vispoort kwamen, legde Versavel zijn conclusies voor.

'Ik denk dat Malik een relatie had met Karin.'

Van In volgde hem niet meteen.

'Ik weet niet of hij dat zou durven. Nora zou er niet om kunnen lachen.'

Malik had na zijn laatste bekentenis nog weinig relevante informatie aan zijn verklaring toegevoegd. Daarna hadden ze hem laten gaan, op voorwaarde dat hij zich ter beschikking hield. Nora was hem komen ophalen, haar gezicht op onweer. Ze hadden beter haar op het politiebureau gehouden.

'Waarom zou ze anders zoveel geld voor hem sparen? Dat doe je niet voor een gewone vriend.'

'Ik zou het voor jou doen', knipoogde Van In.

'Wat? Een relatie beginnen?'

'Nee, geld sparen. Haal je niets in het hoofd, Guido.'

'Jammer', grijnsde Versavel.

Van In opende de deur van zijn huis en nodigde Versavel mee uit naar binnen. Versavel had beloofd om die avond te helpen met schilderen. Ondertussen was het al veel later geworden dan gepland door de onverwachte ondervraging van Malik.

'Kijk, de verfrollers zitten in die plastic zak', wees Van In.

'Spoel jij die niet uit?'

'Nee, ik heb eens gehoord dat het beter is om ze goed in te pakken dan ze telkens uit te spoelen. Dat zou beter zijn voor het milieu.'

'Beter voor jouw luiheid waarschijnlijk?'

'Dat is handig meegenomen.'

Van In nam een pot verf uit de hoek van de kamer en zette die in het midden van een stuk krantenpapier.

'Gebruik maar veel verf, dan kunnen we misschien een laag minder zetten.'

'Heb je handschoenen?'

Van In wees naar de tafel. 'Daar. Alles is voorzien.'

Versavel nam een paar rubberen handschoenen van de tafel en gooide zijn rugzak over zijn schouder.

'Ik ga me boven eerst omkleden.'

Terwijl Versavel de trap opging, keek Van In in de spiegel in de hal. Juist, hij was bijna zijn vlinderdas vergeten. Die had hij even uitgedaan voor het verhoor van Malik. Hij haalde een pikzwarte vlinderdas uit zijn zak en strikte hem om zijn hals. Hij trok zijn jasje nog eens goed, controleerde zijn haar en stak dan zijn duim op naar zijn spiegelbeeld. Hij was er klaar voor.

Versavel kwam de trap af en keek verbaasd naar de nog steeds chic geklede Van In.

'Zijn dat je schilderkleren?'

'Natuurlijk niet. Dat is een kostuum. Als dat voor jou al op schilderkleren lijkt, dan vraag ik me af hoe chic jij wel naar een feest gaat.'

'Doe je slechte kleren dan maar snel aan. Ik vind het best wel leuk, zo'n avond schilderen met zijn tweeën.'

Van In nam twee zwarte leren schoenen uit het rek in de hal en begon zijn veters te knopen. Hij lette erop dat zijn jasje daarbij de grond niet raakte.

'Met zijn tweeën? Tja, dat was het plan. Maar omdat het nu al zo laat is, zal dat niet meer lukken.'

'Wat?'

'Ik moet weg. Naar het concert van Nadia.'

Versavel liet zijn rugzak vallen.

'Dat meen je niet. Ik zou je toch komen helpen?'

'Dat doe je toch? En daar ben ik je heel dankbaar voor. Maar je zou toch niet willen dat ik jouw vriendin weer in de steek laat?'

Versavel was te verbouwereerd om nog een antwoord te verzinnen. Van In klopte hem vriendschappelijk op de schouder.

'Heel erg bedankt nog eens. Je hoeft niet op te blijven. Trek de deur maar achter je dicht!'

Het was muisstil toen Nora en Malik thuiskwamen. Malik had haar nog geen moment durven aan te kijken. Hoe dom was hij geweest? Als hij gewoon in de keuken was blijven zitten, had die agent hem misschien nooit ontdekt. En had Nora nooit iets geweten.

'Wil je thee?'

Nora stond in de keuken. Malik keek verrast op.

'Graag, schat.'

Hij ging op een stoel aan de tafel zitten en keek naar de grote foto van hun trouwfeest. Wat een mooie dag was dat geweest, hij keek er nog steeds met heimwee op terug. Nora had gestraald die dag, in haar prachtige witte bruidsjurk met kant aan de schouders. Hij had zijn ogen niet van haar kunnen afhouden. Niemand op het feest eigenlijk. Het had het begin moeten zijn van een liefdevolle relatie, van een leven vol doelen en dromen samen. Maar dat was het niet geworden. Na de huwelijksreis had de harde realiteit genadeloos toegeslagen. De aandacht voor het jonge koppel taande. Er werd niet meer gepolst naar de verwachtingen van Nora, niet meer geraden naar de stijl van haar jurk. Er werd hoogstens nog eens mijmerend teruggeblikt op een geweldig feest, maar verder was het over naar de orde van de dag, naar het volgende koppel dat ging trouwen, naar andere mensen die heuglijk nieuws hadden te melden over baby's, promoties of een nieuw huis. En dat had Nora nooit kunnen verkroppen.

'Alsjeblieft.'

Nora zette een dampende kop thee voor hem op tafel.

Hij keek haar dankbaar aan. Als hij zo naar haar keek, vergat hij alles wat ze hem ooit had aangedaan. Het dagenlange zwijgen, de woedende uitbarstingen, de verwijten over van alles en nog wat. Hij zag opnieuw de vrouw met wie hij was getrouwd en hij kon zich niet voorstellen dat hij plannen had gesmeed om te verdwijnen.

'Dank je.'

Hij boog zich naar haar toe en gaf haar een kus op haar lippen. Ze beantwoordde die niet echt, verrast door zijn manoeuvre.

'Wat vroeg de politie?'

Nora legde haar hand op zijn hand. Hij voelde de warmte door zijn lichaam stromen.

'Ze wilden meer informatie over Karin.'

'Waarom komen ze dan bij jou terecht?'

Malik aarzelde. Nora wist niet dat ze hem hadden aangetroffen in Karins huis. Misschien moest hij dat maar verzwijgen. Ze was nog altijd razend over het feit dat hij een hele namiddag bij de buurvrouw had gezeten.

'Ik weet het niet. Ik vermoed dat ze meerdere buren ondervragen.'

'Wel vreemd dat ze jou dan mee naar het kantoor nemen.'

Malik dronk van zijn thee. Hij was nog veel te heet en hij morste een beetje op de houten tafel. Hij voelde de spieren van Nora's hand samentrekken. Ze moest zich beheersen.

'Ze hadden het gevraagd, en ik vond het geen probleem. Ze weten misschien dat we niet graag mensen over de vloer hebben.'

'Wat heb je verteld?'

'Niet veel. Dat ik niet thuis was toen Karin verdween.'

'Dat is alles?'

'Dat is alles.'

Ze dronken in stilte van hun thee. Malik zag Nora kauwbewegingen maken met haar mond, ook al was ze niets aan het eten. Een teken dat ze zwaar aan het nadenken was.

'Heb je niet verteld hoe je op Karin hebt gezeten?'

'Wat?'

Zijn reactie was de druppel voor Nora. Woedend zwiepte ze de hete thee in zijn gezicht. Malik deinsde achteruit.

'En ook niet hoe je zogezegd ging werken, maar eigenlijk de hele dag bij dat serpent aan de overkant zat?'

Zijn gezicht plakte en prikte. Er moest koud water op, dringend. Malik liep naar de keuken en stak zijn hoofd onder de kraan. Het water werkte verkoelend.

'Vlucht maar. Wat denk je dat ze zullen zeggen? Ze zullen je oppakken. Je zult verdachte nummer één worden. Maar dat laat ik niet gebeuren!'

Malik haalde zijn hoofd van onder het water. Wat wist Nora echt? Was ze gewoon aan het gissen op basis van haar foto's?

'We hebben één keer gekust, dat is alles. En daar heb ik me al duizend keer voor verontschuldigd. Wat moet ik nog meer doen opdat je me zou vertrouwen?'

Nora kwam achter hem staan. Ze legde haar handen in zijn nek en duwde hem helemaal onder de kraan.

'Jij moet helemaal niets doen. Je bent een zielig ventje! Je mag blij zijn dat ik het al zo lang met jou uithoud!'

Op de een of andere manier was ze erin geslaagd om de stop van de gootsteen te sluiten, want het water vloeide nu niet meer weg, maar begon langzaam te stijgen. Malik kreeg geen lucht meer.

'Laat me los.'

Hij snakte naar adem. Even kon hij een teug zuurstof inademen, maar al even snel zat hij weer onder water. Hij spartelde met zijn armen en benen.

'Je hebt al genoeg aandacht op ons gevestigd', raasde Nora verder. 'Het moet stoppen. Ik ben blij dat die feeks weg is.'

'Laat me...'

Malik voelde zijn krachten verdwijnen, zijn mond vulde zich met water. Allerlei gedachten schoten tegelijkertijd door zijn hoofd. Dat hij dit niet mocht laten gebeuren. Dat hij dit nooit meer mocht laten gebeuren. Dat hij genoeg had geleden en dat het eindelijk tijd werd voor wraak. Hij schreeuwde het uit, maar zijn woorden bleven drijven in het water. Hij klemde zijn handen rond de kraan en duwde zich af. Samen met Nora vloog hij achteruit en ze botsten tegen de keukenkast aan de overkant. Zijn achterhoofd tikte tegen haar voorhoofd. Hij schreeuwde.

Nora viel en bleef verdwaasd liggen, haar tong hing uit haar mond. Onmiddellijk werd Malik bang. Niet opnieuw. Hij had haar toch niet... Hij knielde bij haar neer en voelde aan haar pols. Hij voelde haar hart kloppen, haar bloed stromen. Oef. Hij werd verscheurd door uiteenlopende gevoelens. Hij wilde haar kwijt, maar hij wilde haar ook vastnemen en op de bank leggen. Haar verzorgen en bij haar waken tot ze weer bij haar positieven kwam.

De bel verstoorde zijn gemijmer. Hij sprong op en keek door het raam in de woonkamer. Luc. Het had geen zin om te doen alsof ze niet thuis waren. De lichten brandden en Luc had de beweging al vanaf straat opgemerkt. Malik opende de voordeur op een kier.

'Ja?'

'Wat zijn jullie van plan?' siste Luc.

Luc wachtte niet op een antwoord en wrong zich naar binnen.

'Wat is er met jou gebeurd?' vroeg hij.

Nora stond in de deuropening van de keuken. Ze had een handdoek op haar achterhoofd gelegd. Een grote buil was zichtbaar aan de voorkant.

'Bemoei je er niet mee', zei Nora bars. 'Jij hebt je eigen problemen.'

Luc balde zijn vuisten.

'Willen jullie nog wat meer de aandacht trekken? Voor je het weet heeft iemand de politie al gebeld.'

'En dan?' moeide Malik zich in het gesprek. 'We hebben toch niets te verbergen?'

Luc begon luid te lachen.

'Nee, natuurlijk niet. Sorry als ik jullie heb gestoord in jullie stoeipartij. Ik had moeten weten dat jullie hier een romantisch avondje beleefden.'

Hij stapte op Nora toe en boog zich dreigend over haar heen. Malik bleef roerloos staan. Hij vervloekte zichzelf omdat hij Nora niet beschermde. Maar had hij niet net nog gedacht dat hij zich wilde wreken?

'Regel het', zei Luc. 'Zorg ervoor dat je je zaken op orde krijgt.'

Veel meer woorden verspilde hij er niet aan. Hij beende door de woonkamer naar de voordeur en verliet het huis. Malik zocht Nora's blik en was verbaasd. Hij zag een emotie die hij zelf maar al te goed kende, maar die hij nog nooit bij haar had opgemerkt. Zijn stoere vrouw, die het altijd beter wist, die iedereen voor haar kar spande, was voor de eerste keer bang.

De meeste mensen komen naar een klassiek concert om te luisteren. Om de hemelse klanken in zich op te nemen, om zich te laten ontroeren door de emoties die de muziek vertolkt. Van In niet. Hij luisterde nauwelijks, maar keek wel de hele tijd gefascineerd naar Nadia. Hij vond het geweldig opwindend hoe ze geconcentreerd met het puntje van haar tong tussen haar lippen haar strijkstok beroerde. Haar overgave om de juiste noten op het juiste moment door de zaal te laten klinken, was fascinerend. Hij was dan ook de eerste om op te veren na de voorstelling en luidruchtig in zijn handen te klappen. Hij applaudisseerde niet voor de prachtige compositie, niet voor de dirigent die al die verschillende muzikale stemmen in harmonie had laten samenspelen. Hij applaudisseerde enkel en alleen voor Nadia, voor de gepassioneerde vrouw die ze was.

Het concert had de zorgelijke gedachten aan zijn werk verdreven. Heel even flakkerde het beeld op van Karin. Ze had zich ingezet voor haar medemens, maar was op een muur van goede bedoelingen gebotst. Op de naïeve visie van haar zus, ongetwijfeld ondersteund door de onverzettelijke Luc. En nu was ze verdwenen. Waar moesten ze beginnen te zoeken?

Op de receptie stond hij er verloren bij. Hij hoorde niet thuis tussen de muziekkenners in de zaal, die er blijkbaar in slaagden om nog een chiquer kostuum te dragen dan hij en om iets zinnigs te zeggen over de gespeelde ouvertures. En tot overmaat van ramp bleek een van die cultuurliefhebbers hem ook nog te kennen.

'Van In?'

Van In knikte naar hoofcommissaris De Kee, die met een glas champagne in zijn hand een gewichtig gesprek voerde met enkele notabelen van de stad Brugge. Hijzelf was al aan zijn vierde glas toe.

'Hoofdcommissaris.'

'Jou had ik hier niet verwacht. Ben jij een cultuurliefhebber?'

'Nee, ik houd vooral van champagne.'

De Kee grijnsde wat ongemakkelijk naar zijn gesprekspartners en kwam dichter bij Van In staan, zodat ze hem niet konden verstaan.

'Houd het een beetje beschaafd. Hier zijn veel belangrijke mensen. Ik wil niet dat ze denken dat politieagenten onbehouwen boeren zijn.'

Van In goot ostentatief zijn glas champagne leeg in zijn mond.

'Maakt u zich geen zorgen, ik zal met niemand praten.'

'Daar ben je goed in. Alles voor jezelf houden. Zorg je ervoor dat je Meyrem voldoende betrekt bij het onderzoek? Ik verneem dat jullie haar wat buitensluiten?'

'Ik doe mijn best', zei Van In, terwijl hij zijn glas liet bijvullen door een rondtrekkende kelner. 'Maar ik ben een beetje beducht voor waakhonden.'

De Kee glimlachte verontschuldigend naar zijn gezelschap en duwde Van In nog wat verder weg.

'Meyrem is een goede agente. Ze is afgestudeerd met de hoogste cijfers.'

'En daarom krijgt ze een voorkeursbehandeling?'

De Kee snoof. 'Integendeel. Ze is in jouw team gezet. Dat is eerder een straf dan een beloning.'

In de zaal steeg applaus op. De leden van het orkest kwamen binnengelopen. Van In strekte zijn hals om te zien of Nadia er al bij was.

'Excuseer, ik wil even iemand feliciteren', zei hij. 'Tenzij u graag hebt dat ik ook mijn felicitaties voor mezelf houd?'

De Kee bromde iets, wisselde dan zijn norse blik opnieuw voor een stralende nepglimlach en keerde zich weer naar de mensen met wie hij in gesprek was geweest. Van In maakte van de gelegenheid gebruik om zich tussen de vele gasten door naar de orkestleden te wringen. Nadia praatte met enkele mannen en lachte luid. Ze legde regelmatig haar hand op hun arm, wat ze zich lieten welgevallen. Van In probeerde de steek van jaloezie te onderdrukken en trachtte zich in haar gezichtsveld te wurmen. Het duurde even voor ze hem opmerkte.

'Pieter!'

Hij duwde de mannen met wie ze aan het praten was opzij en ging in het midden van de kring staan. Als hij een hond was geweest, had hij tegen hun benen geplast.

'Het was fantastisch', begon hij. 'Jij was zo goed.'

Nadia wuifde het compliment weg. 'Ach, ik ben maar ondersteunend. Paul hier speelt de eerste viool, hij levert de sterkste prestatie.'

Van In keek naar een van de mannen met wie Nadia in gesprek was geweest. Ondanks de mislukte krulsnor en zijn blinkende kale hoofd, herinnerde Van In zich hem niet van op het podium, maar dat had meer met zichzelf dan met Paul te maken. Al had een nijlpaard in een chic kostuum de eerste viool gespeeld, Van In had toch alleen maar naar Nadia gekeken.

'Proficiat', dwong hij zichzelf te zeggen. 'Uw noten zijn geweldig.'

Paul keek hem verbaasd aan, na wat ongetwijfeld het vreemdste compliment van de avond zou worden. Nadia nam Van Ins hand en leidde hem weg uit het gezelschap. Hij trok zijn vlinderdas wat losser.

'Is iedereen hier altijd zo stijf?'

'Je bent hier niet op *Tien Om Te Zien*', lachte Nadia.

'Jammer, anders zou ik het podium opkruipen en je een beertje met een hartje geven.'

'Dat mag je nog altijd.'

Ze wenkte een kelner om hun glazen nog een keer bij te vullen en ging Van In daarna voor naar de grote dubbele deur die naar de concertzaal leidde. Ze duwde met haar schouder tegen de deur, glipte erdoor en liet ze dan weer dichtvallen. De stilte was overweldigend. Van In keek om zich heen. De grote lege zaal maakte al even veel indruk als toen ze met publiek gevuld was.

'Voor mij is het gemakkelijk', zei hij. 'Ik moet gewoon toekijken, terwijl jullie moeten presteren, met al die ogen op je gericht. Is dat niet moeilijk?'

'Er is maar één manier om dat te weten te komen', glimlachte Nadia.

Ze liep tussen de stoelen door naar het gangpad en sloeg daar af naar het podium. Van In volgde, snel genoeg om haar bij te houden, traag genoeg om geen champagne te morsen. Via een trap aan de zijkant beklommen ze het podium. In het midden bleven ze staan. Van In was overweldigd: de balkons die met goud versierd waren, het torenhoge plafond met de enorme kroonluchter, de rode stoelen die bezoekers uitnodigden om knus plaats te nemen. Hij werd spontaan zenuwachtig, ook al hoefde hij niet op te treden.

Nadia had haar glas weggezet, nam het zijne uit zijn handen en legde er een viool in. Van In hield ze onwennig vast aan de hals, alsof hij een vuile luier in de vuilnisbak moest kieperen. Nadia positioneerde zijn vingers zo dat de hals mooi in de palm van zijn hand lag, en klemde de klankkast tussen zijn kin en schouder.

'Sluit je ogen', zei ze.

Van In gehoorzaamde.

'En stel je nu voor dat er een nokvolle zaal naar jou zit te kijken. Wachtend op die eerste noten, die muziek die hen in vervoering zal brengen.'

Ze legde een strijkstok in zijn rechterhand.

'En dan begin je te spelen. De magie ontstaat.'

Van In liet de stok over de snaren glijden. Maar als er al magie ontstond, dan was het die van een tweederangsgoochelaar die een kaartentruc verknoeide door zijn kaartspel te laten vallen. Een snerpende toon teisterde hun oren.

'Sorry!'

Nadia kwam achter hem staan en legde haar armen om hem heen om hem te kunnen begeleiden.

'Niet opgeven. Druk je vingers goed tegen de snaren.'

Ze nam zijn hand vast en klemde die om de hals. Van In voelde haar borsten tegen zich aandrukken. Zijn adem werd zwaarder.

'En je laat de stok zweven in je hand, alsof hij zo licht als een veertje is', fluisterde ze in zijn oor, haar lippen raakten zijn oorlel. 'En dan strijk je. Zachtjes. Je beroert de snaren, je streelt ze, teder. Je brengt ze in vervoering, zodat ze voor jou zullen doen wat je maar van hen verlangt.'

Van In slikte en liet de strijkstok over de snaren glijden. Tot zijn verbazing klonk dat nog niet zo slecht. Terwijl hij de stok heen en weer liet gaan, verzette Nadia zijn vingers en een trage melodie zocht zich een weg door de zaal. Even stelde Van In zich voor dat hij hier aan het optreden was, dat hij de eerste violist was, die iedereen een onvergetelijke avond bezorgde. Maar dan voelde hij Nadia's lippen in zijn nek en hoopte hij vooral dat er geen toeschouwers waren. Terwijl hij verder streek, draaide hij zijn hoofd een beetje, zonder de viool los te laten, zodat zijn lippen de hare vonden. Ze kusten innig, op het trage ritme van de muziek.

Nadia nam de viool uit zijn handen en legde ze opzij zonder dat het zoenen stopte. Nu pas keek Van In voor het eerst weer de zaal in en aanschouwde toch enigszins opgelucht de lege stoelen. Hij liet zijn handen over Nadia's lichaam glijden, voelde haar vormen door de gladde zwarte jurk. Nadia stapte achteruit, Van In volgde, tot ze in de coulissen verdwenen waar de kisten van de instrumenten verzameld stonden. Nadia ging zitten op iets wat leek op de kist voor de grote trom en prutste aan zijn broekriem. Van In trok zijn vlinderdas uit en knoopte zijn hemd los. Het leek Nadia iets te traag te gaan en ze rukte aan zijn hemd, waarbij er enkele knopen sprongen. Met een haal trok ze de riem uit zijn kostuumbroek, opende de knop en de broek zakte zo naar beneden. Van In legde zijn handen op de onderkant van haar jurk en trok ze over haar hoofd. Daarna ging Nadia op de kist staan. Opnieuw kuste hij haar, lang en hartstochtelijk. Hij schoof de bandjes van haar beha langs haar schouders en liet hem langs haar lichaam naar beneden zakken. Hij kuste haar borsten en liet zijn tong rond haar tepels draaien. Zijn handen zochten zich een weg naar beneden. Net zo lang tot ze lichtjes kreunde.

Ze draaide zich om en legde haar handen tegen de muur. Van In trok haar slipje naar beneden en liet daarna zijn eigen onderbroek zakken. Nadia boog zich een beetje voorover en Van In drong bij haar naar binnen. Hij legde zijn handen op haar borsten en sloot zijn ogen.

Het was ongetwijfeld de eerste en wellicht ook de laatste keer dat hij een show zou opvoeren op een podium. Maar hij was bereid om nog veel te repeteren als elke show zou eindigen op deze boem paukenslag.

12

'Wat weten we ondertussen over Karin?'

Van In liep samen met Versavel en Meyrem door de Beenhouwersvest naar het huis van Danny Smeekens, de ex-man van Christine.

'Vzw Gezien heeft twee keer aangifte gedaan van diefstal.'

Van In dacht aan het geld dat ze bij Karin hadden aangetroffen en aan de beschuldiging van Luc.

'Tegen Karin?'

'Nee, tegen onbekenden.'

Van In staarde in de lege straat. Het was nog vroeg in de ochtend, de stad Brugge moest nog ontwaken. Danny had gevraagd of ze konden langskomen voor hij naar zijn werk vertrok. Gelukkig had Van In alleen champagne gedronken de vorige avond. Hij voelde zich verrassend fris, al kon dat ook het gevolg van de roes van verliefdheid zijn.

'Weten ze hoe het geld gestolen is?'

'Het is telkens bij een buurtfeest gebeurd. Aan het einde van de avond bleek de kassa geplunderd.'

Van In schudde zijn hoofd bij zoveel amateurisme.

'Je zou verwachten dat ze na de eerste keer hun les wel hadden geleerd.'

'Dat heeft de agent die het proces-verbaal heeft opgemaakt ook gevraagd', reageerde Meyrem. 'Christine beweerde dat de tweede keer al het geld in een kassa zat met een slot op. En toch was het geld gestolen.'

Ze waren aangekomen bij het huis van Danny. Van In probeerde zich de avond van zo'n feest voor te stellen. Er wordt wat gedronken, in het begin wordt de kassa nog nauwgezet in de gaten gehouden, maar naarmate de avond vordert, wordt die op slot gedaan en opzijgezet. Dan is het een koud kunstje voor Karin om met de sleutel die ze ongetwijfeld nog in haar bezit heeft, het geld eruit te nemen. Als het geld daarvandaan kwam tenminste. Om dat zeker te weten, moesten ze Karin eerst terugvinden.

'En volgens Malik was dat geld dus voor hem bestemd.'

Hij had het tegen Versavel gezegd, maar die reageerde niet. Van In stootte zijn collega aan.

'Je bent zo stil? Heb je gehoord wat ik heb gezegd?'

'Hm.'

'Alles oké?'

Versavel keek op, zijn gezicht op onweer. 'Nee. Je hebt nog niet eens iets gezegd over gisteren. Heb je gezien wat ik allemaal heb gedaan?'

Van In opende zijn mond om iets te zeggen, maar sloot hem weer. Hij was pas laat thuisgekomen. Hij had zijn kostuum en zijn gescheurde hemd uitgetrokken en was in bed gekropen. En deze ochtend was hij onder de douche gesprongen en zonder te ontbijten vertrokken. Hij was niet eens in de woonkamer geweest.

'Ik heb me de hele avond uitgesloofd. In mijn eentje. Maar een bedankje kan er niet af.'

'Dank je?' probeerde Van In.

Versavel keerde zich af. 'Nu hoeft het ook niet meer.'

'Komaan, Guido.'

Maar Versavel bleef wegkijken. Meyrem staarde naar haar twee kibbelende collega's en omdat niemand nog iets zei, drukte ze maar op de bel van Danny.

'O ja. Ik heb ook nog het telefoonverkeer onder de loep

genomen', zei ze snel, toen ze gestommel in de gang hoorden. 'De school van Peggy heeft op de dag van Christines verdwijning eerst naar de winkel gebeld en later die dag naar Karin.'

'Denk je dat dat belangrijk is?' vroeg Van In.

Meyrem knikte. 'Christine is dood en Karin verdwenen. Dus ja, ik denk dat dat belangrijk kan zijn.'

Van In wuifde het weg.

'Misschien heeft de slager die dag ook gebeld. En de mensen van de elektriciteitsmaatschappij. Daar kunnen we niets uit afleiden.'

Meyrem wilde protesteren, maar op dat moment deed Danny de deur open.

'Jullie zijn van de politie? Kom binnen.'

Het huis van Danny was moderner ingericht dan dat van zijn ex-vrouw. De woonkamer had een strakke stijl, rommel of prullaria waren er niet op hun plaats. Danny was vast opgelucht dat hij geen vitrinekast met eenden meer moest verdragen. En dat was niet het enige wat hij niet miste.

'Christine was altijd positief', vertelde hij. 'Te positief eigenlijk. Ik werd er gek van.'

Van In dronk van zijn koffie, lette er goed op om geen spatje te morsen, en keek Danny aan.

'Dat moet u eens uitleggen. Wat is er vervelend aan positief zijn?'

Danny zette zijn kraag wat rechter. Hij was gekleed in een beige kostuum met een veel te groot jasje. Op zijn das stonden afbeeldingen van Snoopy, Van In gokte op een vaderdagcadeau van zijn dochter.

'Ik weet dat het vreemd klinkt, maar soms wil je gewoon eens ruziemaken. Dat lukte niet. Als ik vond dat ze te veel tijd investeerde in haar vzw, dan luisterde ze en probeerde ze een actieplan op te stellen. Als ik weer eens laat thuiskwam van het voetbal, dan werd ze nooit kwaad. Ze begreep dat ik af en toe stoom moest aflaten. Als ik meende dat ze te veel geld uitgaf aan kleren, protesteerde ze niet, maar begon ze oude kleding te verkopen.'

Onwillekeurig moest Van In aan Malik en Nora denken. Malik zou maar wat blij zijn als Nora over hun problemen wilde praten.

'Ik mocht ook nooit kwaad zijn op Peggy', ging Danny verder. 'Als ik boos werd op Peggy omdat ze haar kamer niet had opgeruimd, wilde Christine daar samen over praten. Ze wilde begrijpen waarom Peggy dat niet had gedaan, misschien was er wel iets gebeurd op school of voelde ze zich niet goed in haar vel. Terwijl ze gewoon een balorige puber was, die soms te lui was om haar kamer in orde te maken. Maar het waren altijd goede leermomenten.'

Van In bestudeerde de uitdrukking op Danny's gezicht. Het leek alsof het de eerste keer was dat hij die frustraties verwoordde. Alsof hij alles had onderdrukt, het jarenlange gevolg van ruzie vermijden. Kon hij Christine hebben vermoord? Ze waren al uit elkaar, waarom zou hij dan na al die jaren nog wraak nemen voor een overdosis positivisme?

'De laatste tijd heeft Peggy heel veel leermomenten', bromde Danny. 'Ze had eigenlijk alleen nog maar leermomenten.'

'Hoe bedoelt u?'

'Sinds Luc er woont, wordt Peggy aangemoedigd om zichzelf te ontdekken.'

Van In was op zijn hoede nu. Een ex-man die over de nieuwe vriend van zijn ex-vrouw praat, vertelt meestal niet veel goeds. De kans was klein dat ze nu een verhaal zouden horen over de gezellige barbecues die Luc organiseerde, of de tactvolle benadering die Luc in de situatie hanteerde.

'Het is begonnen met het feestje voor haar vijftiende verjaardag. Peggy mocht een feestje geven voor haar vrienden en vriendinnen en Luc had voor wat lekkers gezorgd. Wijn, bier, wodka, cannabis, alles was er, want Luc vond dat Peggy's populariteit wel een extra stimulans kon gebruiken. En dat doe je niet met chips en cola.'

'Was u aanwezig op dat feestje?'

'Nee', grinnikte Danny. 'Ik weet dat ik nog best goed voorkom, maar ik ben geen vijftien meer. Volwassenen waren strikt verboden. Behalve dan Luc en de buurman, die de toog bedienden.'

'Malik?' vroeg Van In.

'Klopt. Luc vond het een goed idee om de buurman uit te nodigen. Zo vermeed hij klachten over lawaai.'

Daar was Van In nog niet zo zeker van. Als Nora niet had kunnen slapen die nacht, zou Malik de volgende dag alsnog de schuld ervan gekregen hebben.

'In elk geval: het heeft gewerkt. Peggy is razend populair nu op haar school. Helaas heeft ze op dat feestje wel de smaak te pakken gekregen.'

Meyrem had tot dan toe ijverig genoteerd in haar boekje, terwijl Versavel afwezig voor zich uit staarde. Van In besloot dat hij na de ondervraging beter eens kort in discussie kon gaan met zijn collega, dan hoefden ze er geen leermoment van te maken. In dat opzicht volgde hij Danny wel, zachte heelmeesters maken stinkende wonden.

'Geeft ze nu vaker feestjes?' vroeg Meyrem.

Danny schudde zijn hoofd. 'Ik bedoel dat ze sindsdien steeds meer drinkt en blowt. Als ze bij mij is, is ze dikwijls slechtgehumeurd. Ik heb haar ook al betrapt op het stelen van drank. Dan is opeens de helft van mijn bak bier leeg, maar weet mevrouw van niets natuurlijk.'

Ook Karin had al gesignaleerd dat er iets aan de hand was met Peggy. Haar punten op school waren gezakt en ze praatte minder met haar tante. Misschien moesten ze Meyrems tip over de school toch maar opvolgen. Maar hoe deed hij dat zonder toe te geven dat Meyrem gelijk had?

'En wat zegt ze er zelf van?'

'Niets. Ik word dan boos en dan vlucht ze naar haar kamer. Zonder Christine wordt er niet meer over gevoelens gesproken. Ze heeft ook een relatie, maar ik weet niets van haar vriendje.'

Van In speelde met zijn kop koffie. Die was al een tijd leeg, maar toch bracht hij de kop naar zijn mond. Het gaf hem tijd om na te denken.

'Ze wil niet zeggen wie het is?'

'Nee. En o wee als ik ernaar vraag. Maar het feit dat ze plots de pil neemt, spreekt boekdelen.'

'Ook geen naam. Niets?'

Danny schudde zijn hoofd, alsof hij het zelf niet vreemd vond. Van In kreeg een akelig voorgevoel, maar dat sprak hij niet hardop uit. Waarom zou Peggy een vriendje voor haar vader verzwijgen? Of voor haar tante, met wie ze ooit alles besprak? Het was mogelijk dat ze dat als puber geheim wilde houden. Omdat het nog niet lang aan was, of omdat ze nog niet zeker wist dat ze met hem door wilde gaan.

Maar wat als er een andere reden was?

Wat als dat vriendje geen vriendje was, maar een vriend? Geen leeftijdsgenoot, maar een volwassene? Wat als Luc meer was dan een stiefvader?

Laura opende een blik ravioli met een zakmes. Het ging moeizaam, het mes was van slechte kwaliteit en sneed nauwelijks door het harde metaal. Zodra ze helemaal rond was, probeerde ze het mes onder het deksel te steken om het naar boven te wippen. Maar het zat nog op verschillende plaatsen vast, Laura moest kracht zetten. Het metaal scheurde, het deksel kwam los en schampte langs haar hand. De scherpe rand sneed in haar huid.

'Shit!'

Ze stak haar hand in haar mond, proefde de zilte smaak van bloed. Waarom was ze zo onvoorbereid? Waarom zat ze hier al meer dan een dag in een kleine ruimte met een vrouw die aan een stoel geketend was? Waarom was alles nog niet in orde gekomen? Karin keek haar aan, geschrokken van de onverwachte vloek.

'Alles oké?'

Nee, alles was niet oké. Dat de vraag kwam van iemand die Laura zelf aan de stoel had gebonden met kabelbinders maakte het alleen maar pijnlijker. Ze snikte, ingehouden, wilde geen zwakte tonen ten opzichte van haar gijzelaar.

'Zal ik het verzorgen?'

Laura schudde haar hoofd. Ze schoof het blik ravioli naar Karin, ook al kon die er niets mee beginnen, aangezien haar polsen aan de stoel vastzaten. Tranen biggelden onder haar bivakmuts over haar wangen. Het was warm in de ruimte, ze wilde haar muts afzetten, maar ze wist dat dat onmogelijk was. Het stonk er ook verschrikkelijk, nog een gevolg van haar slechte voorbereiding. Er was geen toilet aanwezig, dus had ze een emmer voor Karin gehaald. Ze nam de emmer dan mee in haar auto en ging ze die ergens leegmaken. Maar tijdens het rijden was er al verschillende keren urine uit de emmer geklotst, waardoor nu ook haar auto begon te stinken.

Misschien moest ze gewoon foert zeggen. Dit was niet haar probleem, zij moest hier niet voor opdraaien. Maar het was zo moeilijk om nee te zeggen. Ze kwam overeind en opende het luik. Karin sloeg niet meer in paniek wanneer ze dat deed. Aanvankelijk was ze doodsbang geweest om alleen gelaten te worden, maar zodra ze besefte dat Laura telkens terugkwam, was ze gerustgesteld. Terwijl Karin probeerde om haar stoel tot bij het blik ravioli te schuiven, sloot Laura de garagedeur weer. Hijgend leunde ze tegen de muur.

Het werd tijd om aan zichzelf te denken. Ze zou stoppen met drugs, vanaf vandaag. Nog niet met drank, ze moest realistisch blijven. Op dit moment zou ze een stevige borrel kunnen gebruiken. Het tekort aan slaap de afgelopen dagen speelde haar parten. Helder denken was moeilijk. Hoe moest ze haar leven weer op orde krijgen?

Er klonk een plof binnen. Karin. Laura haastte zich terug naar binnen. Karin lag op haar zij, het blik ravioli naast haar mond, haar lip vol bloed. Laura trok haar overeind, zocht een lepel in de grote tas die in de hoek lag en voerde de stukken pasta aan Karin. De helft viel op haar kleren. Hun hoofden waren nauwelijks van elkaar gescheiden.

'Laura?'

Laura verstijfde. Karin was gestopt met kauwen.

'Laura, ben jij dat?'

Ze liet het blik ravioli vallen en deinsde achteruit. Fuck, slechte reactie, nu wist Karin dat ze het bij het rechte eind had. Haar ademhaling versnelde, haar handen beefden.

'Waarom doe je dit? Doe je dit voor hem?'

Laura voelde een paniek opkomen die ze nog nooit had meegemaakt. Zwarte vlekken verschenen voor haar ogen. Ze moest hier weg, dat was het enige waar ze aan kon denken. Het kon haar niet meer schelen, alleen zijzelf telde nog. Ze opende de roldeur slechts een klein beetje, schoof eronderdoor en knalde ze met een klap dicht. Karin begon te schreeuwen.

'Laura! Laat me niet achter!'

Ze trok de muts van haar gezicht en gooide ze op de achterbank van haar auto. Ze ging achter het stuur zitten. Met trillende vingers zocht ze naar de autosleutel. In de verte hoorde ze Karin nog steeds roepen. Of verbeeldde ze zich dat?

'Ik zal niets zeggen! Beloofd!'

Maar ze luisterde niet meer. Met veel moeite stak ze de sleutel in het contact en startte de motor. Meteen viel die weer stil. Verdorie.

'Ik heb niets gezien! Kom terug!'

Karins stem sneed door haar gedachten, de woorden knepen haar keel dicht. Weg van hier. De auto startte opnieuw en schoot met een ruk naar voren. Bijna tegen de muur. Rustig blijven. Dat lukte niet meer. Ze zette haar auto in zijn achteruit en vertrok met gierende banden. Hopend dat problemen vanzelf zouden verdwijnen als ze die niet meer zag.

Van In zag de twijfelende blikken van Versavel en Meyrem toen hij zijn theorie over het vriendje van Peggy deelde. Ze stonden buiten bij het huis van Danny, waar ze probeerden enkele dingen op een rijtje te zetten. Stilaan reden er meer auto's door de straat, de stad ontwaakte.

'Luc met zijn stiefdochter?'

'Waarom niet? Dat is bijna een volwassen vrouw.'

'Het is nog een kind!'

'Laat me uitspreken: ze is bijna een volwassen vrouw in zijn ogen. Hij ziet haar elke dag. Misschien komt hij haar wel eens tegen in de badkamer, kan hij zijn ogen niet van haar afhouden.'

Versavel schudde zijn hoofd.

'Dat zijn zware beschuldigingen, Van In.'

'Laten we het toch maar in ons achterhoofd houden. Er is iets met Luc. Kunnen we hem niet aanhouden?'

'Hebben we concreet bewijs?'

'Hij heeft al eerder iemand tot moes geslagen.'

'Dat is geen bewijs, dat is een feit. En daar is hij voor veroordeeld.'

Versavel richtte zich tot Meyrem.

'We kunnen beter aan de slag gaan met concrete aanwijzingen. Meyrem, heb jij de foto's van Karin al kunnen bestuderen?'

'Ja. Maar voorlopig zonder resultaat.'

Van In hief zijn hand en zwaaide naar allebei.

'Mis ik hier iets? Welke foto's?'

Versavel legde uit dat hij een doos met foto's had gevonden net voor hij Malik betrapte. Daarop stonden mensen die op bezoek kwamen bij Christine.

'En dat hoef je mij niet te vertellen?'

Van In schudde zijn hoofd. Ze waren op zoek naar de kleinste sporen, hij moest elk detail van het onderzoek kennen. Dat Versavel een mogelijk spoor aan Meyrem had gegeven, zat hem op slag dwars. Stel je voor dat zij een doorbraak in het onderzoek realiseerde, De Kee zou nogal genieten. Versavel was het echter niet met hem eens.

'Ik had even mijn handen vol met een inbreker, weet je nog? Sorry dat ik afgeleid werd. En ik ben niet degene die daarna naar een concert moest.'

Van In mijmerde even weg. De herinnering aan het concert deed zijn hart opspringen. Hij zou viool willen leren spelen om in de buurt van Nadia te kunnen zijn. Al zou er dan waarschijnlijk niet al te veel gemusiceerd worden.

'Als het kan helpen, ik heb de kopieën van de foto's bij me', zei Meyrem verlegen.

Van In knarsetandde. Uiteraard, de slimme Meyrem, de met hoge punten afgestudeerde rekruut, de beschermelinge van het hoger bestel, kwam weer met een oplossing aanzetten. Een verstandige oplossing bovendien, want zo konden de foto's door meerdere mensen bestudeerd worden. Maar dat zou hij niet openlijk toegeven.

'Laat eens zien', bromde hij.

Meyrem haalde een map uit haar grote tas en overhandigde ze aan Van In. Die opende de map en liet ze bijna meteen weer vallen.

'Dat is ze', mompelde hij.

'Dat is wie?' vroeg Versavel.

'De vrouw die zich als Christine voordeed.'

Versavel keek naar een van de foto's die Karin had genomen van een grote vrouw met kort haar. Daarna zocht hij verder in de map en haalde er de robotfoto uit die Van In samen met de forensische tekenares had gemaakt. Hij legde de twee naast elkaar.

'Ben je daar zeker van? Die robotfoto lijkt er in de verste verte niet op!'

Nu Van In de robottekening opnieuw bekeek, besefte hij dat die totaal mislukt was.

'Heel zeker. Dat is de vrouw die mij heeft binnengelaten.'

Eindelijk hadden ze een concrete lead. Iemand die meer wist over wat er zich achter de gevel van het huis van Christine had afgespeeld. De vraag was nu: wie was ze?

'Er is geen enkele overeenkomst met bestaande dossiers?' vroeg hij aan Meyrem.

'Nee.'

'Dan moeten we gewoon iedereen uit de buurt ondervragen. Iemand moet haar toch kennen?'

Achter hen ging de deur open. Danny liep naar buiten, terwijl hij zijn jas aantrok. Hij keek verbaasd op toen hij zag dat de agenten nog voor zijn huis stonden. Van In duwde de foto haast in zijn gezicht.

'Ken jij deze vrouw?'

Danny hoefde niet lang te kijken.

'Dat is Laura.'

'Achternaam?'

'Van Lierde.'

Van In juichte inwendig. De vrouw had net een naam gekregen. Haar nu vinden zou een eitje worden.

'Wat heeft ze met Christine te maken?'

'Ze zat vroeger in het bestuur van de vzw van Christine.'

Van In probeerde zich hun gesprek weer voor de geest te

halen. Had ze echt ooit beweerd dat ze Christine was? Of was hij het die dat verondersteld had? Hij had haar vragen gesteld en daarop had ze geantwoord. Vragen over de vzw, waarvan ze zelf deel had uitgemaakt en vermoedelijk had ze daar naar waarheid op geantwoord. Technisch gezien was er dus niets aan de hand. Behalve dan misschien dat ze in het huis van Christine was geweest op het moment dat Christine net verdwenen was. Of was dat toeval? Misschien kwam Laura gewoon langs voor ongedane zaken met de vzw en was ze verbaasd om plots een agent aan te treffen.

Waarom werd het zo ingewikkeld? Wat wisten ze nu eigenlijk?

Er was maar één manier om op deze vragen antwoorden te vinden. Ze moesten op zoek naar Laura.

13

Malik keilde een grote doorschijnende stuiterbal tegen de grond. De bal kaatste hard tegen de muur en belandde weer in zijn hand. Zo zat hij al een hele tijd op de bank, met zijn gedachten die net als de bal alle kanten uitgingen.

Het was de laatste vernedering geweest. Het was de laatste keer geweest dat Nora hem nog zo zou kunnen koeioneren. Hij wilde niet meer de les gelezen worden, niet door Nora, niet door Luc, die ervan overtuigd was dat hij net zoals thuis ook zijn buren de wet kon dicteren. Malik had het gehad.

Maar zodra hij dat dacht, stak ook de twijfel de kop op. Net zoals bij elke worp de stuiterbal terugkwam, was er voor elke stoere gedachte ook een angstige terugslag. Luc en Nora zouden het nooit accepteren dat hij in opstand kwam, ze zouden hem nog harder aanpakken. Kon hij niet beter gewoon rustig blijven, even van de radar verdwijnen?

Hoe kon hij Nora raken? Niet door wraak te nemen, niet door te doen waar zij zo in uitblonk. Dat zou alleen maar resulteren in een escalatie van geweld.

Nee, hij moest haar iets afnemen. Het genot van het vernederen, de opwinding van het kleineren. Hij moest haar zichzelf ontzeggen, dat zou voor haar de grootste vernedering zijn. Het feit dat hij dat voor haar besliste, zou ze niet kunnen verkroppen.

De stuiterbal knalde voor de zoveelste keer tegen de grond

en tegen de muur. Maar deze keer had hij zoveel kracht gebruikt dat de bal hoger opveerde en hij ernaast greep. De bal belandde hard tegen de trouwfoto die boven zijn hoofd hing en deukte het canvas. Malik staarde naar het doek en besefte tot zijn verbazing dat het de eerste keer in zijn leven was dat het hem niet kon schelen. Vroeger zou hij bang geworden zijn, zou hij geprobeerd hebben de kreuk te verbergen zodat Nora het niet zou merken. Hunkerend naar haar liefde, die ze af en toe gaf om zich van zijn aanhankelijkheid te verzekeren. Maar deze keer keek hij er alleen maar naar. De deuk in hun huwelijk was niet meer te herstellen. Het was een barst geworden, die langzaam verder scheurde, tot ze op geen enkele manier meer gelijmd kon worden.

Hij was benieuwd hoe zijn nieuwe leven eruit zou zien. Weglopen en nooit meer omkijken, wat een zalig gevoel zou dat zijn. Leren van de fouten die hij in zijn huwelijk had gemaakt, en dat waren er heel wat. Nooit meer zou hij zo'n verstikkende controle nog laten gebeuren, nooit meer zou hij geloven dat een slechte relatie ook goede aspecten had.

Zijn hand gleed onder een kussen en hij haalde een bruine envelop tevoorschijn. Gelukkig had hij eerder al een deel van het geld van Karin opgehaald en had de flik slechts de helft in beslag kunnen nemen. Het zou voldoende moeten zijn om zijn nieuwe bestaan op te starten. Of zou hij wachten en nog meer bij elkaar zoeken? Misschien kon hij dezelfde tactiek toepassen als Karin en tijdens het volgende buurtfeest stiekem de kassa plunderen. Hij herinnerde zich nog goed hoe ze dat had klaargespeeld. Als een ware goochelaar had ze haar brede sjaal over de kassa gelegd en alle geldbriefjes overgeheveld naar haar handtas, terwijl ze ondertussen de aanwezigheidslijst controleerde. Want ook al waren het gratis evenementen, er werden wel degelijk lijsten bijgehouden van wie er wel en niet aanwezig was. Mensen uit de buurt die te vaak hun kat stuurden, werden wekenlang scheef bekeken. Bij de laatste buurtfeesten werd er zelfs genoteerd wie wat consumeerde. Want ook te weinig besteden werd als een vorm van tegenwerking beschouwd.

Malik staarde vastberaden voor zich uit. Hij stond op en liep naar de vestiairekast. Hij zocht zijn jasje, maar zag het nergens hangen. Had Nora weer kleren van hem weggegooid? Dat zou zo typisch zijn. Foert, dan maar zonder. De recente gebeurtenissen hadden hem veranderd, harder gemaakt. En nu moest hij verder. De oude Malik was dood, leve de nieuwe Malik.

Laura woonde buiten het centrum van Brugge, in Wiedauwbos. Versavel stuurde de auto langs de villa's, die op ruime afstand van elkaar stonden. Laura moest zich erg bekeken hebben gevoeld toen ze door de Raamstraat liep. In deze buurt hadden de buren liefst zo weinig mogelijk contact met elkaar, getuige daarvan de hoge heggen die de huizen van elkaar scheidden. Ze parkeerden in een doodlopende straat en bekeken het oranje huis met het pikzwarte dak dat een beetje verscholen stond tussen het groen. Wat hield Laura voor hen verborgen?

Van In belde aan. Wat zou Laura doen als ze hem zag? Zou ze weer haar rustige zelf blijven? Hoelang had ze gedacht dat haar toneelvoorstelling zou duren? Het bleef stil in het huis. Had ze hen zien aankomen?

'Ik ga achterom', zei Van In. 'Bel jij nog eens aan.'

Als Laura hen had gezien, was de kans groot dat ze de benen zou willen nemen. Ze moesten voorkomen dat ze via de tuinen kon ontsnappen. Van In liep over de witblauwe klinkers en probeerde zijn voeten zo zacht mogelijk neer te zetten. Hij legde zijn hand op zijn pistool en sprong naar het terras aan de achterkant van het huis. Niets te zien. Geen Laura die zich probeerde te verbergen of bungelend over de haag hing in een poging aan de agenten te ontsnappen. Alleen stilte.

Van In drukte zijn voorhoofd tegen de glazen schuifdeur en tuurde naar binnen. De woonkamer was verlaten en niets wees op enige aanwezigheid. Ze kon zich natuurlijk boven schuilhouden, wachtend tot ze ophoepelden. Maar Van In vermoedde dat dat niet het geval was. Er stond geen auto op de oprit, ze hadden geen plotselinge geluiden gehoord na het aanbellen en er waren geen sporen van iemand die halsoverkop vertrokken was. Geen ontbijt dat nog op de tafel stond, geen half opengeslagen krant, geen televisie die nog speelde. Ze zouden geduld moeten hebben.

Van In liep terug naar de voorkant van het huis. Een auto kwam brommend aangereden en stopte op een van de parkeerplaatsen naast het huis, waar ook de auto van Van In en Versavel stond. Het was een oud model van een Renault 4, maar nog perfect onderhouden. De motor van de wagen bleef draaien.

De blik van Van In gleed van de carrosserie naar de bestuurder. Heel even keken ze elkaar aan, zoals ze de dag van Christines verdwijning naar elkaar hadden gekeken. Met een verwonderde blik, verrast door elkaars aanwezigheid.

Voor Van In iets kon roepen, zette Laura de auto in zijn achteruit en scheurde ze weg van de parkeerplaats. De auto reageerde soepel op de bruuske bewegingen. Ze remde aan de T-splitsing, draaide haar wielen en reed voorwaarts het andere stuk van Wiedauwbos in. Van In en Versavel reageerden pas enkele seconden later.

'De auto, Guido!'

Versavel liep naar hun auto en sprong erin. Van In opende het portier aan de andere kant en wipte op de passagiersstoel. Versavel reed achteruit en maakte dezelfde beweging als Laura. Ze had ondertussen al een fikse voorsprong.

'Daar!'

Aan een bebost rond plein sloeg Laura links af. Versavel drukte het gaspedaal diep in en trok net voor de bocht aan zijn handrem, terwijl hij fel aan zijn stuur draaide. De wagen slipte, keerde en kwam met zijn neus in de juiste richting terecht. Van In hield zich vast aan het handschoenkastje.

'Waar heb je dat geleerd?'

'Nergens', grijnsde Versavel. 'Maar ik wilde het al lang eens uittesten. En hier had ik de ruimte.'

Van In keek verbaasd naar zijn collega, die normaal gezien al afremde voor een groen licht, omdat de kans altijd bestond dat het oranje zou worden. Maar nu trok hij op en naderde hij snel de kleine auto van Laura.

'We moeten versterking oproepen', zei Van In en hij nam de handmicrofoon. 'Oproep aan alle eenheden. We volgen een verdachte auto ter hoogte van de Geralaan. Het gaat om een donkerblauwe Renault 4 met nummerplaat DHY-360.'

Ze bleven vijftig meter achter Laura hangen, de R4 ging verrassend snel door de bochten en Versavel moest al zijn stuurmanskunsten aanwenden om haar bij te houden.

'Ze rijdt naar de stad', zei Van In.

Hij had verwacht dat ze van Brugge weg zou rijden, om daar te kunnen verdwijnen, maar Laura besefte dat haar kleine auto in de buitenwijken van Brugge in het nadeel was. In de drukkere stad, met veel kleine straten en haarscherpe bochten, zou haar wendbaarheid net een voordeel zijn.

'We hebben tijd', zei Versavel kalm.

'Tijd?' reageerde Van In. 'Wil je eerst nog een kaartje leggen?'

'We blijven haar op de hielen zitten. Zij moet altijd als eerste actie ondernemen. Het is gewoon wachten tot ze een fout maakt.'

Hij bleef in de verte turen, schakelde en raakte bijna de bumper van de auto van Laura. Van In schoof zijn raampje naar beneden.

'Aan de kant!' schreeuwde hij.

Maar Laura gehoorzaamde niet. Ze naderden de lichten aan de brug, die op oranje sprongen en daarna op rood. Laura minderde echter geen vaart en terwijl de auto's uit de dwarsrichting zich op gang trokken, glipte ze door het rode licht en sloeg af naar de brug.

'Stoppen, Guido!' schreeuwde Van In, die de auto's over de brug zag rijden.

Maar Versavel stopte niet. Hij gaf gas bij en voegde vlak voor een aanstormende jeep in. De andere auto moest bruusk remmen om een botsing te vermijden. Luid getoeter was hun deel.

'Misschien moet je de sirene opzetten', zei Versavel rustig.

Hij zocht waar de R4 gebleven was en voegde zich opnieuw in het spoor van de auto. Van In nam het blauwe zwaailicht en plaatste het op het dak. Daarna zette hij ook de sirene aan. Voetgangers schrokken van het lawaai, fietsers gingen opzij en stapten af. De audiovisuele middelen gaven Van In een gevoel van overdaad, van een haast onrechtmatig voordeel dat ze hadden op hun prooi. En tegelijk ook een nadeel, want een geruisloze achtervolging was nu niet meer aan de orde.

Laura sjeesde nu langs het water, aan de rand van de stad. Van In hoopte dat ze niet voor het centrum zou kiezen, want dan werd het gevaarlijk. Het liep daar stilaan vol met Bruggelingen op weg naar hun werk en toeristen die een druk programma voor de boeg hadden. Een razende blauwe Renault stond vast niet op hun lijstje met bezienswaardigheden.

'Kunnen we haar ergens klemrijden?' vroeg Van In.

'De Grote Markt', antwoordde Versavel. 'Daar staat iedereen altijd stil.'

Voor hen sloeg Laura af naar links. Het duurde even voor het tot hen doordrong wat ze net had gedaan.

'Is deze straat geen eenrichtingsverkeer?'

Versavel knikte. 'Yep, en ze rijdt er aan de foute kant in. Wat doe ik?'

'Volgen natuurlijk. Zo kunnen we haar vastrijden.'

Versavel sloeg op zijn beurt links af, voorzichtiger dan hij tot dan toe had gereden. De angst voor een frontale botsing deed hem vaart minderen. Maar ze zagen alleen de auto van Laura rijden in de verte. Versavel ging weer sneller rijden.

'We hebben haar', wees Van In.

Aan het einde van de straat doemde een tegenligger op, een grote Volvo break, die al direct begon te toeteren. Laura bleef echter doorrijden, in de hoop dat de Volvo zou wijken. Maar de bestuurder leek daar weinig zin in te hebben, overtuigd van zijn goed recht. Laura stopte noodgedwongen, brede gebaren makend naar de chauffeur. Versavel en Van In sloten haar in en maakten zich klaar om uit te stappen.

Van In klikte zijn gordel los en nam zijn pistool in de aanslag. Behoedzaam liep hij naar de blauwe Renault. De bestuurder van de Volvo keek geschrokken naar het tafereel en stopte met toeteren.

'Zet de motor uit en stap uit met je handen op je hoofd!' riep Van In.

Versavel was hem gevolgd. Van In gaf een teken dat Versavel het portier mocht openen, hij zou dekking geven. Versavel trok aan de klink, maar die kwam niet in beweging, het portier was op slot. Op dat moment schoot de Renault opnieuw vooruit. De wagen zwenkte naar rechts en Van In moest opzijspringen, hij rolde over de grond. Laura stuurde haar auto over het trottoir, tussen de Volvo en de huizen door. Het was een smalle doorgang, maar de auto paste er juist tussen, al schuurde hij met zijn zijkant langs een uitstekende vensterbank.

'Verdomme!'

Van In tastte naar zijn pijnlijke knie, maar kwam dan overeind en sprong terug in de wagen. Versavel deed hetzelfde en startte de motor. Maar hun auto was te breed om de Volvo te kunnen passeren. Van In gebaarde naar de bestuurder dat hij opzij moest gaan staan. Die zag echter te weinig manoeuvreerruimte en zette zijn auto in zijn achteruit. Met zijn arm op de passagiersstoel en zijn hoofd gedraaid reed hij de Volvo door de straat. Een nieuwe auto die de straat in kwam gereden moest mee achteruit. Het ging te traag.

'We raken haar kwijt!' riep Van In.

'Wat wil je dat ik doe?' vroeg Versavel. 'Ik kan hem niet uit de weg rammen.'

Van In boorde zijn vingertoppen in de stoel. Hij haatte de onmacht als passagier. Zijn boze blikken naar de bestuurder van de Volvo, die nota bene in de juiste richting de straat was ingereden, hadden weinig effect. De man deed zijn best om zich in een rechte lijn honderd meter lang een weg te banen tussen geparkeerde auto's en de stoeprand, met als enige troost dat zijn inspanningen tijdens de manoeuvres op het rijexamen eindelijk loonden.

'Waar is ze?' vroeg Van In toen ze de straat uitgereden waren en alle auto's opzij waren gegaan. Besluiteloos bleven ze staan.

'We moeten gokken', zei Versavel en hij stuurde de auto een straat in. 'Hier blijven staan heeft geen zin.'

Van In speurde de straat af, maar er was geen spoor meer te bekennen van de blauwe Renault. Hij sloeg met zijn hand op het dashboard.

'Hoe is het mogelijk!'

'Ze kan nog niet ver zijn', suste Versavel. 'Zo groot is Brugge niet.'

Bij elke zijstraat vertraagde hij, zodat ze telkens konden kijken of ze Laura opmerkten. Maar hoe meer straten ze verkenden, hoe dieper de moed hun in de schoenen zonk. Het was het intercomsysteem dat uiteindelijk redding bracht.

'Blauwe Renault 4 gesignaleerd aan de Witteleertouwersstraat. Ik zet de achtervolging in.'

Versavel stopte in het midden van de straat, oriënteerde zich, om dan met een ruk aan het stuur de wagen een andere kant uit te sturen. Hij zwenkte door de Predikherenrei en bleef de straat volgen. Toen ze aan de Witteleertouwersstraat kwamen, vertraagde hij. Een loeiende sirene kwam steeds dichterbij.

'Ze rijdt weer tegen de richting in', merkte Versavel op. 'Dat worden veel boetes.'

'Daar', wees Van In. 'Daar kunnen we haar stoppen.'

Versavel knikte en reed verder tot aan het kruispunt van de Witteleertouwersstraat en de Waalsestraat. Hij zette de auto in het midden van de weg, naast een geparkeerde auto. Deze keer was er geen opening meer om doorheen te glippen. Hier stopte de vlucht van Laura Van Lierde, ze kon geen kant meer uit. Het duurde niet lang voor ze de blauwe R4 opmerkten, achternagezeten door een politieauto. Mensen staarden met open mond naar de achtervolging, probeerden de details in hun geheugen te prenten zodat ze het die dag zouden kunnen navertellen aan hun familieleden of hun collega's. Een beetje drama om een saaie dag te kruiden.

Van In en Versavel hielden zich klaar om Laura aan te houden. Dat ze iets op haar kerfstok had, was duidelijk, haar vlucht was al een halve schuldbekentenis. Van In hoopte vooral om informatie te krijgen die hen naar de moordenaar van Christine zou leiden en naar de locatie waar Karin zich bevond. Als ze nog leefde. Van In nam zich voor om geen tijd te verliezen bij het kruisverhoor. Ze moesten recht naar de essentie.

Alleen... Laura stopte niet, ze verminderde geen vaart. Zenuwachtig zag Van In de Renault op hen afkomen.

'Nu moet ze wel afremmen', mompelde Versavel.

Van In probeerde in te schatten hoeveel tijd ze nog had om te remmen. Zijn conclusie was even snel als vervelend. Geen.

'Uit de auto. Nu.'

Hij klikte zijn gordel los en duwde tegen zijn portier, Versavel deed aan de andere kant hetzelfde. Met een oog op de aanstormende auto gericht dook Van In naar het trottoir achter de geparkeerde auto en rolde opzij. Net op tijd. De auto van Laura ramde die van hen en duwde hem meters verder. Ze kwam pas tot stilstand tegen een wit huis op hoek van de Waalsestraat. Een wolk van rook omhulde de wagens.

De politieauto die ook de achtervolging had ingezet, parkeerde naast de op elkaar gebotste voertuigen. Twee agenten stapten uit en liepen naar de Renault. Toen de rook wegtrok, zagen ze Laura voorovergebogen zitten met haar hoofd op het stuur. Haar ogen waren gesloten, bloed sijpelde langs haar slapen.

Van In vloekte en rende ernaartoe. Hij begon op het raam te slaan, maar Laura reageerde niet. Hij rukte aan het portier, maar er kwam geen beweging in.

'Bel een ambulance', beval hij een van de agenten. 'Zeg dat ze zich haasten. Ze moet blijven leven.'

14

Van In vloog tegen de muren op in hun kantoor. Hij had gevraagd om hem op de hoogte te houden wanneer Laura wakker zou worden in het ziekenhuis en ze in staat was om ondervraagd te worden. Maar hij had niets meer gehoord.

'En hoe staat het met het huiszoekingsbevel?'

Versavel nam de telefoon op zijn bureau en hield de hoorn tegen zijn oor.

'Ik ga er nog eens achteraan.'

Terwijl Versavel belde, kwam een blazende De Kee het kantoor binnengelopen.

'Brokken gemaakt, Van In?'

'Wij niet. Mevrouw Van Lierde reed te snel in de binnenstad.'

'Je beseft toch dat er slachtoffers hadden kunnen vallen?'

'Ik ben blij dat u zo bezorgd bent om ons welzijn, commissaris. We zijn gelukkig op het nippertje ontsnapt.'

Het gezicht van De Kee verliet zijn doorgaans strakke plooi, een glimlach die erin gebeiteld was door het vele gedwongen toelachen van mensen die belangrijk voor hem konden zijn.

'Ik heb het over de Brugse burgers! Het had veel slechter kunnen aflopen.'

Van In zuchtte. 'We hebben een belangrijke verdachte opgepakt. Zij kan ons misschien naar de verdwenen Karin Vereecken leiden. En bovendien is ze een hoofdverdachte in het onderzoek naar de moord op Christine Vereecken. Zo slecht is dat niet.'

Versavel legde de telefoon neer en nam zijn jas, die over de bureaustoel hing.

'Huiszoekingsbevel is in orde. We kunnen gaan.'

Van In knikte naar De Kee, die een nieuwe repliek inslikte. Eerst deze zaak oplossen, dan konden ze achteraf nog wel eens bekvechten over de regels.

'We rijden eerst naar het ziekenhuis', zei Van In.

'Is Laura al wakker?'

'Nee. Maar misschien wordt ze wakker terwijl we op weg zijn.'

'Nemen jullie Kaya mee?' vroeg De Kee.

Van In schudde zijn hoofd. 'Meyrem blijft hier. We moeten nog meer te weten komen over Laura.'

'Van In!'

Van In ademde door zijn neus om rustig te blijven.

'Met alle respect, hoofdcommissaris, maar dit is mijn onderzoek. Ik bepaal wie wat doet en we gaan niet met zijn drieën op ziekenbezoek. Dan voegt u volgende keer maar een verpleegster toe aan ons team.'

Tijdens de rit naar het ziekenhuis probeerde Van In opnieuw de juiste verbanden te leggen. Waarom was Laura bij Christine geweest die dag? Ze kende Christine van Gezien, maar niemand had ooit over haar gesproken of over een eventuele vete tussen de twee. Meyrem had via haar werkgever ontdekt dat ze een getalenteerde zakenvrouw was, die door iedereen gerespecteerd werd. Ze had geen reden om zich op het slechte pad te begeven. Maar dat hadden daders wel vaker niet.

De agent bij de ziekenkamer van Laura hield hen tegen. Van In en Versavel lieten hun badges zien.

'Ze is nog niet wakker. Ik vrees dat uw komst zinloos is.'

'Dat begrijp ik', zei Van In. 'Maar ik wil toch zelf even gaan kijken.'

Hij duwde de deur zacht open. Laura lag op haar bed naar het raam te staren. Haar pols was verbonden met een infuus, om haar hoofd zat een dik verband. Haar gezicht vertoonde blauwe plekken. Toen ze de voetstappen in haar kamer hoorde, sloot ze snel haar ogen. Te laat.

'Ik weet dat u wakker bent, mevrouw Van Lierde.'

Haar ogen bleven gesloten. Ze ademde zwaar, om aan te geven dat ze echt wel sliep.

'Hoe voelt u zich?' probeerde Versavel een zachtere aanpak.

Maar ook hij kreeg geen reactie. Van In nam een stoel en zette die naast haar bed. Hij wreef over zijn pijnlijke knie. Het zou nog even duren voor hij weer normaal kon lopen.

'We hebben tijd', loog hij. 'We blijven hier gewoon zitten, tot u met ons wilt spreken.'

Het bleef stil in de kamer. Van In had zin om haar door elkaar te schudden en haar te dwingen haar ogen te openen. Versavel schudde zijn hoofd, alsof hij wist wat zijn collega van plan was.

'We hebben een huiszoekingsbevel', ging Van In verder. 'Dus wat u ook verbergt, we zullen het wel vinden. Maar de rechter zal veel milder zijn als hij hoort dat u hebt meegewerkt aan het onderzoek.'

Nu zag Van In toch een minieme reactie. Laura's wenkbrauwen trokken even samen. Een teken van twijfel. Ze had iets te vertellen, maar ze wilde niet, of durfde niet.

'De keuze is volledig aan u. U was in het huis van Christine Vereecken, op een heel vervelend moment. U begrijpt dat we dat verdacht vinden.'

Van In en Versavel wachtten nog tien minuten, maar dan was het geduld van Van In op. Hij besefte dat hij zijn leugen over tijd hebben zou blootleggen als hij nu vertrok, maar hij had ook geen zin om hier een hele dag zijn tijd te verdoen.

'We zullen eens kijken wat we bij u thuis kunnen vinden dan.'

Hij schoof de stoel achteruit en stond op. Terwijl hij de kamer uitliep, meende hij het lichaam van Laura te zien ontspannen. Haar toneeltje had ook haar vermoeid.

'Houd haar goed in de gaten', beval hij de agent bij de deur. 'Ze is met onze voeten aan het rammelen.'

Karin staarde naar de flesjes water op de grond naast haar. Hoelang zou ze daar nog mee rondkomen? Ze zou spaarzaam moeten zijn. Hoelang kon iemand overleven zonder eten of drinken? Ze keek naar de resten van de pasta die op haar schoot en op de grond lagen. Ook in het blik zaten nog stukjes. Bewaarde ze die voor later, of at ze alles op voor het bedierf?

Ze schudde haar hoofd. Wie had ooit kunnen denken dat ze zo'n afweging zou moeten maken? En natuurlijk kende ze het antwoord niet, ze was immers nog nooit ontvoerd geweest. Waarom had Laura haar meegenomen? Karin kon maar één ding bedenken: het had met de moord op Christine te maken. Maar wat dan? Laura en Christine hadden altijd goed met elkaar kunnen opschieten, ze kon zich niet voorstellen dat Laura haar zus kwaad zou berokkenen.

Er was natuurlijk die knipperlichtrelatie met Luc. Karin had een sterk vermoeden dat hun relatie nooit helemaal geëindigd was, ook niet toen Luc al met Christine samen was. Daarvoor was ze te vaak op bezoek geweest bij Christine. Niet al die bezoekjes hadden met de vzw te maken. Maar zou ze Christine koudweg vermoorden omwille van Luc? Karin kon het zich niet voorstellen.

Laura was de enige geweest in het bestuur van Gezien die Karin echt bekwaam had gevonden om de boel te leiden. Laura durfde beslissingen te nemen, durfde eisen te stellen aan de mensen die ze steunden. De lat lag bij haar altijd hoog. Net daarom vond Karin het altijd zo vreemd dat ze telkens weer naar Luc terugkeerde. De liefdeslat lag beduidend lager, daar sprong je met vastgebonden voeten nog makkelijk over.

Christine had er echter nooit iets over willen horen. Telkens als Karin nog maar suggereerde dat Laura na haar exit uit het bestuur van Gezien toch nog vaak in de Raamstraat opdook, wuifde Christine alles weg. Dat was de keerzijde van een levensvisie die bestond uit blind vertrouwen. Ze wilde zo graag het goede in mensen zien, dat ze alle slechte kantjes negeerde. Christines leven was een boek waarin alle spannende passages doorgestreept waren. Het was een manier om zichzelf te beschermen tegen het kwade, maar net die visie had haar de dood ingedreven.

Karin hoorde vage geluiden in de verte. Was hier nog iemand? Waar was ze eigenlijk? Ze was omringd door dozen. Stapels en stapels. De ruimte leek op een garage, al zou er geen auto meer bij kunnen.

'Hallo?'

Nu Laura weg was, kon ze roepen. Misschien hoorde iemand haar.

'Hey!'

Haar stem klonk schor, de uitputting en het schaarse drinken eisten hun tol. Toch schreeuwde ze luider, met steeds hesere stem.

'Hallo!'

Haar kreten verzonken in de stilte. Tranen liepen over haar wangen. Ze wilde hier weg. Kwam Laura haar maar halen. Ze was bereid om haar alles te vergeven, om niets te zeggen over de ontvoering, zolang ze haar maar vrijliet.

Van In bestudeerde de woonkamer van Laura opnieuw. De eerste keer, van buitenaf door de glazen schuifdeur, was hem niet zoveel opgevallen, en nu besefte hij waarom. Er was niets opvallends. Alles was schoon en opgeruimd. De kussens van de bank waren opgeklopt en stonden mooi rechtop, alsof iemand er een waterpas tegen had gezet. De rotan salontafel met een glazen blad had geen sporen van vuile vingers en de felgele keramieken lamp stond perfect in het midden van het bijzettafeltje. De tijdschriften slingerden niet in het rond, maar zaten in een houder naast de bank. Zelfs de afstandsbediening van de televisie lag in een bakje naast het toestel en niet ergens tussen de plooien van de bank, zoals bij de meeste mensen.

Laura hield duidelijk van de rust die een ordelijk huis uitstraalde. Ze zou de woonkamer van Van In, waarin je struikelde over de verfborstels en schragen, vast niet waarderen. Die avond zou er nauwelijks verandering in komen, want hij had afgesproken met Nadia.

'De technische recherche is aangekomen', zei Versavel.

Van In keek door het raam naar de kleine bestelwagen die op een van de parkeerplaatsen stond. Zijn collega's wapenden zich met handschoenen en beschermende kledij om hun eigen sporen zoveel mogelijk te beperken. Versavel gooide Van In enkele handschoenen toe, zodat ze zeker het goede voorbeeld gaven.

'Ik weet eigenlijk niet wat we hier moeten zoeken', zei Van In. 'Het zou handiger zijn dat Laura gewoon begint te praten.'

'Daar zou ik voorlopig niet te veel op rekenen', bromde Versavel.

Van In deed de handschoenen aan en streek langs de boeken in de boekenkast tegen de muur. Ze waren alfabetisch geordend op naam van de schrijver. Romans, thrillers en non-fictie, Laura leek het allemaal te lezen.

'Een belezen dame', zei Van In goedkeurend.

'Dan heb je de bovenverdieping nog niet gezien', zei Versavel.

Van In volgde Versavel naar boven langs de glad geoliede houten trap. Er waren zo weinig putjes of oneffenheden in het hout dat het leek of Laura hem jaarlijks liet bijwerken. Boven waren er twee kamers en een ruime badkamer. In de slaapkamer was het bed keurig opgemaakt. De lakens waren strakgetrokken, de kussens netjes geschikt. Van In verwachtte bijna nog twee handdoeken in de vorm van een zwaan te zien. Hij had ooit gehoord dat je bed opmaken een goede manier was om je leven onder controle te houden. Als je dat elke dag deed, dan was tenminste dat stuk van je leven op orde, en dat had je zelf in de hand. Hij vond het onzin en liet zijn bed elke dag achter zoals hij erin wakker was geworden. Hij had ook ergens gelezen dat je een bed open moest laten liggen om te vermijden dat beestjes als de huisstofmijt zich in de warmte zouden wentelen. Dus verkoos hij het comfort van het niet opdekken én het vermijden van beestjes boven het stukje controle.

De andere kamer was de enige in het huis waar wel chaos heerste. Daar stond Laura's bureau, al kon je dat nauwelijks nog zien, want overal stonden, lagen of slingerden boeken. In boekenrekken, in dozen of gewoon op het bureau en op de grond.

'Het lijkt wel de kelder van Dagobert Duck', grijnsde Van In. 'Maar hier wordt in boeken in plaats van geld gezwommen.'

'Als je optelt wat al die boeken gekost hebben, kom je ook aan een aardig bedrag', zei Versavel.

Ondanks haar slaaptoneel in het ziekenhuis daarnet, voelde Van In ook sympathie voor Laura. Het leek iemand die haar leven op orde had, die goed wist wat ze wilde. Afgezien dan van het feit dat ze zich had voorgedaan als iemand die net vermoord was. Waren ze er zeker van dat zij iets met Karin te maken had?

'Pieter, kijk eens.'

Versavel stond in de badkamer, voor een spiegelkast. Hij haalde enkele zakjes wit poeder tevoorschijn en schudde ermee.

'Dat is niet tegen de hoofdpijn volgens mij.'

'Laat de jongens het analyseren', zei Van In.

Versavel grabbelde verder in de kast en vond ook enkele potjes met witte pillen.

'Xtc volgens mij. Ze heeft voldoende voorraad om een hele discotheek een leuke avond te bezorgen.'

Van In knikte tevreden. Het was niet meteen waarop hij had gehoopt, maar het was in elk geval een element waarmee ze haar onder druk zouden kunnen zetten. Als ze ooit haar ogen opendeed. Hij daalde de trap weer af en begroette zijn collega's.

'Versavel heeft al een pakketje voor jullie.'

Hij zag hoe ze in de woonkamer alle kussens optilden, alle kastdeuren openden en zelfs tussen de boeken begonnen te neuzen. Laura zou de kriebels krijgen als ze wist dat haar mooi opgeruimde huis zo overhoop werd gehaald.

In de hal zag hij een deur die hij nog niet was binnengegaan. Hij opende ze en zag een trap naar de kelder. Hij zocht naar de lichtknop en stak het licht aan. Een kilte kwam hem tegemoet. Even schoot het door zijn hoofd dat dit ook een goede plek kon zijn om iemand te verbergen. Maar Laura leek hem niet de vrouw om dat risico te nemen.

De kelder was vrij groot en stond boordevol flessen. Heel veel lege flessen, maar ook minstens evenveel volle. Flessen rum, wodka, whisky, maar ook meer zoete dranken zoals Passoã, Safari en Pisang Ambon. Als die dranken te veel door elkaar gemixt werden, waren ze de voorbode van fluorescerend braaksel. Een houten rek was volgestouwd met flessen wijn, waar nauwelijks stof op lag. Laura vernieuwde het aanbod duidelijk regelmatig.

Van In liep terug naar boven. Laura was een ordelijke, gestructureerde en waarschijnlijk heel intelligente vrouw. Maar ze had duidelijk ook een probleem. En niet alleen met boeken.

Toen hij Nadia binnenliet, bedacht Van In dat hij die dag beter wel zijn bed had opgemaakt. Het was niet het plan geweest om bij hem thuis af te spreken, maar toen Nadia het had voorgesteld, had hij niet durven te weigeren. Hij leidde haar tussen de schragen door naar de keuken, zijn leefomgeving van de laatste maanden. Hij trok de koelkast open en besefte dat hij weinig in huis had voor een gezellige avond. Bier, melk en water, niet meteen de ingrediënten voor een gezellige aperitief.

'Wat wil je...?' begon Van In, maar Nadia liet hem zijn zin niet afmaken.

Ze legde haar armen om hem heen en kuste zijn nek.

'Ik heb je gemist.'

Van In greep haar handen en draaide zich om. Hij drukte een zoen op haar lippen. Haar blonde haren waren opgestoken in een hoge paardenstaart en vooraan had ze met gel een kleine kuif gemaakt. Haar ogen twinkelden.

'Ik jou ook. Ik heb de hele dag gedacht aan ons... concert.'

Ze wrong haar vingers los en nam zijn hoofd in haar handen. Ze opende haar mond en kuste hem vol overgave. Haar lichaam wreef tegen het zijne. Ze kneep zo hard in zijn wangen dat het pijn begon te doen. Maar het was niet het moment om er iets van te zeggen. Hij legde zijn handen op haar borsten, maar ze sloeg ze weg.

'Geen tijd voor gedoe', mompelde ze.

Hij liet zijn handen verder naar onderen glijden. Maar ook daar werd hij tegengehouden. Ze rukte aan zijn broek, maar kreeg ze niet naar beneden. Hij hielp haar door zijn riem los te gespen. Ondertussen trok ze haar roze rokje naar beneden. Haar witte blazer vloog naar het aanrecht.

Ze liet zich achterovervallen op de keukentafel en stak haar benen in de lucht. Van In voelde zich in snelheid gepakt. Waarom zo'n haast, ze hadden toch de hele avond? Ze trok aan zijn hand om hem dichterbij te krijgen. Aarzelend stapte hij naar voren. Haar benen krulden zich rond zijn nek.

'Harder!' zei ze zodra ze waren begonnen.

Van In knikte, al wist hij niet of ze meteen een antwoord op haar bevel had verwacht. Zijn nek kraakte onder de druk van haar benen.

'Veel harder!'

Hij boog zich voorover. Ze stak haar handen uit en kraste door zijn T-shirt heen. Hij voelde de vingernagels diep in zijn vel boren. Het deed pijn.

'Komaan, stoere flik. Jij kunt toch wel iemand een lesje leren?'

Van In was helemaal de kluts kwijt door haar woorden. Zou hij durven te vragen dat ze even haar mond hield? Hij probeerde zich te concentreren, niet te denken aan de prikken die hij in zijn rug voelde, alsof hij als een voodoopop werd doorboord.

En om zijn concentratie helemaal te verstoren, ging op dat moment de bel. Spontaan draaide Van In zijn hoofd in de richting van de voordeur.

'Niet op letten', hijgde Nadia. 'Ga door.'

Misschien was er nieuws over Laura, schoot het door zijn hoofd. Misschien was ze nu echt wakker geworden en deed ze niet meer alsof. Of was er een aanwijzing over Karin gekomen, en kwam Versavel hem oppikken om ernaartoe te rijden.

'Waar wacht je op?'

Van In trok zich terug en liep naar de voordeur. Hij struikelde bijna terwijl hij zijn broek optrok en de potten verf moest ontwijken. Net voor hij de voordeur opendeed, checkte hij nog snel of hij al zijn kleren aanhad.

Het was Vanmaele.

'Stoor ik?'

De wetsdokter stond met een kleine sporttas voor de deur en wrong zich langs Van In naar binnen.

'Eigenlijk wel', begon Van In, maar Vanmaele luisterde niet.

'Mijn vrouw begon weer over een weekendje weg, maar deze keer met ons tweeën. Maar ik weet het niet zo goed.'

'Dat is toch goed, met jullie tweeën', reageerde Van In. 'Je was toch vooral bang dat ze met vriendinnen zou gaan?'

Vanmaele schudde zijn hoofd en begon zijn schoenen uit te doen. Toen hij de sporttas neerzette, klonk er gerinkel van glas.

'We zijn toch elk weekend al samen? Wat voor zin heeft het nu om veel geld uit te geven om in een ander huis samen te zijn? Dat kunnen we evengoed thuis.'

Van In keek in de richting van de keuken en probeerde tussen Vanmaele en de deur te gaan staan.

'Luister, Leo, het is...'

'Ik weet het, het is de omgeving die telt. En dan kun je eens gaan wandelen. Maar dat kunnen we hier toch ook? Enfin, dat is wat ik tegen mijn vrouw heb gezegd.'

'Nee, het is niet dat, maar ik heb...'

Vanmaele stond al in de woonkamer. Hij keek lachend naar de potten verf die op de grond stonden.

'Je bent toch al een beetje opgeschoten, zie ik?'

'Versavel heeft geholpen', moest Van In toegeven.

'Dan is het tijd voor een kleine pauze.'

Hij ritste de sporttas open en haalde er enkele packs Duvel uit. Van In zag dat er ook sportgerei onder de flesjes lag.

'Ben je gaan sporten?'

'Nee, mijn vrouw wil dat graag, zodat ik in vorm ben als we op weekend vertrekken. Maar sporten is niet echt mijn ding.'

Het begon Van In stilaan te dagen waarom Vanmaele onverwacht was komen binnenvallen.

'Dus kom je je hier een beetje verschuilen?'

'Ja', bloosde hij. 'Als het niet stoort? Ik heb wat dingen meegebracht om de tijd te verdrijven.'

Hij haalde ook nog een zak nootjes tevoorschijn en presenteerde die aan Van In.

'Wel, eigenlijk komt het niet helemaal...' probeerde Van In nog een keer, maar weer liet Vanmaele hem niet uitspreken.

'Wacht even. Ik zal eerst de drank fris zetten. Dan schiet het wat op.'

Hij glipte de keuken in. Van Ins hart begon sneller te slaan bij de gedachte aan de houding waarin hij Nadia had achtergelaten. Hij volgde Vanmaele naar de keuken. Tot zijn grote opluchting bleek Nadia netjes aangekleed aan de keukentafel te zitten.

'Hallo, ik ben Leo', groette Vanmaele, waarna hij zich naar de koelkast draaide. 'Van In, je moet wel je koelkast leren sluiten, anders gaat er niets koud blijven.'

Hij ging op zijn knieën zitten en begon de Duvels van de sporttas naar de koelkast over te hevelen. Van In keek verontschuldigend naar Nadia. Hij kon het ook niet helpen.

'Leo, zoals je ziet heb ik dus bezoek.'

Vanmaele sloot de koelkast en stond op. Hij stak zijn hand uit naar Nadia.

'Ik zie het. Hallo. Leo. Aangenaam.'

'Nadia', glimlachte Nadia.

'De vrienden van Pieter zijn mijn vrienden', zei Vanmaele en hij ging naast Nadia op een stoel zitten. 'Wat drinken we? Nog niets? Lang geleden dat ik Pieter zo sober heb geweten.'

'Nadia was net aangekomen', zei Van In, haast verontschuldigend. 'Ik moest nog drankjes uitschenken.'

'Zal ik wel doen', zei Vanmaele.

Hij stond weer op en deed de koelkast open. Hij voelde aan de Duvels die hij er zojuist in had gelegd.

'Koud genoeg. Uiteindelijk kun je een Duvel ook van het schap drinken, niet?'

Hij zocht in de kast naar de juiste glazen en zette ze op tafel. Hij wipte de kroonkurken van de flesjes en schonk drie Duvels in, met de perfecte kraag. Van In wist niet meer wat te zeggen en ging maar op een stoel zitten. Hij kon Vanmaele er nu niet meer uit gooien.

'Schol!'

Tot Van Ins verbazing pakte Nadia een glas van de tafel en tikte het tegen dat van Vanmaele. Ze nam een grote slok. Hij wist dat ze het de vorige keer wat te sterk had gevonden, maar toch deed ze nu haar best om de enthousiaste vriend van Van In niet teleur te stellen. Het deed hem alleen maar verliefder naar haar kijken.

'Zo, vertel eens', zei Vanmaele. 'Als ik dat huisje in de Ardennen boek, zal ik dan een extra bed laten opmaken?'

15

‘Er is bloed gevonden in de auto van Laura.’

Van In las nog eens het rapport dat hij net in handen had gekregen. Hij zat naast Versavel in de auto, die hen opnieuw naar het ziekenhuis bracht. Het was zowat het enige relevante element in het verslag. Dat, en het feit dat er ook sporen van urine waren aangetroffen in de auto. De forensische dienst bevestigde ook dat het poeder uit de badkamer cocaïne was en de pillen xtc. Maar dat wist Van In zonder onderzoek ook wel. Gulzigheid leek Laura’s voornaamste zonde, maar dat maakte van haar daarom nog geen ontvoerster of een moordenares.

‘Ze heeft geprobeerd het schoon te maken’, las Van In verder. ‘Maar dat is niet gelukt.’

‘Als het DNA overeenstemt met dat van Christine of Karin, hebben we de schuldige.’

‘Ik heb aan Vanmaele gevraagd of hij een spoedprocedure kan inzetten.’

Het vergelijken van DNA-sporen duurde lang. Meestal moesten ze vier weken wachten voor er een resultaat kwam. Maar Van In kende ondertussen de wegen om dit proces te versnellen.

Ze liepen door de gangen van het ziekenhuis. Laura had de schijn niet meer kunnen ophouden, het verzorgend personeel had ontdekt dat ze wakker was en de politie ingelicht.

'Ik wil haar zo snel mogelijk uit het ziekenhuis,' bromde Van In. 'Een ziekenhuiskamer is geen goede verhoorruimte.'

'Wat doen we als ze blijft zwijgen?'

'Martelen. Heb jij de duimschroeven bij je?'

Versavel glimlachte hoofdschuddend. Bij de kamer herkende de agent hen van de vorige dag. Toch lieten ze allebei hun badge zien, zodat hij niet in verlegenheid werd gebracht. Ze gingen naar binnen. Laura lag met haar rug naar hen toe, alsof ze hen had horen komen. Van In nam opnieuw een stoel en ging recht voor haar zitten. Nu ze bij bewustzijn was, had hij geen medelijden meer.

'Er is bloed in uw auto gevonden.'

Ze bleef strak voor zich uit kijken. Alsof de mededeling haar niet raakte.

'Hoe verklaart u dat?'

Ze bewoog zachtjes met haar schouders.

'Van wie is het bloed?'

Van In keek naar Versavel. Deze keer hadden ze echt meer tijd om te wachten, Versavel gebaarde hem om het rustig aan te doen. Van In stond op van zijn stoel en ijsbeerde door de kamer. Ja, ze hadden tijd, maar nee, ook niet te veel, er was nog steeds iemand verdwenen. En het was goed mogelijk dat ook Karin ergens in een rivier in de Ardennen lag, en het niet belangrijk was hoe snel ze het onderzoek afrondden. Maar net zo goed zat Karin ergens moederziel alleen te wachten tot zij een doorbraak konden forceren en telde elke seconde. Van In ging weer zitten.

'We hebben een DNA-test gedaan. Kent u dat?'

Ook nu weer reageerde Laura stoïcijns. Van In voelde zijn eigen ademhaling versnellen. Hij had zich voorgenomen om rustig te blijven, maar na vijf minuten in de kamer bleef er nog weinig van zijn voornemen over.

'We hebben onderzocht of het bloed in uw auto overeenstemt met dat van Karin Vereecken. En het is een honderdprocentmatch.'

Hij zag Versavel verbaasd opkijken, maar hij probeerde geen oogcontact met zijn collega te maken. Laura leek lichtjes geschrokken, maar lang niet zo fel als Van In had gehoopt. Ze leek zich eerder af te vragen hoe dat mogelijk was.

'Hoe verklaart u dat?'

Van In had het gevoel dat hij tegen een mokkend kind aan het praten was. Elke vraag werd genegeerd, hij kreeg zelfs geen brom of een zucht. Hij was er zeker van dat hij het bij het rechte eind had, daarom liep hij ook vooruit op de stalen. Wanneer deze zaak ooit voor een rechter kwam, zouden de resultaten toch al binnengekomen zijn en kraaide geen haan nog naar zijn ondervragingsmethoden.

Maar zo lang konden ze Karin niet laten wachten.

Karin kreeg honger. De resten ravioli waren niet voldoende geweest om haar grommende maag te sussen. Ze boog haar hoofd, maar kon net niet bij het stuk pasta dat op haar schoot lag. Ze moest zich verder kunnen bukken. Kon ze haar handen maar losmaken, dan hoefde ze niet zo te knoeien.

Ze kantelde haar bekken naar voren, in de hoop zo dieper te kunnen buigen. Haar voeten strekten zich en ze steunde op de toppen van haar tenen, de stoel kwikte vervaarlijk op twee poten. Haar lippen hadden de pasta bijna beet, nog een klein stukje en...

Karin viel naar voren. En er was geen enkele manier om zich te beschermen, met haar voeten en haar handen vastgebonden. Haar gezicht belandde hard op de betonnen vloer, ze voelde een stekende pijn in haar neus. Bloed sijpelde over haar mond. Ze barstte in tranen uit.

Ze voelde zich zo hulpeloos, zo weerloos. Er was niemand die haar kon helpen. Niet alleen hier, in die stenen kooi, maar ook thuis had ze zich vaak eenzaam gevoeld. Ja, haar zus woonde tegenover haar, maar die kon ze niet elke keer lastigvallen. Mensen waren soms jaloers op haar. Zij hoefde geen rekening te houden met een partner. Zij hoefde zich niet elke ochtend naar de school of naar de crèche te haasten. Ze kon doen en laten wat ze wilde, kijken naar haar favoriete televisieseries, eten bereiden zonder gezeur over de groenten in het gerecht, hard werken om promotie te maken.

Maar niemand zag hoe ze zichzelf soms in slaap huilde. Hoe ze thuiskwam in een leeg huis, waar niemand haar vroeg hoe haar dag was geweest, waar niemand op de bank zat om tegen te vertellen wat voor een snertbaas ze wel had en hoe die weer geen rekening met haar had gehouden als er loonsopslag werd gegeven. Ze zou met plezier voor iemand koken, zodat ze een babbel aan de tafel zou hebben. Zodat ze plannen kon maken voor een volgende vakantie, zodat haar voeten warm bleven als ze 's avonds voor de televisie zat. En ze zou dolgraag van de school naar de turnles hollen, en iedereen naar de juiste hobby brengen, als dat ervoor zorgde dat ze opgenomen werd in het sociale weefsel.

Haar voornaamste sociale contact was de vzw, maar zodra ze daar was uitgezet door haar zus, was ook dat weggevallen. Ze had Christine gehaat, haar vervloekt, maar ze was te koppig geweest om weer toenadering te zoeken. Christine had echter geen wrok gekoesterd en was haar blijven uitnodigen. Ze had haar geholpen met producten uit de winkel. Omdat Christine nu eenmaal zo was: altijd de goedheid zelve. Een eigenschap die verhinderde om kwaad op haar te worden.

Haar eenzaamheid was slechts heel even doorbroken. Het was allemaal begonnen op de dag waarop ze Malik had opgevangen. Ze had hem aangetroffen met een bloedneus en een gekloven wenkbrauw. En ook al kon ze de oorzaak wel raden, ze had er niet naar gevraagd. Ze wist hoe moeilijk het voor hem zou zijn om het uit te leggen. Ze had hem meegenomen naar haar badkamer en zijn wonden verzorgd. Haar zachte aanrakingen hadden hem vertederd, haar liefdevolle gebaren brachten hem van zijn stuk. Alsof hij vergeten was hoe zacht mensen voor elkaar konden zijn.

Zittend op de rand van haar bad had hij zijn hart uitgestort. Hij had verteld over de metamorfose die zich bij Nora had voorgedaan na hun huwelijk. Over een liefhebbend meisje dat opeens een jaloerse en wraakzuchtige vrouw was geworden. Hoe zijn geloof in de liefde was verdwenen.

Karin had hem op andere gedachten proberen te brengen. Ze had verteld wat ze aan andere slachtoffers vertelde, vrouwen die ze had begeleid bij Gezien. Dat de schuld niet bij hem lag, dat hij dat vooral niet moest denken – want dat deed hij wel, hij vroeg zich voortdurend af hoe hij een betere man voor Nora kon zijn, wat hij moest doen om zijn oude Nora weer terug te krijgen. Als een kind paste hij voortdurend zijn gedrag aan in de hoop weer lieve woordjes toegefluisterd te krijgen. Maar die kwamen zelden.

En toen hadden ze elkaar gekust. De intimiteit van het gesprek had hen steeds dichter bij elkaar gebracht. Het was een omhelzing vol passie, vol gefrustreerde verlangens. Karin voelde nog steeds de kriebels in haar buik. En onmiddellijk waren ze ook plannen beginnen te smeden. Karin zou hem helpen, via Gezien. Ze had hem met hulpverleners in contact gebracht, om te onderzoeken hoe hij de situatie kon oplossen.

Maar ze waren snel van hun roze wolk gedonderd. Karin had Christine in vertrouwen genomen – ze was nog altijd verbaasd dat Christine als buurvrouw nooit iets had gemerkt – zodat Malik geholpen kon worden. Maar Christine had niet kunnen zwijgen tegen Luc. Natuurlijk niet. En Luc vond dan weer dat ze geen geheimen konden hebben voor Nora, dus had hij alle info doorgespeeld, zodat Nora en Malik hun problemen konden oplossen. En toen was de bom ontploft. Niet openlijk, Nora was slim genoeg om Malik een tijd met rust te laten, zodat ze alles kon blijven ontkennen. En Malik was erin getuind.

Karin vond dat Gezien Malik moest blijven helpen, maar Malik wilde dat opeens zelf niet meer. Hij wilde Nora een nieuwe kans geven, iedereen verdiende een tweede kans, toch? Karin kon het niet geloven en had zich teruggetrokken. Als hij geen hulp wilde, zou ze die ook niet geven.

Tot hij weer aan haar deur had gestaan. Gebroken door de terreur die Nora opnieuw voerde, de koude oorlog die hem psychisch afmatte. Karin had een nieuw plan voorgesteld. Er was maar één manier voor Malik om zich te kunnen bevrijden van het juk van Nora en dat was radicaal met haar breken. Weggaan, helemaal opnieuw beginnen. En Karin zou hem daarbij helpen. Ze zouden het geld van de vzw gebruiken om Malik een nieuwe start te geven. Uiteindelijk was dat het doel van de vzw. Maar ze had hem het geld nooit kunnen geven. De laatste weken was het alsof Malik met zijn hoofd ergens anders was. Enerzijds leek hij vrolijker, maar anderzijds ook bezorgder. Karin wist niet goed meer wat ze met hem moest beginnen. Ze hoopte dat hij niet opnieuw in Nora's trucjes was getrapt. Ze werd heen en weer geslingerd tussen hoop en angst. Ze wilde hem dolgraag helpen, en misschien zelfs meer, met hem meegaan, zodat ook haar leven een nieuwe wending zou krijgen. Wat had ze tenslotte te verliezen? Dus toen hij in paniek bij haar was langsgekomen, had ze hem binnengelaten.

En nu lag ze hier, happend naar adem en naar een stuk ravioli dat op vijf centimeter van haar mond lag. Ze proefde het bloed in haar mond en schoof een stuk op. Hebbes, het eten verzachtte een beetje de hoofdpijn die begon op te komen. Ze zag zwarte vlekken voor haar ogen, de dozen om haar heen leken te draaien. Haar ogen vielen dicht.

Van In liet zijn ogen glijden over het plan dat Meyrem had opgesteld. Ze had een extra buurtonderzoek opgezet om de case weer in gang te zetten. Aanvankelijk vond Van In het te veel werk, maar nu Laura bleef zwijgen, had hij Meyrem toch de toestemming gegeven. En hij moest toegeven dat haar planning uitstekend in elkaar zat. Ze zou patrouilles heel gericht rondsturen met vragen over Laura, over Luc en Christine, over Karin en zelfs een stille hint naar Nora, al wilden ze daar niet te diep op ingaan, om te vermijden dat de hele straat ontdekte wat er zich achter die gevel afspeelde.

'Probeer ook te ontdekken op welke plaatsen de vzw actief was', zei Van In. 'Wie weet zit Karin daar ergens.'

Hij bleef vermoeden dat de vzw een belangrijke rol speelde in alles wat er was gebeurd. Het kon geen toeval zijn dat slachtoffers Christine en Karin, als zij werkelijk een slachtoffer was, samen in het bestuur hadden gezeten. En dat Luc bovendien vanuit de vzw bij hen terecht was gekomen en Laura lid was geweest van de raad van bestuur.

'Oké, vertrek maar. Succes!'

Het was eerste keer dat hij zich positief uitliet over het werk van Meyrem. Hij zag zelfs Versavel goedkeurend knikken. Meyrem bedankte hem beleefd en liep snel de gang van het ziekenhuis door, klaar om op het politiekantoor iedereen tot actie aan te zetten.

'Zullen we eens polsen of mevrouw al wil praten?' vroeg Van In.

Ze hadden even een pauze ingelast, omdat Laura bleef weigeren om iets te zeggen. Maar nu moesten ze weer aan de slag. Voor ze de kamer binnengingen, keken ze gelijktijdig op. Snelle, harde voetstappen klonken door de gang. Een man in een bruin maatpak met een wit hemd en een zwartgrijze das kwam aangelopen. Zijn bruine haren lagen in een zijscheiding naar rechts en de sporen van acne op zijn wangen gaven hem de uitstraling van een middelbare scholier. Van In hield hem tegen.

'Sorry, u mag hier niet komen.'

'Ik denk het wel', zei de man en hij haalde zijn portefeuille uit zijn binnenzak. Hij klapte hem open en liet een advocatenkaart zien. 'Meester De Backer, aangenaam.'

Van In zuchtte hoorbaar en zette een stap achteruit.

'Ook dat nog', mompelde hij.

'Mag ik even een moment met mijn cliënte?' vroeg de man.

Zonder een antwoord af te wachten, glipte hij de ziekenhuiskamer binnen en sloot de deur voor Van In en Versavel hem konden volgen.

'Nu zal ze zeker niets meer zeggen', gromde Van In.

'Rustig blijven, Pieter', zei Versavel. 'Ze heeft nu eenmaal recht op een advocaat.'

Van In rolde met zijn ogen en liep naar een koffieautomaat in de gang. Hij drukte op een knop voor wat een fletse koffie zou worden.

'Dat systeem zouden ze moeten afschaffen. Hoeveel vertraging lopen wij niet op door advocaten die hun cliënt aanraden om te zwijgen?'

'Misschien moeten we ook de regel weer invoeren dat we verdachten een pak rammel mogen geven als ze niets opbiechten?' opperde Versavel.

'Dat zou soms deugd doen', grijnsde Van In en hij nam het fragiele plastic bekertje uit de automaat. Als hij zijn koffie iets te hard vastnam, zou het bekertje een vergiet worden. 'Kom, ze hebben voldoende tijd gehad.'

Ze openden de deur en onmiddellijk wilde advocaat De Backer iets zeggen. Van In was hem voor.

'Nee, jullie krijgen niet meer tijd. Er is iemand verdwenen, dus we hebben geen tijd te verliezen.'

De advocaat aarzelde, maar knikte dan toch. Hij besloot

deze strijd niet aan te gaan en zich te focussen op de grotere veldslag.

'Commissaris Van In, en dit is hoofdinspecteur Versavel. Zoals u wellicht al weet onderzoeken wij de moord op Christine Vereecken en de verdwijning van Karin Vereecken. Uw cliënte is aangetroffen in het huis van Christine en deed zich voor als het slachtoffer. Bovendien is er bloed in haar auto gevonden dat van Karin Vereecken zou kunnen zijn.'

Van In lette op zijn woorden. Deze keer sprak hij niet over een match tussen de stalen. Met advocaten kon je beter uitkijken.

'We hebben dus voldoende redenen om aan te nemen dat uw cliënte meer weet over de zaak. En we zouden graag willen dat ze ons helpt om alles op te lossen.'

Ook deze keer had hij zijn zinnen zorgvuldig gekozen. Hij ging voor de positieve aanpak, de gedachte dat niemand kon weigeren iemand te helpen. Maar dat was buiten deze advocaat gerekend.

'Dat klinkt allemaal prima, commissaris, maar de volgende keer zou ik graag vooraf op de hoogte zijn als mevrouw Van Lierde wordt verhoord. U weet maar al te goed dat u niemand zomaar onder druk kunt zetten.' De Backer overhandigde tegelijk zijn visitekaartje.

'Dat zou ik niet durven', zei Van In met een klein lachje. Hij had nu al een hekel aan de man. 'Ik wilde gewoon even komen melden dat we een enorme hoeveelheid drugs bij mevrouw Van Lierde hebben aangetroffen. Maar daar heeft ze vast een goede verklaring voor.'

Hij wilde langs De Backer heen lopen, om weer aan het hoofdeinde van Laura's bed plaats te nemen, maar de advocaat liet hem niet passeren.

'Ik stel voor dat u het verhoor afneemt als mijn cliënte helemaal hersteld is. Ze is nauwelijks in staat om te praten.'

Van In wond zich op. Er was geen tijd voor spelletjes, hij mocht zich niet laten meeslepen. Maar toch had hij zin om De Backer opzij te duwen en Laura aan een kruisverhoor te onderwerpen. Ze hadden antwoorden nodig. Nu. Hij probeerde door zijn neus te ademen.

De Backer leek er niet helemaal gerust op. Hij ademde snel en onregelmatig, zijn armen hingen verkrampt naast zijn lichaam.

'Pieter', klonk Versavel achter hem. 'Geen domme dingen doen.'

Het maakte de blik van de advocaat nog angstiger. Versavels waarschuwing gaf hem het idee dat Van In al eerder domme dingen had gedaan en er niet voor zou terugdeinzen om dat opnieuw te doen. Van In dacht na. Laura kende duidelijk haar rechten. En ze was niet bereid iets te zeggen wat tegen haar gebruikt konden worden. Hij zou haar op een andere manier moeten overtuigen.

'Goed', bromde hij en hij stak een priemende vinger uit naar De Backer. 'U zorgt ervoor dat uw cliënte snel in staat is om te praten. En u maakt haar ook duidelijk wat de gevolgen zijn als ze niet praat. Want ik denk niet dat ze Christine Vereecken heeft vermoord. Maar ik ben er wel van overtuigd dat ze iets te maken heeft met de verdwijning van Karin. En als we Karin levend terugvinden, dan zal haar straf nog meevallen. Zeker als ze meewerkt aan het onderzoek. U weet ook dat een rechter daar vatbaar voor is. Maar als Karin het niet overleeft, dan wordt het doodslag. Of misschien ziet de rechter er wel voorbedachten rade in.'

Van In pauzeerde en keek naar Laura, die op haar bed geconcentreerd luisterde.

'En dan wordt het moord.'

Peggy draaide aan de volumeknop van haar stereoketen. De muziek moest eruit knallen, anders kwam die niet tot haar recht. Ze zong luid mee met 'Self Esteem' van The Offspring: 'The more you suffer, the more it shows you really care, right? Yeah.'

Ze liet zich op haar bed vallen, op een dekbedovertrek van The Simpsons. Misschien moest ze die maar eens vervangen, want hij zou die vast veel te kinderachtig vinden. Stel je voor dat ze daarop haar eerste keer zou beleven, aangestaard door Homer Simpson. Als ze deze keer niet werden gestoord tenminste.

Of misschien maakte het niet veel uit, binnenkort was ze hier toch weg. Dan lieten ze alles achter en begonnen ze aan een nieuwe toekomst samen. Met een volwassen dekbedovertrek. Ze kon niet wachten tot het zover was. Eindelijk zou ze alle ellende achter zich kunnen laten, het was verschrikkelijk wat er de laatste tijd allemaal was gebeurd. Het was te veel om te verwerken, ze leek een deel van haar emoties te onderdrukken.

Eerst moest tante Karin worden teruggevonden, eerst moest de rust in de buurt terugkeren. Luc had gezegd dat de politie er alles aan deed om haar op te sporen. Daar was ze blij om. Ze wilde zo graag nog eens met haar praten, dat was veel te lang geleden. Vroeger vertelde ze bijna alles aan haar tante, maar ze had de indruk dat die steeds meer in haar schulp was gekropen. Het had ervoor gezorgd dat ze niet meer de behoefte had gevoeld om langs te gaan.

Ze zou haar zo graag vertellen over hoe ze verliefd was geworden. Hoe ze eindelijk een toekomst voor zichzelf zag. Ze zou stoppen met school en gaan werken, dat leek haar uiteindelijk het beste. Wat moest ze met een diploma als ze er toch niets mee zou gaan doen? Tante Karin zou haar vast nog wel goede raad kunnen geven. Zij zou niet direct al gaan oordelen, zoals haar mama had gedaan.

Luc zou het nieuws minder kunnen waarderen, dat wist ze

nu al. Hij zou haar bij zich willen houden, zogezegd omdat hij haar mama had beloofd om voor haar te zorgen als haar iets overkwam. Maar in werkelijkheid wist hij niet waar hij naartoe zou moeten. Het huis was van haar mama en zelfs nog een deel van haar papa. Die zou Luc er nooit in laten wonen als zij er niet meer woonde.

Ze staarde naar de posters van Brad Pitt en Johnny Depp aan de muur. Ze sprong op en rukte eraan. Het papier scheurde rond de punaises waarmee ze aan de muur bevestigd waren. Waar de posters hadden gezeten, bleven donkere rechthoeken achter. Mooi zo, ze was immers geen twaalf meer.

Ze propte alles in de vuilnisbak en toen viel haar oog op de rugzak die ze voor school gebruikte. Haar schorsing was bijna afgelopen, de volgende dag moest ze terug naar school. Maar stel dat ze nu niet meer ging? Wat als ze foert zei? Ze was toch niet van plan om haar diploma te behalen, waarom dan nog haar dagen slijten op de schoolbanken?

Maar ze had natuurlijk nog geen werk en dus ook nog geen geld. Misschien moest ze eens op zoek naar het geld van Luc. Haar mama en Luc hadden de weken voor haar dood regelmatig geruzied over geld. Mama dacht dat hij geld had gestolen uit de kassa van Gezien, wat best mogelijk was voor zover ze Luc kende. Hij was dagen boos geweest, de ruzies laaiden hoog op.

Peggy wist dat Gezien wel veel geld opleverde, dus het was vast een hoog bedrag. Geld dat ze goed zou kunnen gebruiken.

16

'Karin gaat dood.'

Versavel en De Kee keken Van In geschrokken aan.

'Wat is dat nu voor een uitspraak?' bromde De Kee.

'Als Laura niet snel iets vertelt, dan is Karin ten dode opgeschreven', zei Van In somber. 'Ze heeft misschien niets te eten of te drinken. Dan zal ze het niet lang uithouden.'

Ze waren op kantoor en doorliepen voor de zoveelste keer alle aanwijzingen die ze hadden. Maar elke keer weer liep het spoor dood. Van In keek van de computer van Versavel naar de dossiers die uitgestald lagen op zijn bureau. Het was een ogenschijnlijk eenvoudige zaak, met niet eens veel verdachten. Of was dat net het probleem? Dat ze te weinig verdachten hadden?

'Zijn we er zeker van dat Laura er iets mee te maken heeft?' vroeg Versavel.

'Dat moet wel. Anders zou ze niet zo hardnekkig zwijgen.'

'Zwijgen is niet bekennen.'

'Ze was in het huis van Christine. Je maakt mij niet wijs dat dat toevallig was.'

Van In keek naar de dossiers, maar slaagde er niet meer in ze te lezen. De letters dansten voor zijn ogen.

'Vat alles nog eens samen', zei De Kee, in een poging de impasse te doorbreken. 'Leg het uit alsof ik een kind ben.'

Van In moest zich bedwingen om geen opmerking te maken. Hij ordende de dossiers op het bureau voor de zoveelste keer en probeerde zijn eigen gedachten te structureren.

'Oké, Karin geeft de verdwijning van haar zus aan. Ik ga langs en tref Laura Van Lierde aan, die doet alsof ze Christine is. Daardoor ondernemen we geen actie.'

Terwijl hij het zei, besefte Van In nogmaals hoe idioot het klonk. Waarom had hij Laura zomaar geloofd? En tegelijkertijd wist hij dat het normaal was. Wie bij de bakker een brood bestelde, vroeg toch ook niet eerst naar een bakkersvergunning? Een mens laat zich leiden door de context, en in Van Ins context was de vrouw die in Christines huis leek te wonen Christine zelf.

'De volgende dag geven Luc en Peggy Christine als vermist aan. Enkele dagen later wordt haar lichaam teruggevonden in de Semois.'

'Wacht eens even', zei De Kee. 'Waarom geeft die Luc haar pas de volgende dag als vermist aan?'

'Omdat ze niet was thuisgekomen die nacht.'

'Maar ze was de vorige avond al vermoord. Of vroeger zelfs, volgens het rapport van Vanmaele. Anders zou die Laura er niet zijn geweest.'

Van In keek naar zijn baas. Heel even zag hij de agent in De Kee en niet de ambitieuze netwerker die hij meestal was. Al zou hij dat niet hardop zeggen.

De Kee liet zijn ogen over de dossiers glijden. 'Focussen we niet te veel op die Laura?'

'Ze was aanwezig in het huis.'

'Luc ook. Hij woonde daar.'

Van In wist dat zijn baas een punt had. Luc was als partner een hoofdverdachte. Moorden gebeurden zo vaak in gezinsverband. Alleen zat hem iets dwars, net als bij Versavel.

'Luc hield van Christine', zei Versavel. 'Zij heeft hem gered. Hij heeft helemaal geen motief om haar te vermoorden.'

De Kee liet zijn theorie echter nog niet meteen varen.

'Was Luc geen agressief geval?'

'Dat is Van In ook als zijn stamcafé te vroeg sluit', zei Versavel. 'Dat maakt van hem nog geen moordenaar.'

'Bedankt, Guido', bromde Van In. 'Luc blijft inderdaad een verdachte, zeker gezien zijn verleden. Maar op dit moment hebben we weinig bewijzen.'

'We hebben dus een dode, maar niemand die haar wilde vermoorden', concludeerde De Kee. 'Vervelend.'

'Laten we even doorgaan op de feiten', zei Versavel. 'Na de dood van Christine verdwijnt haar zus Karin. Die heeft heel wat foto's van Laura genomen en heeft bovendien een hoop cash liggen.'

'Geld dat overbuurman Malik probeert te stelen', vulde Van In aan. 'Of met zijn eigen woorden: komt ophalen. Want hij beweert dat het geld voor hem is bestemd.'

De Kee kruiste zijn armen. 'Dus misschien heeft Malik haar uit de weg geruimd? Om aan het geld te kunnen?'

Van In moest toegeven dat het niet onlogisch klonk. Maar misschien wat drastisch voor de fragiele Malik. Hij achtte hem niet tot moord in staat. De Kee was nu helemaal op dreef.

'Of hebben jullie al aan de mogelijkheid Karin gedacht? Wat als zij haar zus heeft vermoord en het nu op een lopen heeft gezet? Misschien zoeken we helemaal geen slachtoffer, maar een dader.'

Het werd stil in het kantoor. Er waren nog te veel plausibele opties, ze moesten elementen kunnen uitsluiten voor ze tot een oplossing konden komen. Misschien moesten ze eerst het spoor Laura bewandelen. Van In kreeg een idee.

'We kunnen Laura laten gaan', zei hij, wat hem gefronste wenkbrauwen opleverde. 'En we schaduwen haar de klok rond. Misschien leidt ze ons wel naar de oplossing.'

De Kee schudde onmiddellijk zijn hoofd. Weg was de kortstondige speurder in hem, terug was de voorzichtige hoofdcommissaris.

'Ben je gek. Wat als we haar kwijtspelen? Hoe moet ik dat uitleggen op het college?'

Van In zuchtte. De Kee zou nooit een risico nemen. Hij dacht veel te veel aan zijn eigen hachje. Liever een zaak minder oplossen dan een zaak verknoeien.

'Dan niet.'

De drie mannen staarden elkaar aan zonder nog iets te zeggen. Waarom hadden ze zo weinig sporen? De stilte werd pas doorbroken toen Meyrem het kantoor binnenkwam. Ze had een map in haar handen, met de verslagen van het buurtonderzoek. Al lopend las ze de laatste getuigenissen.

'Karin gevonden?' vroeg Van In hoopvol.

Meyrem schonk hem een flauwe grijns.

'Ja, ze was gewoon thuis. Hebben jullie vorige keer niet aangebeld?'

Van In wilde bits reageren, maar beheerste zich toen hij de geamuseerde blik van De Kee zag. Het was niet het moment om weer met zijn chef in aanvaring te komen.

'Verdorie, nee. Daar hebben we niet aan gedacht. Wist ze ook wie Christine heeft vermoord?'

Meyrem haalde een van de getuigenissen uit haar map en legde die op het bureau van Versavel.

'Dat niet. Maar een van de buren had wel interessante informatie. Twee dingen eigenlijk. Luc en Christine hebben onlangs een felle ruzie gehad. Over geld.'

'Geld? Christine vond geld toch niet belangrijk?'

'Het was geld van de vzw. Christine beweerde dat Luc geld had gestolen.'

'Dat is een serieuze beschuldiging', zei Van In. 'En hoe reageerde Luc daarop?'

'Die ontkende.'

'Niet verwonderlijk.'

Luc leek niet het type dat openlijk beschuldigd wilde worden. Van In kon zich voorstellen dat daar achteraf nog een hartig woordje over gepraat zou zijn bij hen thuis. Te hartig?

'Peggy heeft hem nog verdedigd. Ze zei dat Luc zoiets nooit zou doen.'

In Van Ins achterhoofd gingen enkele alarmbellen af. Hij keek veelbetekenend naar Meyrem en Versavel.

'Ze schoot echt wel goed op met haar stiefvader. Te goed?'

Meyrem schudde haar hoofd. 'Daar heeft niemand iets over gezegd. Nu ja, niemand zou het waarschijnlijk hebben geweten.'

De Kee kwam tussenbeide.

'Wat wil je zeggen, Van In? Dat die Luc een relatie met zijn stiefdochter had? Dat zijn zware beschuldigingen.'

'Dat weet ik. Maar het zou me niet verbazen.'

Wat als Peggy haar stiefvader wel vaker in bescherming nam? Van In hield de mogelijkheid in gedachte. Ze moesten het ergste voor ogen houden.

'Luc had in elk geval niet alleen oog voor Christine', haakte Meyrem erop in. 'Dat is het tweede opvallende feit dat uit het buurtonderzoek komt: Luc en Laura hadden een verhouding.'

Hoewel dat beslist belangrijk nieuws was, kwam het voor Van In niet als een grote verrassing. Hij had dit wel van Luc verwacht. Hij had weinig weg van de liefdevolle echtgenoot. Luc moest in het epicentrum staan, hij was de zon waar vrouwen als planeten rond draaiden. Hij trok hen aan tot ze te dichtbij kwamen en zich verbrandden.

'Was dat al lang bezig?'

'Ja. Laura en Luc hadden al een relatie voor Luc Christine leerde kennen. En eigenlijk is die relatie nooit gestopt. Ze bleven elkaar ontmoeten.'

'En wist Christine dat?' vroeg Versavel.

'Dat is niet duidelijk. Waarschijnlijk wel. Toen Luc Christine leerde kennen, is Laura wel naar het tweede plan verschoven, en dat vond ze niet zo fijn.'

Van In liep knikkend door het kantoor. Het was niet veel, maar het was iets. Als een drenkeling aan een stuk wrakhout klampte hij zich vast aan dit nieuwtje. Luc had gezegd dat hij naar de winkel was toen de vreemde vrouw in zijn huis was. Maar nu bleek dat hij de vrouw kende, veranderde dat de zaak: was hij echt weg geweest?

'Luc heeft gelogen over de robotfoto. Hij kende Laura maar al te goed.'

'Dat was nu ook niet de meest accurate weergave', lachte Versavel.

Van In schonk hem een cynische glimlach en richtte zich weer tot Meyrem.

'Is Laura door de relatie van Christine en Luc uit de vzw gestapt?'

'Best mogelijk', antwoordde Meyrem. 'Het dateert van dezelfde periode.'

'Laura was natuurlijk jaloers op Christine. De kans is zelfs groot dat Christine Luc via haar heeft leren kennen.'

Eindelijk hadden ze een motief. Eindelijk was er iemand die Christine liever zag verdwijnen.

'Puik werk, Kaya', zei De Kee. 'Laura Van Lierde kon Christine naar alle waarschijnlijkheid niet uitstaan. Ik beweer niet dat ze haar daarom heeft vermoord, maar het moet verder onderzocht worden.'

Van In knikte naar Versavel.

'Neem contact op met De Backer. Zeg dat we zijn cliënte onmiddellijk willen ondervragen. En dat ze daarna overgeplaatst wordt naar een cel.'

Versavel dook naar de telefoon en zocht het naamkaartje van De Backer. Meyrem ging nog even verder door op het spoor dat De Kee had ingeleid.

'Misschien heeft Karin iets gezien die avond en wilde Laura haar daarom uit de weg ruimen? Of misschien vreesde ze dat Karin haar aan Luc kon linken.'

Van In nam zijn jas van de kapstok en begon hem aan te trekken.

'We zullen het haar vragen.'

Toen Karin weer wakker werd, had ze moeite om zich te oriënteren. Het licht in de ruimte begon te flikkeren. Haar keel was droog, ze hoestte. Slijmen hoopten zich op in haar mond. Water, ze moest drinken, voor ze uitdroogde. Een mens kon langer zonder voedsel dan zonder water.

Ze sleepte zich over de grond, de stoel trok aan haar lichaam. Ze klemde een flesje water tussen de grond en de stoel en draaide de dop eraf. Het water gulpte eruit. Snel zette ze het flesje weer rechtop. Ze schoof naar achteren, haar knieën schuurden over de betonnen vloer. De pijn deerde haar niet, het leek alsof haar zenuwen gevoelloos waren geworden. De fysieke pijn was hoogstens nog een gewaarwording, iets waar haar brein akte van nam om het dan te archiveren.

Ze klemde de tuit van de fles tussen haar tanden en hief het ding dan voorzichtig omhoog. Een straal water liep in haar mond, een verlossing na al die droge uren. En ook al was het maar een beetje, het gaf haar moed. Haar stembanden werden gesmeerd, ze kon weer roepen.

'Help!'

Het klonk schor en stil. Of was dat louter in haar hoofd? Zat ze al te lang in de betonnen bunker om het geluid van haar stem nog goed te kunnen inschatten?

'Hallo?'

Ze boog zich opnieuw over het flesje water. Ze slaagde erin om nog een slok te nemen. En nog een, ze dronk gulzig deze keer. Maar dan floepte het plastic van tussen haar tanden. Het flesje viel op de grond, waardoor de helft van het resterende water eruit stroomde. Shit. Ze moest voorzichtiger zijn, zich niet laten meeslepen. Als ze iets had, was het tijd.

Voetstappen. Of droomde ze dat? Ze hief haar hoofd, spitste haar oren. Het was echt, er was iemand daarbuiten.

'Hallo!'

Gingen de voetstappen weg of kwamen ze dichterbij? Karin kon geen afstanden meer inschatten, alle geluid kwam diffuus haar oren binnen.

'Ik ben hier! Help mij!'

Of was Laura teruggekomen? Maar ze had geen auto gehoord. Laura was hier met de auto geweest. Ze draaide zich om, klauterde overeind en richtte de poten van de stoel naar de deur. Met haar resterende krachten knalde ze de stoel tegen het metaal. De echo teisterde haar oren, maar ze bleef doorgaan. Nu of nooit. Als ze nog langer wachtte, zou ze niet meer overeind kunnen komen. Bam. Bam. Ze moesten haar horen, haar bevrijden.

Maar haar pogingen werden steeds zwakker. De stoelpoten krasten nu over de ribbels van de roldeur, Karins krachten begaven het. Ze probeerde zich opnieuw op te richten, de stoel in beweging te krijgen. Het lukte niet meer. Langzaam viel ze voorover, met haar knieën op de koude harde grond, en slaakte een wanhopige kreet.

Er waren geen voetstappen meer. Was er iemand weggegaan of was er nooit iemand geweest? Ze zou het nooit weten. Karin legde haar hoofd op de vloer en keek naar boven, naar het licht dat aan- en uitging. Net als haar gedachten aan- en uitgingen. Nadenken werd steeds moeilijker, ze wist niet meer wat ze moest doen.

En toen viel het licht uit.

Van In had per ongeluk drie keer op de bel gedrukt bij Nadia. Hij hoorde het klingelende geluid aan de andere kant van de deur. Ze zou vast denken dat er iemand ongeduldig aan haar deur stond. En eigenlijk was dat ook zo. In zijn hoofd zat hij al bij Laura in het ziekenhuis, stelde hij vragen waarop ze eindelijk bevredigende antwoorden zou geven. Maar dat moest nog even wachten.

Ze hadden de pech gehad dat De Kee bij hen in het kantoor stond toen Versavel een nieuwe ondervraging regelde. Advocaat De Backer had eerst nog een pleidooi aan de balie en zou zich daarna richting ziekenhuis haasten. Van In had Versavel gezegd dat hij dat moest negeren, dat ze meteen naar het ziekenhuis zouden gaan. De Backer kon ook een collega sturen. Maar De Kee had dat verboden. Als ze een bekentenis afdwongen zonder De Backer, zou die achteraf gecontesteerd kunnen worden.

En dus had Van In zich gehoorzaam aan zijn afspraak met Nadia gehouden, die hem had uitgenodigd om te komen eten. Hij hoopte dat ze niet te veel gangen had klaargemaakt. En ook met de bijpassende wijnen zou hij voorzichtig moeten zijn.

Het concept van bijpassende wijnen had hij nooit goed begrepen. Waarom paste de ene wijn beter bij een gerecht dan de andere? Als de wijn lekker was en het gerecht ook, dan was het toch in orde? En wanneer de gasten aan hun hoofdgerecht begonnen, hadden ze al zoveel wijn gedronken dat elke wijn lekker smaakte. Misschien moest hij een soort reservesommelier worden: de sommelier die pas invalt na de eerste vier glazen, maar die zelf ondertussen alle glazen heeft meegedronken zodat hij perfect kan inschatten waar de klanten behoefte aan hebben. En dat was meestal vooral aan een vol glas, van welke wijn dan ook.

Nadia deed niet open, dus belde hij met schroom nog een keer aan. Hij wilde echt niet te opdringerig zijn, maar misschien had ze de bel de eerste keer toch niet gehoord. Het duurde nog even voor hij gestommel achter de deur hoorde.

'Pieter?'

Hij glimlachte naar haar ravissante verschijning, zelfs gekleed in een eenvoudig zwart topje kwam ze geweldig elegant voor de dag. Haar blonde haren hingen los en warrig over haar schouders, haar wang zag een beetje rood, alsof ze net op de bank had geslapen. Hij boog zich voorover om haar te kussen, maar op dat moment draaide ze zich een beetje opzij, waardoor hij haar wang raakte.

'Slecht nieuws', zei hij, terwijl hij de hal in stapte. Het huis rook naar spaghettisaus. Perfect, een snelle hap was exact wat hij nodig had. 'Ik heb zo meteen nog een verhoor. Guido komt me ophalen zodra haar advocaat klaar is.'

'O? Oké.'

Van In vond het fijn dat ze het niet zo erg vond. De onregelmatige uren waren voor een agent de grootste valkuilen voor een relatie. Aanvankelijk was het stoer en heldhaftig, die flik die altijd op pad ging om gangsters te bestrijden. Maar na een tijdje was het vooral die flik die alweer weg moest en die de gezelligheid van een leuk etentje kelderde, of die een langverwachte romantische avond uit weer eens moest annuleren. Als Nadia dat nu al niet onoverkomelijk vond, zou dat de pil later vergulden.

'En komt hij je hier oppikken?' vroeg ze.

'Waar anders?' glimlachte hij.

Ze keek hem niet-begrijpend aan.

'Bij jou thuis misschien?'

Ze stond tussen hem en de deur naar de woonkamer, deed geen moeite om zijn jas aan te nemen. Hij kreeg steeds meer het gevoel dat ze hem niet had verwacht.

'We hadden toch afgesproken?'

'Was dat vandaag?'

Van In lachte. Ze had hem inderdaad niet verwacht. Nu zou hij eigenlijk boos moeten worden, of zich op zijn minst een beetje beledigd moeten voelen. Maar dat hoefde helemaal niet. Hij vond het zelfs fijn dat hij iemand had ontmoet die net zoals hij niet altijd stipt was, niet altijd zijn planning op orde had. Dan hoefde hij zich niet schuldig te voelen als hij zelf weer eens iets vergat.

'Ik vermoedde al dat je het vergeten was. Ik zou toch komen eten?'

'Juist! Helemaal vergeten.'

Ze stonden nog steeds in de hal. Van In twijfelde of hij zijn schoenen moest uittrekken. Hij hoopte van niet, want hij was er redelijk zeker van dat er in zijn rechterkous een gat ter grootte van de dop van een waterflesje gaapte.

'Geeft niet. Dat overkomt mij ook wel eens.'

Nadia knikte verontschuldigend.

'Ik zal het een andere keer goedmaken.'

Van In wuifde haar excuses weg. 'O, maar voor mij hoef je geen moeite te doen. Een portie spaghetti is prima, hoor. Of wat was je aan het klaarmaken?'

'Spaghetti? Nee, dat is...'

Van In wilde naar de deur van de woonkamer stappen, maar Nadia zette een stap naar achteren. Van In lachte opnieuw, maar minder uitbundig nu. Waarom liet ze hem niet binnen?

'Lasagne', stamelde Nadia.

'Ook goed.'

'Uit een pakje. Ik ben mijn keuken aan het verbouwen, weet je nog?'

'Geen probleem. Ik eet alles.'

Nadia staarde naar de grond. Ze ademde sneller dan gewoonlijk, pulkte aan haar vingernagels. Van In kreeg een naar gevoel. Waarom deed ze zo vreemd? Dit was niet de Nadia die hij had leren kennen.

'Nadia?'

Ze keek op. 'Ja?'

'Versavel komt me hier ophalen straks. Is het oké als ik hier blijf wachten?'

Ze haalde haar schouders op, keek hem nog steeds niet aan.

'Liever niet.'

'Waarom niet?'

'Het komt niet... zo gelegen.'

Van In slikte toen hij Nadia zo zag dralen. Er was iets niet pluis, hij kreeg een heel slecht voorgevoel.

'Mag ik even naar binnen gaan?'

Ze schudde alleen haar hoofd nu, zei niets meer. Van In negeerde haar antwoord en wrong zich naar de deur. Hij kwam terecht in een rommelige woonkamer, die meer leek op een studentenkot dan op het appartement van een volwassene. De gedeeltelijk in elkaar gezette kasten van de keuken waren naast hem opgestapeld. De muren waren groen en er waren afbeeldingen van cannabisplanten, de reggaevlag en Bob Marley op geschilderd. In de hoek van de kamer stond een surfboard en langs de muren lagen rieten matten met kleine matrassen, vermoedelijk voor gasten die al dan niet een stevige joint kwamen blowen, die conclusie wilde Van In niet noodzakelijk trekken. Al merkte hij nu dat behalve de lasagne ook een wietgeur zijn neusvleugels beroerde. Zijn aandacht werd vooral getrokken door het centrale deel van de ruimte. Een rode leren bank domineerde de hele kamer, een televisietoestel was er niet. Dat Nadia een aanhanger was van het reggaegedachtegoed en dat in de praktijk bracht met de nodige roesverwekkende middelen, kon Van In eigenlijk geen jota schelen. Maar de blonde, langharige man die in zijn onderbroek op de bank zat en met een lepel een bak lasagne verder uitlepelde, was een detail waarover hij wel eens zou kunnen struikelen.

De man keek op en knikte, alsof het de normaalste zaak van

de wereld was dat hij daar zat. Van In was zo verbouwereerd door het schijnbaar eenvoudige gebaar en knikte terug.

'Smakelijk.'

Smakelijk? Hij wilde zich niet eens afvragen waarom de man geen kleren aanhad en bovendien ook nog eens uitgehongerd leek. Elk antwoord zou een dolksteek in zijn hart zijn. Hij draaide zich om en passeerde Nadia, die zwijgend in de deuropening stond.

'Ik wacht buiten wel op Versavel.'

'Waar is Karin?'

Van In klopte met zijn vuist op het ziekenhuisbed. Hij vond het schandalig dat Laura nog altijd in haar beschermde omgeving vertoefde. Hij wilde haar ondervragen in een verhoorkamer, op een plaats waar hij de touwtjes in handen had. Nu had Laura de regie over het gesprek. Of liever: ze weigerde te praten. De volgende keer zouden de rollen omgekeerd zijn.

'Ik denk dat mijn cliënte al enkele keren heeft aangegeven dat ze daar helemaal geen idee van heeft', zei De Backer.

'Hoelang hadden Luc en u al een relatie?'

Weer keek hij naar de starende Laura, die niet eens de moeite had gedaan om rechtop te gaan zitten. Haar ogen waren dof, haar wangen ingevallen. Het leek soms of het haar allemaal niet meer kon schelen. Van In richtte zich dan maar tot De Backer.

'Mag ik uw cliënte aanraden om op sommige vragen wel te antwoorden? De rechter zal niet blij zijn als ze helemaal niet meewerkt.'

De Backer knikte naar Laura.

'Een jaar of vier.'

'En is die relatie afgebroken toen Luc Christine leerde kennen?'

Stilte, opnieuw.

‘Is dat relevant voor het onderzoek?’ vroeg De Backer.

Hij had zijn toga nog aan. Waarschijnlijk niet omdat hij geen tijd meer had gehad om zich om te kleden, maar omdat hij er graag mee paradeerde buiten het gerechtsgebouw. Het waren zijn pauwenveren, het was zijn manier om aandacht te trekken.

‘Eens kijken’, mompelde Van In. ‘Christine Vereecken is vermoord en uw cliënte had een relatie met haar partner. Hm, wat denkt u zelf? Natuurlijk is het relevant!’

De laatste woorden had hij geroepen. Hij kruiste zijn armen om zichzelf een houding te geven. Deze keer had Laura geen aansporing van haar advocaat nodig.

‘Nee.’

Het was niets nieuws, maar een bevestiging van wat ze al wisten. Maar het zorgde wel voor een opening om meer te weten te komen.

‘Was u jaloers op Christine?’

‘Misschien. Ik weet het niet.’

‘Wist Christine dat jullie elkaar nog ontmoetten?’

‘Nee. Christine had niets in de gaten. Ze was nogal... naïef.’

Laura lachte oneerbiedig terwijl ze het zei. Van In had zin om haar een klap in haar gezicht te geven. Misschien was het nog een geluk dat haar advocaat aanwezig was.

‘Hoe was de relatie tussen Luc en Peggy?’

Laura kwam langzaam overeind. Ze reikte naar de handgreep boven haar bed en trok zich rechtop. Zonder zich te haasten schikte ze de kussens achter haar rug.

‘Hij zag haar doodgraag. Het leek wel de eerste keer dat Luc echt van iemand hield.’

Van In zag hoe die uitspraak haar pijn deed. Ze besefte dat een relatie met Luc rond Luc draaide. Hij zag in de eerste plaats zichzelf graag, maar heel wat vrouwen wilden zo graag een beetje van die liefde krijgen.

'Kan hij te veel van haar hebben gehouden?'

De Backer kuchte luid. 'Wat is dat nu weer voor een vraag? Niet op antwoorden.'

Laura keek van Van In naar De Backer. Er zat zoveel treurnis in haar ogen dat Van In haast medelijden met haar kreeg. Zouden ze ooit haar hele verhaal te horen krijgen? Ze knikte lichtjes.

'Dat zou me in elk geval niet verbazen.'

17

Het was vroeg in de ochtend toen Versavel en Van In postvatten in de Raamstraat. De zon kwam net boven de daken piepen, er was nog niemand op pad. Ook nu weer leek de straat zo vredig. Het arrestatiebevel lag op het dashboard. Misschien was het niet nodig geweest, maar Van In vermoedde dat Luc niet zomaar met hen mee zou komen. Hij vond het jammer dat De Kee zo lang geweigerd had om Luc aan te houden. Maar gelukkig was uitstel in dit geval geen afstel.

'Vooruit, hij zal wel wakker zijn.'

Ze verlieten hun auto en liepen behoedzaam naar het huis van Luc en Christine. Van In vermoedde dat er ook wel al andere bewoners wakker zouden zijn in de straat. Dan werd hun actie vast gevolgd door een heel aantal kijklustigen.

Van In belde aan, zacht, alsof hij bang was om ook de buren wakker te bellen. Het duurde niet lang voor ze gestommel hoorden. De deur ging slechts op een kier open. Lucs hoofd verscheen in de opening, zijn haar lag al netjes in de plooi.

'Wat nu weer?'

'Meneer Desaeyere, we zouden graag hebben dat u met ons meekomt. We willen u graag nog vragen stellen in verband met de dood van Christine Vereecken.'

Het klonk erg plechtig, besefte Van In, en ernstig. Maar dat was het ook. Luc gaf echter geen krimp.

'Momentje. Ik ga me even aankleden.'

Hij sloot de deur. Van In keek tevreden naar Versavel.

'Dat ging makkelijker dan ik dacht.'

Versavel reageerde niet meteen, maar staarde peinzend voor zich uit.

'Nog niet helemaal wakker?' vroeg Van In.

Versavel wees naar de deur.

'Heb je zijn haar gezien?'

Van In haalde zijn schouders op. 'Niet echt. Ik let daar niet zo op bij mannen.'

'Het was al netjes gekamd. Dat doe je meestal pas nadat je je kleren hebt aangetrokken.'

Het duurde even voor het tot Van In doordrong wat Versavel wilde zeggen.

'Hij had zijn kleren al aan?'

Versavel knikte.

'Wat is hij dan gaan doen?'

Van In drukte opnieuw op de bel. Maar er werd niet meer opengedaan.

'Verdomme, hij is weg.'

Versavel zette enkele stappen naar achteren en bestudeerde de huizen in de straat.

'Hij kan niet zomaar weg. Zijn tuin komt uit op de huizen van de Ezelstraat.'

'Blijf jij hier. Ik loop om.'

Van In liep via een zijstraat naar de Ezelstraat. Als Versavel gelijk had, zou Luc hier ergens tevoorschijn moeten komen. Maar voorlopig was er geen spoor van hem te bekennen. Zou hij hier blijven wachten of teruggaan naar Versavel? Als hij zijn post verliet, had Luc vrij baan. Maar misschien had die toch de voordeur gebruikt, en had Versavel zijn hulp nodig.

Hij keek de zijstraat in op zoek naar beweging. Maar ook daar was niets te bespeuren. Zouden ze versterking oproepen, of was dat nog te vroeg? Van In liep over en weer, klaar om een spurt in te zetten als het nodig was. En toen zag hij in de verte beweging op het dak van een van de huizen. Met zijn hand op zijn pistool liep hij ernaartoe.

Het was Luc, die via de tuin van de achterburen op het dak was geklommen. Toen hij aan de rand kwam, bleef hij staan. Aarzelend keek hij naar beneden. Erop klimmen was makkelijk geweest. Hij was ongetwijfeld via een ladder of een tuintafel op het dak gekomen. Maar nu hij zo hoog stond, wist hij duidelijk niet meer hoe hij naar beneden moest. Voorzichtig draaide hij zich om en liet hij zijn benen over de rand glijden. Maar toen zijn voeten geen houvast vonden, trok hij zich snel terug omhoog.

Van In wachtte geduldig. Het was lang geleden dat hij een achtervolging zo op zijn gemak had kunnen inzetten. Hij had waarschijnlijk zelfs nog tijd om even iets te gaan drinken in café Vlissinghe. Hij zou iets meenemen voor Luc, want die zou vast dorst hebben na zijn hindernissenparcours.

Van In en Versavel liepen door het politiekantoor op zoek naar de juiste verhoorkamer. Van In keek door het spiegelglas naar binnen. Luc zat al klaar, zichtbaar opgewonden, de spots op zijn hoofd gericht. De agent die de wacht hield in de kamer leek er niet helemaal gerust op. Aan de andere kant van de gang kwam Meyrem aangelopen.

'Desaeyere is niet bijster goedgehumeurd', zei ze. 'Maar dat zal geen verrassing zijn.'

'Hij had zich zijn uitstap vast anders voorgesteld', grijnsde Versavel.

Uiteindelijk hadden ze Luc nog van het dak moeten helpen. Tegen de tijd dat hij beneden was, stonden heel wat buren te genieten van het schouwspel. Lucs humeur was de dieperik ingegaan.

Meyrem knikte. 'Ik heb ook met de directeur van Peggy's school gebeld. Jullie zijn welkom op de school.'

'Ben je er zeker van dat dat een goed spoor is?' vroeg Van In.

'Hebben we er veel andere?' riposteerde Meyrem.

'Zoek er dan andere', antwoordde Van In, botter dan hij van plan was geweest.

'Ik licht de boekhouding van Laura door om te kijken of we daar aanwijzingen kunnen vinden. Maar voorlopig nog geen nieuws.'

'Prima. Laat het weten als je iets hebt gevonden.'

Van In opende de deur met een klap en verwelkomde Luc met open armen.

'Meneer Desaeyere!'

Luc sprong op, gaf Van In geen kans om het gesprek te leiden.

'Wat denken jullie wel? Mij zomaar aanhouden bij mij thuis?'

Van In antwoordde daar niet op. Hij schoof een stoel achteruit en ging zitten. Versavel deed naast hem hetzelfde en legde zijn map met het dossier van Christine op tafel.

'Wat zullen de mensen nu niet denken?'

'Dat u een verhouding had achter de rug van uw vriendin?' reageerde Van In. 'O, nee, wacht. Dat wisten ze al.'

Dit was exact de reden waarom hij Laura naar hier liet komen. In een verhoorkamer kon hij alle beleefdheden laten varen. Daar schoot een ondervraging beter op dan wanneer hij in iemands fauteuil zat en moest wachten tot het kopje koffie was gezet.

'Ik had geen verhouding.'

Hij keek Van In recht aan terwijl hij het zei. Het was uitstekend gelogen, met een stalen gezicht. Deze man was het gewend om de waarheid naar zijn hand te zetten.

'We hebben verschillende getuigen die het bevestigen. En misschien nog belangrijker: ook mevrouw Van Lierde heeft het toegegeven.'

Dat snoerde Luc even de mond. De radertjes in zijn hoofd verwerkten de informatie en zochten naar een nieuwe strategie. Als een gevechtsvliegtuig zwenkte hij onmiddellijk een andere richting uit.

'Ze konden me perfect delen. Christine stond op de eerste plaats, dat wist Laura ook. Er was geen ruzie of vijandigheid.'

'Wist Christine dat uw relatie met mevrouw Van Lierde nooit was gestopt?'

De blik van Luc verzachtte. Terugdenken aan Christine maakte hem week. Of speelde hij dat?

'Ik weet het niet. Er werd niet over gesproken. Ik denk dat Christine wel wist dat ik af en toe nog iemand anders zag. Maar dat was niet belangrijk. Ze hield zoveel van me dat ze dat wel door de vingers kon zien.'

Het viel Van In nog maar eens op dat Luc maar één invalshoek kende: die van zichzelf. Alles vertrok vanuit hem, alles draaide rond hem. Hij was de god die de vrouwen mochten aanbidden. En als ze geluk hadden, als hij hen gunstig gezind was, dan zegende hij hen met zijn liefde. Hij was de paus bij wie ze op audiëntie mochten komen, nederig, dankbaar voor zoveel goedheid. Versavel besloot het aureool dat boven Lucs hoofd hing te doorprikken.

'Is het mogelijk dat Christine niets durfde te zeggen omdat ze bang van u was?'

Luc reageerde verontwaardigd. Hij sloeg met zijn vlakke hand op de tafel. De echo van het ijzeren geraamte bezorgde Van In rillingen.

'Bang? Van mij? Belachelijk!'

'Ze kende uw verleden natuurlijk.'

'Ja, en ze kende ook de waarheid daarachter.'

Versavel opende zijn map en nam er de foto uit van de exvrouw van Luc. Van In keek opnieuw met een gepijnigde blik naar de toegetakelde vrouw.

'Ook deze waarheid?'
Luc zweeg even.
'Gaan jullie me die foto onder de neus blijven duwen?'
'Als het moet', zei Versavel rustig.
'We hielden van elkaar', mompelde Luc ten slotte.
'En Peggy?' besloot Van In om in het gat te springen. 'Hield u ook van haar?'
'Als was ze mijn eigen dochter.'
'Ik bedoelde eerder...'
Van In besefte dat hij zich nu op glad ijs zou begeven. Maar het spookte al te lang door zijn hoofd. Hij moest het vragen.
'Was zij ook een van de vrouwen die u moesten delen?'
Luc omknelde de tafel, zijn knokkels werden helemaal wit. Zijn tanden waren zo hard op elkaar geklemd dat Van In vreesde dat ze gingen barsten.
'Ik stel voor dat u die vraag terugneemt, commissaris', zei Luc zo beheerst als hij kon. 'Anders sta ik niet in voor de gevolgen.'
Van In keek Luc langdurig aan. Hij twijfelde er niet aan dat het dreigement van Luc gemeend was. Maar hij vroeg zich ook af of dat ook niet een van zijn strategieën was. Misschien wist Luc hoe hij geloofwaardig moest reageren op zo'n pijnlijke vraag. Of was het niet gespeeld geweest?
'We moeten Karin vinden', veranderde Van In van onderwerp. 'Kunt u ons daarbij helpen?'
'Waarom zou ik dat kunnen?'
'Omdat u een hekel hebt aan Karin. Omdat er in Laura's auto bloed is gevonden van Karin. En omdat u een relatie had met Laura. Hebt u nog redenen nodig?'
'Daar heb ik niets mee te maken. Karin zal wel gevlucht zijn, met het geld dat ze van de vzw heeft gestolen.'
Van In ging een beetje rechter zitten.
'Hoe wist u eigenlijk dat zij het had?'

'Ik heb het haar zien nemen. Maar Christine geloofde me niet. Ik begrijp nog altijd niet waarom ze haar zus zo bleef verdedigen. Ze voelde zich vast schuldig omdat ze haar uit de vzw had gezet.'

Versavel noteerde zorgvuldig wat Luc zei. Van In was benieuwd naar een overzicht van alle verklaringen. Iedereen sprak elkaar tegen. Had Christine Karin uit de vzw gezet of was ze zelf opgestapt? Had Karin het geld gestolen of was het Luc geweest en had Karin het van hem gestolen? Had Malik er iets mee te maken? Hij had het gevoel dat iedereen de waarheid net genoeg verdraaide om zichzelf in een goed daglicht te stellen.

'En daar kwam ruzie van.'

Luc schudde zijn hoofd.

'Nee. We maakten nooit ruzie.'

Opnieuw een leugen. Maar opnieuw zo gewiekst gebracht dat ze Van In deed twijfelen. Hij wilde de druk op Desaeyere verhogen en dat kon maar op één manier. Door te tonen wie er de leiding had.

'Ik ga u even hier houden.'

'Dat kan toch zomaar niet? En Peggy dan? Die is alleen thuis.'

Van In stond op en liep naar de deur. Versavel pakte zijn map en zocht alles bij elkaar. Aan de deur keerde Van In zich nog even om.

'Voor Peggy wordt gezorgd. We zullen aan haar vader vragen om haar op te halen. En om op uw andere vraag te antwoorden: ja, dat kan wel. We hebben sterke redenen om aan te nemen dat u samen met uw minnares verantwoordelijk bent voor de dood van Christine Vereecken. Dat is voldoende om u aan te houden.'

Peggy keek aandachtig naar de lade van haar bureau. Ze had de indruk dat iemand die geopend had. Of had ze die zelf open laten staan? Het pakje condooms lag er veel te zichtbaar in, dat kon ze maar beter verstoppen. Of ze kon het meteen weggooien. Zodra haar pil begon te werken, had ze die niet meer nodig. Of wacht. Wat als hij het sneller wilde? Toch maar bewaren dan.

Beneden ging de telefoon. Ze liet hem rinkelen, Luc zou wel opnemen. Niemand belde ooit voor haar. Als zij de telefoon al eens opnam, moest ze die toch doorgeven aan haar moeder of aan Luc. Dus deed ze de moeite niet meer.

Zouden ze haar op school al missen? Voorlopig niet, niemand had contact met haar opgenomen. Ze had besloten ook na haar schorsing thuis te blijven en af te wachten wat er zou gebeuren. Luc had er niets van gezegd, hij dacht dat ze nog steeds in de rouw was om haar moeder en liet haar thuisblijven zolang ze zich niet goed voelde. Hij wist niet eens dat ze geschorst was geweest. Beneden stopte de telefoon.

Peggy had honger en liep naar beneden. Ze doorzocht de keukenkasten, maar vond alleen maar wat droge koeken. Sinds haar moeder niet meer leefde, werd de voorraad nauwelijks aangevuld. Luc ging af en toe wat eten uit de winkel van haar moeder halen, maar dat was geen toonbeeld van een evenwichtige voeding. Ze had gezond voedsel nodig.

De telefoon begon opnieuw te rinkelen. Waar was Luc eigenlijk? Ze had daarstraks wel gehoord dat er iemand aanbelde, maar ze had niet gekeken wie het was. Was hij toch het huis uit gegaan? Zuchtend liep ze naar de telefoon en nam de hoorn van de haak.

'Hallo?'

Ze wist dat haar moeder zou gruwen van die begroeting. Ze had geleerd om 'Hallo, met Peggy Smeekens, met wie spreek ik alstublieft?' te zeggen. Maar dat had ze nooit leuk gevonden.

'Ik ben het. Ik kom je over een uurtje halen.'

Peggy keek verbaasd op. Hoe wist hij dat ze thuis was? Normaal zou ze nu op school zitten.

'Waarom?'

'Omdat het nu het moment is. Straks kan het niet meer.'

Haar hart begon te bonzen. Eindelijk was het zover. Ze had eigenlijk nooit gedacht dat het echt zou lukken. Maar er waren misschien wel nog andere problemen.

'En wat met Luc?'

'Weet je dat niet? Luc is aangehouden. De politie heeft hem meegenomen.'

Dus dat was het gestommel geweest, dat was de reden waarom Luc even had geroepen. Hij had zich ongetwijfeld eerst heel kwaad gemaakt om daarna te beseffen dat hij de aandacht niet te veel naar zich toe mocht trekken.

'Oké. Dan kom ik mee.'

'Begin maar al in te pakken.'

'Doe ik.'

'Tot zo.'

Peggy legde de hoorn neer en staarde voor zich uit. Nu miste ze haar moeder. Ze had niemand om raad aan te vragen, niemand om haar zorgen mee te delen. Maar tegelijkertijd wist ze dat haar moeder nooit had goedgekeurd wat ze zou gaan doen. Ze maakte zich altijd zoveel zorgen om haar dochter dat het verstikkend werkte. Peggy kon niets doen of laten zonder dat haar moeder zich ermee moeide. Ze mocht niet zomaar met vriendinnen afspreken, ze mocht niet zomaar naar de cinema, ze mocht niet uitgaan. Haar moeder had altijd wel het gevoel dat er iets mis kon lopen. Als een gevangenisdirecteur controleerde ze haar bewoners. Ze mocht nog van geluk spreken dat haar moeder nooit een slot op haar deur had gezet. En toch... zou ze het fijn vinden om haar moeder nog eens te kunnen knuffelen. Ze had het gevoel dat ze niet kon rouwen om haar dood. Niet mocht rouwen.

Luc was helemaal anders geweest. Hij moedigde haar aan om de wereld te verkennen. Ze was jong, ze moest op stap, experimenteren, ontdekken wat ze leuk vond. Hij had haar daarbij geholpen. Dankzij hem was haar wereld opengegaan, dankzij hem was ze populair geworden. En dat had haar moeder niet leuk gevonden. Ze herinnerde zich de ruzies, die telkens kort en fel waren, maar wel onmiddellijk werden goedgemaakt in hun slaapkamer; de muren hielden nauwelijks geluid tegen.

Ze sprong op en liep naar de trap. Ze moest beginnen in te pakken. Het komende uur zou dat de enige vraag zijn die ze moest beantwoorden: wat zou ze meenemen?

De directeur ontving Van In en Versavel met het nodige respect. Hij boog licht waardoor de grote kale plek op zijn hoofd als een glimmende maan tevoorschijn kwam en leidde hen naar zijn kantoor. Toen ze gingen zitten, kwam iemand van het secretariaat koffie brengen.

'We komen voor Peggy.'

Van In voelde zich als een ouder die op afspraak kwam bij de directeur, omdat er iets mis was met zijn dochter. Het leek of de directeur een klein beetje hoger zat, om de machtsverhoudingen meteen duidelijk te maken. Alleen strookte dat niet met de bedeesde man die voor hen zat, en die friemelde aan een bruine ribfluwelen broek die niet paste bij zijn zwartwitte debardeur.

'Natuurlijk. Uw assistente had zoiets al gezegd.'

'Onze collega', verbeterde Versavel hem.

'Juist. Uw collega. Wat kan ik voor u doen?'

Versavel bladerde door zijn notities.

'U weet dat de moeder van Peggy overleden is?'

De man knikte, terwijl hij met duim en wijsvinger een neushaar probeerde los te rukken. Een pijnlijke blik liet zien dat het hem was gelukt.

'We waren allemaal erg geschokt.'

'Op de dag van haar dood hebt u haar opgebeld.'

'Klopt.'

'Waarom was dat?'

De directeur leek verbaasd te zijn om die vraag. Hij vouwde zijn handen over elkaar en legde ze op zijn bureau.

'Om te vragen of mevrouw Vereecken even naar school kon komen.'

'Waarom?'

'Ik weet niet of ik dat kan zeggen, dat is vertrouwelijk.'

Van In glimlachte gecrispeerd naar de man. Ze hadden geen tijd voor administratieve verplichtingen. Als hij daarop uit was, dan zou hij wel een afspraak bij De Kee boeken. Hij twijfelde alleen of de man gerustgesteld dan wel bevolen moest worden. Hij koos voor een tussenweg.

'Meneer. We zijn bezig met een moordonderzoek, waarbij de moeder van Peggy het slachtoffer is. Bovendien is ook haar tante verdwenen. Dus hoe dan ook komen wij te weten waarom mevrouw Vereecken hier een afspraak had. Het zou erg handig zijn als u dat nu meteen vertelt, dan hoeven we u niet mee naar het politiebureau te nemen.'

De schouders van de directeur zakten in elkaar, ook al was wat Van In zei niet noodzakelijk waar. Maar het was voldoende overtuigend om de directeur overstag te doen gaan.

'Peggy was geschorst.'

Van In en Versavel keken elkaar aan. Dat was nieuwe informatie.

'En dat hebt u tegen mevrouw Vereecken gezegd?'

'Ja. En gevraagd om dat te komen bespreken. Om...'

Hij opende een zwarte leren agenda en bladerde naar de dag van de schorsing. 'Om halfdrie. Mevrouw Vereecken had gezegd dat ze de winkel zou sluiten en langskomen. Maar ze is niet komen opdagen.'

Van In kon zich voorstellen dat Christine niet erg opgezet was geweest met dat nieuws. Iemand die bezig was met het imago van zichzelf en haar gezin, kon een opstandige tiener missen als kiespijn.

'Waarom werd Peggy geschorst?'

'Ik weet niet of ik dat...'

'Zegt u het maar gewoon', beval Van In.

'Dealen.'

Er viel een stilte in de kamer. Van In had pesterijen verwacht, of ongeoorloofd roken op plekken waar het niet mocht. Of het tientallen keren niet inleveren van huiswerk. Maar niet dit.

'Drugs?'

'Precies. Peggy bevoorraadde de leerlingen van haar jaar en de hogere jaren. Haar handel draaide blijkbaar erg goed. Ze had in elk geval de commerciële genen van haar mama.'

Er waren verschillende vragen tegelijkertijd die door Van Ins hoofd spookten. Christine had die dag behoorlijk wat confrontaties aan te gaan: ze had ruzie met Luc over het geld van de vzw, ze lag in onmin met haar zus en haar dochter werd geschorst. Hij begreep waarom ze een briefje aan haar winkel had gehangen met de boodschap dat die de rest van de dag gesloten zou zijn. Hij probeerde zijn vragen te ordenen en er stapsgewijs antwoorden op te krijgen.

'Waar haalde ze die drugs vandaan?'

De directeur haalde zijn schouders op.

'Dat was een van de vragen die ik graag aan mevrouw Vereecken had gesteld.'

Van In zag Versavel naast hem 'Luc?' opschrijven en er een cirkel rond trekken. Dat was inderdaad de meest voor de hand liggende verklaring.

'Hoe reageerde ze op haar schorsing?'

'Vrij gelaten, vond ik. Ze heeft haar rugzak genomen en ze is vertrokken. Ze zei dat ze school niet nodig had.'

Ze moesten Peggy aan de tand voelen. Zij wist wat er zich had afgespeeld tussen haar moeder en haar stiefvader.

'Tot wanneer liep de schorsing?'

'Tot vorige vrijdag. Voorlopig is de straf nog mild, bij een volgende overtreding wordt ze van school gestuurd.'

De directeur had het rustig gezegd, maar liet duidelijk blijken dat het geen loze dreiging was. Zou Peggy dat ook zo hebben geïnterpreteerd?

'In welke klas zit ze? Zouden we haar even kunnen spreken?'

De directeur zocht in een van zijn lades naar een lessenrooster. Hij bestudeerde de bladen vol kleine vakjes, waarop lokaal, klas en leerkracht aan elkaar gekoppeld moesten worden, een puzzel die moeilijker te leggen was dan die van een schilderij van Claude Monet met duizend stukjes.

'Ze heeft turnles op dit moment, maar daarna komt haar klas naar lokaal A7. U kunt daar op haar wachten als u wilt.'

Van In knikte. 'Dank u. Misschien nog een vraag. Volgens onze gegevens hebt u later die dag ook naar de zus van Christine Vereecken gebeld. Klopt dat?'

'Dat klopt. Omdat mevrouw Vereecken niet kwam opdagen, heb ik haar zus gebeld. Ik weet dat ze dicht bij elkaar wonen en misschien wist zij waar haar zus was.'

'En? Was dat zo?'

De directeur schudde zijn hoofd en begon aan een nieuwe neushaar te trekken. Hij leunde achterover op zijn stoel.

'Nee, ze wist van niets, maar ze beloofde eens te gaan kijken.'

'Waarom hebt u niet naar mevrouw Vereecken thuis gebeld?'

'Ik had alleen het nummer van de winkel in mijn dossier staan. En als tweede contactpersoon was de tante van Peggy opgegeven.'

Van In schoof zijn stoel achteruit en stak zijn hand uit.

'Bedankt, u hebt ons goed geholpen.'

De directeur nam zijn hand niet aan, deels omdat hij nog steeds de juiste neushaar niet te pakken had, deels omdat hij nadenkend in de verte staarde, klaar om zijn verhaal af te maken.

'Toen ik naar Karin Vereecken belde, nam haar man eerst de telefoon op.'

'Haar man?'

'Ja. Hij giechelde. Pas daarna kwam Karin aan de lijn.'

Van In keek begerig naar de Duvel die Herman voor hem neerzette in café Vlissinghe. Hij had geen zin gehad om op Peggy te wachten in een duf, leeg schoollokaal, als er vijf minuten verderop een bruisend vol café op hen stond te wachten.

'Goede keuze, Guido.'

'Het was jouw keuze', bromde Versavel.

'Goed ingestemd dan.'

Hij nipte van zijn glas en veegde het schuim van zijn lippen. Versavel proefde van zijn thee, die nog te warm was om te drinken.

'Als Christine wist dat Luc haar dochter van drugs voorzag, dan zal het wel gestoven hebben ten huize Vereecken', zei Van In.

'Als Luc haar de drugs bezorgde, natuurlijk', nuanceerde Versavel.

'Kom nu, wie anders?'

Daar had Versavel niet meteen een antwoord op.

'Wat als de ruzie zo hoog oplaaide dat de stoppen bij Luc zijn doorgeslagen?' ging Van In verder. 'Misschien dreigde Christine ermee hem te laten vallen, hem opnieuw de foute kant op te sturen. Net nu hij zijn leven eindelijk op orde leek te hebben.'

Versavel roerde in zijn thee en blies tegelijk.

'Zou kunnen.'

'Het is goed dat we Luc hebben vastgehouden. Het net begint zich te sluiten.'

Versavel keek op zijn horloge.

'De school sluit zo dadelijk ook. We zullen snel moeten drinken.'

Van In grijnsde en dronk de helft van zijn Duvel in één teug leeg.

'Dat is maar een woord. Pas op dat je je tong niet verbrandt.'

Versavel probeerde nog een keer en dronk nu toch enkele slokken.

'Ik vraag me af wie die man was bij Karin. Zou dat ook Luc geweest kunnen zijn?'

Daar had Van In nog niet bij stilgestaan. Hij had eerder aan iemand als Malik gedacht, maar die was op zijn werk geweest. Luc en Karin, het zou zomaar kunnen. Luc die zijn liefde aan behoeftige vrouwen uitdeelt. Zou Karin behoeftig zijn geweest?

'En Christine die hen betrapt heeft, bedoel je?'

'Misschien. Het zou de reden kunnen zijn dat Karin gevlucht is.'

'Denk je dat ze op de vlucht is geslagen?'

'Het is een optie.'

Van In dronk zijn glas leeg en kwam overeind. Het was een korte stop, maar hij was helemaal klaar om ertegenaan te gaan. Ze waren er dichtbij, hij kon het voelen. Versavel liet de helft van zijn thee staan.

In de school zochten ze de weg naar het lokaal A7. Tientallen meisjes wurmden zich door de gangen, op zoek naar hun lokaal voor het volgende lesuur. Als laatsten kwamen de leerlingen voor lokaal A7 aangesloft. Hun turnzakken sleepten over de grond, net als hun zin om aan een nieuwe les te beginnen. Van In en Versavel lieten iedereen passeren, maar toen het laatste meisje naar binnen was gegaan, hadden ze

Peggy nog niet gezien. Een lerares passeerde hen, keek hen even vreemd aan en wilde de deur sluiten.

'Pardon, mevrouw', zei Versavel. 'We zijn op zoek naar Peggy Smeekens.'

'Die is geschorst', zei de lerares.

'Was', zei Versavel. 'Ze is ondertussen terug op school.'

De lerares keek hen geërgerd aan, zoals alleen een leerkracht dat kan die kostbare minuten van zijn of haar les verloren ziet gaan.

'Dan zult u ergens anders moeten zoeken. Ik heb haar op school nog niet teruggezien.'

18

Het was koud in de slaapkamer, maar toch voelde Malik de zweetdruppels langs zijn voorhoofd glijden. Voor de derde keer telde hij het geld dat hij in het voorzakje van zijn Kipling-rugzak had gestoken. Hij had alles mee, de envelop van Karin en het geld dat hij de vorige dagen bij de bank had opgehaald. Het was meer dan voldoende om de eerste kosten te dekken.

Beneden hoorde hij de voordeur open- en dichtgaan. Hij verstijfde. Nora had gezegd dat ze pas over enkele uren zou thuiskomen. Zijn oog viel op de koffer in de hoek van de slaapkamer. Verdorie, die mocht ze niet zien.

Wanhopig zocht hij naar een plaats om de koffer te verstoppen. Onder het bed paste hij net niet. Naast de kast was geen ruimte. Hun huis was te klein om dingen te verbergen. Dan maar zelf ervoor gaan staan. Voetstappen kwamen de trap op. Was het Nora wel?

Malik duwde de koffer tegen het bed aan de kant van het raam en legde het dekbed erover. Als ze niet rond het bed liep, dan zou ze niets zien. Of wacht…

Ze zou hem zien. Gewoonlijk was hij nu op zijn werk. Hoe moest hij dat uitleggen?

'Malik?'

Malik liet zich achterovervallen op het bed en legde zijn hand tegen zijn voorhoofd. Hij sloot zijn ogen. De deur van de slaapkamer ging open.

'Malik? Waarom ben je thuis?'

Hij deed alsof hij wakker schrok.

'Nora?'

Hij knipperde met zijn ogen, kneep ze dicht, om haar dan met gefronste wenkbrauwen aan te kijken. Ze keek wantrouwig de kamer rond.

'Wat doe je hier?'

Malik slikte net op tijd in dat hij hetzelfde wilde vragen. Nora's uitstapjes werden nooit ter discussie gesteld. Hij legde verantwoording af, zij ging en stond waar ze wilde.

'Ik voelde me niet goed. Dus ben ik naar huis gegaan.'

'Wat zegt je baas daarvan?'

Malik beet op zijn lip. Geen medelijden, geen bezorgde vraag over wat er precies scheelde of over hoe hij zich voelde. Wel meteen een verwijt, of toch iets wat daar dicht bij aanleunde. Ze vertrouwde hem niet.

'Hij vond het ook beter dat ik naar huis ging. Als het morgen niet beter is, ga ik naar de dokter.'

Op dit moment was het prima dat ze niet bezorgd was. Het zou erger zijn als ze nu bij hem zou blijven en thee voor hem zou zetten. Hij moest haar weer het huis uit krijgen.

'Ga morgen maar gewoon werken', zei ze zonder meer. Een zieke man die thuiszat en haar op de zenuwen werkte, kon ze best missen. Hij speelde het spel mee.

'Ja. Misschien kan ik wat medicijnen nemen. Dan betert het vast wel. We hebben alleen niets in huis.'

'Ga dan morgen voor je werk naar de apotheek.'

Malik kreunde, zoals alleen een man die ziek is dat kan, alsof hij vergiftigd was met plutonium en volop bezig was zijn doodsstrijd uit te vechten.

'Zonder medicijnen ben ik morgen niet opgeknapt. Zou jij iets kunnen halen?'

Het was lang geleden dat hij zo direct iets aan Nora had

gevraagd. Meestal deed hij dat heel omzichtig, en nog vaker vroeg hij niets en loste hij het probleem gewoon zelf op. Ook Nora was verrast. Ze overwoog haar opties en zuchtte.

'Oké, ik zal iets halen.'

Haar toegift woog niet op tegen het risico om een hele dag met hem opgescheept te zitten. Mocht hij een zieke hond geweest zijn, had ze vast nog even overwogen of afmaken niet makkelijker was dan genezen.

Hij knikte haar dankbaar toe en sloot zijn ogen weer, zodat hij de minachting op haar gezicht niet moest zien. Gespannen luisterde hij hoe ze de deur van de slaapkamer met een klap liet dichtvallen, zieke man op bed of niet. Haar voetstappen op de trap klonken harder dan gewoonlijk, om haar tegenzin uit te drukken, om haar weerzin te tonen voor de zwakkeling die hij was. Beneden bleef ze nog even rommelen. Malik werd zenuwachtig. Ze ging toch niet echt controleren of er nog medicijnen waren? Want de medicijnkast zat nog vol, hij had immers regelmatig oplapwerk nodig na een felle ruzie.

Maar uiteindelijk sloeg ze de voordeur achter zich dicht. Hard, om het tot boven te laten weerklinken. Om hem te waarschuwen haar niet nog een keer zo'n streek te leveren. Daar mocht ze gerust op zijn. Er zou geen volgende keer komen.

Hij wachtte nog heel even en sprong dan overeind. Hij greep de koffer en legde die op het bed. Na een laatste check sloot hij hem en zette hem weer neer. De Kiplingrugzak zwierde hij over zijn schouders. Hij was er klaar voor. Het was tijd om afscheid te nemen van alle ellende die hij de voorbije jaren had meegemaakt. Want dat was het geweest: ellende. Vanaf nu hoefde hij zichzelf niet meer wijs te maken dat er betere tijden zouden aanbreken, hij hoefde niet meer na te denken over eventuele fouten die hij kon hebben gemaakt. In de toekomst zou hij kunnen rekenen op begrip en op wederzijds respect. Hij was vergeten wat dat betekende.

Terwijl hij de koffer de trap af liet stuiteren, zonder zich zorgen te maken over mogelijke putten in het hout, fluisterde een zeurend stemmetje in zijn hoofd dat hij vluchtte voor zijn problemen. Dat hij de gemakkelijke weg koos.

In het verleden zou hij naar dat stemmetje hebben geluisterd. Hij zou zichzelf hebben wijsgemaakt dat Nora een nieuwe kans verdiende. Dat haar driftbuien misschien zijn schuld waren, dat hij in de spiegel moest kijken en nadenken hoe hij een betere man voor haar kon zijn.

Maar hij leefde niet meer in het verleden. Hij leefde nu, en de toekomst lachte hem toe. Hij opende de voordeur en knalde die met plezier achter zich dicht, net zoals Nora iets daarvoor had gedaan. Ver ging hij niet, hij zette een stap opzij en drukte op de deurbel. Onmiddellijk werd er opengedaan. Voor hem stond Peggy, met een stralende glimlach op haar gezicht en een grote sporttas om haar schouder. Malik moest zich inhouden om haar niet om de hals te vliegen.

‘Ben je klaar om te vertrekken?’

Toen Karin haar ogen opende, was het donker in de ruimte. En hoewel het muisstil was, suisden haar oren. Hoelang lag ze hier al zo? Had ze geslapen? Haar hoofd voelde als lood, de kracht was weggeëbd uit haar lichaam. Ze opende haar mond om te schreeuwen, maar er kwam geen geluid uit.

Niemand zou haar komen redden, daar was ze nu wel zeker van. Wie zou haar missen? Christine was de enige persoon die regelmatig bij haar langskwam. Maar zij kon haar kleine zus niet meer helpen. Ze had haar hele leven geprobeerd om onder de beschermende vleugels van Christine uit te komen, en nu vroeg ze zich af waarom. Nu besefte ze dat het oké was dat iemand voor je zorgde, dat het fijn was dat iemand om je gaf. Alles was beter dan vergeten te worden.

Haar baas zou haar ook missen, maar om de foute redenen.

Hij werd vast gek van de stress nu hij alles alleen moest doen. Ze werkte slechts halftijds, maar nu besefte hij waarschijnlijk pas hoeveel werk ze al die tijd had verzet. Misschien kreeg ze postuum alsnog haar promotie. Of zou Luc zelfs dan nog dwarsliggen en haar baas wijsmaken dat je geen promotie kunt geven aan iemand die slechts halftijds werkt? Ze achtte hem ertoe in staat.

En Malik? Die zou toch naar haar op zoek gaan? Die wist vast dat ze niet zomaar was weggegaan. Zou hij nog denken aan de plannen die ze samen hadden gemaakt, samen in bed, de dag dat haar zus werd vermoord?

Ze herinnerde zich nog haarscherp hoe hij bij haar was binnengestormd. Opgewonden, in alle staten. Hij wilde weg bij Nora. Ze hadden hun zoveelste ruzie gehad, hij kon het niet meer verdragen. Nora had hem geslagen, nog maar eens, zijn lip was dik en zijn vingers bloedden. Karin was net thuisgekomen van haar werk en had hem mee naar binnen genomen. Net zoals die keer op de rand van het bad had ze hem verzorgd, maar deze keer hadden ze niet zomaar afwachtend gekust. Malik had haar handen gegrepen en die naar achteren geduwd. Hij had zich over haar gebogen en zijn tanden in haar nek gezet. Vreemd genoeg had ze dat fijn gevonden. Ze had zich laten vallen op de bank en haar benen om hem heen geslagen. Voor een keer had ze niet nagedacht over het feit dat iedereen bij haar kon binnenkijken, over het feit dat wat ze deed helemaal niet hoorde, dat Malik een getrouwde man was. Ze had zich overgegeven aan het moment, aan de gevoelens van frustratie en verlangen. Malik had haar witte hemd losgeknoopt, gespeeld met het zilveren naamplaatje van haar werk dat nog aan haar borstzak hing. Hij had haar borsten uit haar beha getild zonder die los te maken en was ze beginnen te kneden. Ze wreef met haar heupen langs zijn broek en voelde zijn opwinding door haar rok. Hij had haar opgetild en mee naar boven genomen. Ze waren in bed beland en waren er urenlang niet meer uit gekomen.

Tot de telefoon ging.

Karin kon zich nog precies herinneren hoe laat het was geweest. 15:45, hadden de blinkende cijfers van de wekkerradio naast haar bed aangegeven. Ze had niet willen opnemen, ze had willen opgaan in het moment dat ze met Malik beleefde. Gewoon, zij twee, daar op dat moment. Was het eenmalig of de start van iets moois? Dat deed er niet toe, op dat moment gebeurde het daar. En dat was genoeg.

En toen nam Malik de telefoon op. Er stond een draadloze telefoon naast haar bed en voor ze hem had kunnen tegenhouden, was hij al aan het giechelen met het toestel aan zijn oor. Ze had de telefoon uit zijn handen gerukt en zo beleefd mogelijk de beller aangesproken. De directeur van Peggy. Of zij misschien wist waar Christine was, want ze was niet op een afspraak komen opdagen. Karin had geen idee gehad, maar ze had hem beloofd even te gaan kijken.

De romantische namiddag was abrupt aan zijn einde gekomen. Karin begreep meteen dat er iets niet in orde was. Christine was altijd stipt in haar afspraken. Ze zou de directeur nooit zomaar laten stikken. Ze had een tegenpruttelende Malik in haar bed laten liggen en was zich gaan aankleden. Met verwaaide haren trok ze naar de overkant. Luc had de deur opengedaan en haar onmiddellijk afgescheept. Nee, Christine was niet thuis en wat zou dat?

Met hangende schouders was ze huiswaarts gekeerd. Misschien was Christine alsnog naar de afspraak met de directeur vertrokken. Misschien was ze een wandeling gaan maken, of was ze naar het centrum getrokken. Alles was mogelijk, haar zus was een volwassen vrouw.

Bij haar thuis had ze nog een keer de liefde bedreven met Malik, die bleef aandringen en niet zomaar naar huis wilde gaan. Maar haar gedachten waren ergens anders geweest.

Karin dacht aan de stapels dozen die bij haar in de ruimte stonden. Karton kon erg scherp zijn, ze had zich er vaak genoeg aan gesneden. Was het ook sterk genoeg om de bandjes rond haar polsen door te snijden? Ze kon het in elk geval proberen.

Ze schuifelde opzij, met de stoel als een veel te zwaar schild op haar rug. Ze tastte met haar handen de dozen af en zocht een exemplaar waarvan de flappen openstonden. Langzaam bewoog ze heen en weer. Ze had het gevoel dat het werkte, toen ze het karton over het plastic voelde schuren. Maar hoe harder ze bewoog, hoe meer het karton in haar vel sneed. Bij een nieuwe jaap schreeuwde ze het uit. De flap had een diepe snee in haar pols gemaakt. Bloed sijpelde uit de wond.

Ook dat nog.

Van In belde voor de derde keer aan bij het huis van Christine. Deze keer liet hij zijn duim op de bel zitten, zodat het geklingel niet meer ophield. Maar de deur ging niet open.

'Ze is niet thuis', mompelde Versavel.

Van In bonsde met zijn hand op de deur. 'Waar zit ze dan?'

'Niet op school, in elk geval. Eens bij Danny proberen?'

'Daar gaan we straks langs.'

'Waarom nu niet?'

Van In knikte naar de voordeur. Onder de klink zat de metalen klep van de brievenbus.

'Wij hadden vroeger thuis ook zo'n brievenbus.'

Versavel keek er verbaasd naar. 'En dan?'

'We kregen nooit een sleutel mee', ging Van In verder. 'Maar als er niemand thuis was, raakten we toch binnen.'

'Sloegen jullie dan een raam in?'

'Veel eenvoudiger.'

Van In liep naar een fiets die tegen een gevel stond. Hij schroefde de bovenkant van de bel los en nam die mee.

'Geen paniek. Ik zet hem zo weer terug', zei hij tegen een fronsende Versavel.

'Ik denk niet dat het de bel is waarover ik me zorgen maak', antwoordde die.

Hij stak de rand van de bel in de schroef aan de rechterkant van de metalen klep. Na even wringen kreeg hij het ijzer mooi in de groef en begon hij te draaien. De schroef kwam los, hij liet ze in zijn handpalm vallen en begon aan de schroef aan de andere kant. Zodra die ook los was, haalde hij de hele klep, inclusief rand, van de deur. Hij stak zijn hand door de opening en voelde waar de klink zat. Het hout van de deur sneed in zijn vel, als kind was het makkelijker geweest om zijn hand door de opening te wurmen. Met zijn wijsvinger kon hij er net bij. Hij legde al zijn kracht in zijn vinger en duwde de klink naar beneden. De deur zwaaide open.

'Knap', knikte Versavel. 'Maar afgezien van het feit dat het verboden is iemands brievenbus te demonteren, is het ook niet toegelaten iemands huis zonder toestemming te betreden. Dat was je misschien even vergeten?'

Van In stapte naar binnen.

'Dat was ik inderdaad vergeten. Maar ik sta nu toch al binnen. Dan kan ik net zo goed een bezoekje brengen.'

Versavel keek hoofdschuddend om zich heen, en besloot niet langer in de kijker te staan dan nodig. Hij volgde Van In naar binnen. Het was goed om te weten dat Luc in het politiekantoor zat, zodat ze niet per toeval op een briesende stier zouden stuiten.

De woonkamer was nauwelijks veranderd in vergelijking met de laatste keer dat ze hier waren, alsof het leven in huis samen met Christine was uitgedoofd. Hij keek naar de foto's in het boekenrek en merkte dat er een foto was omgevallen. Voorzichtig zette hij de foto recht. Christine en Peggy op een paardenmolen, Peggy op het paard en Christine ernaast, haar dochter beschermend tegen de mogelijke gevaren, iets wat ze altijd zou blijven doen. Van In dacht aan zijn gesprek met Laura hier, op de dag van de moord. De foto was waarschijnlijk niet vanzelf omgevallen.

In de keuken waren de lege drankflessen weg. Luc had beseft dat ze geen goed voorbeeld waren voor een man met sobere voornemens. Van In zag op de vloer nog vlekken van de drank die door de plastic tassen was gesijpeld. Het deed hem beseffen dat ze er automatisch van uit waren gegaan dat Luc loog.

'Wat als het niet Luc was die dronk?' zei Van In hardop in de deuropening.

Versavel was achtergebleven in de woonkamer en keek door het raam, op zijn hoede om niet betrapt te worden. Het was verbazend hoe snel mensen de gewoonten in deze straat overnamen.

'Denk je dat Christine een drankprobleem had?' vroeg hij.

'Nee.'

Van In keek naar boven. Versavel had de hint meteen door.

'Peggy?'

'Ze is geschorst voor dealen. En Luc zorgde voor drank en drugs.'

Versavel liep naar de keuken. Hij opende de koelkast, op zoek naar extra bewijzen voor het drankgebruik. Maar de koelkast was akelig leeg, op wat yoghurt en verlepte groenten na. Ook hier liet de afwezigheid van Christine zich gelden.

'Ik weet het niet. Ze is nog jong.'

'En dus beïnvloedbaar.'

Van In liep naar de trap en ging naar boven. Voor het eerst werd hij zich ervan bewust dat hij hier niet mocht zijn. De woonkamer en de keuken had hij al gezien, dus dat ervoer hij niet als verboden terrein. Maar de slaapkamers boven waren privévertrekken, waar hij nu als buitenstaander binnendrong. Ze konden hier zomaar even op Peggy stuiten die met een hoofdtelefoon naar muziek aan het luisteren was en de bel niet had gehoord. Voorzichtig duwde hij de deur van haar kamer open.

Er was niemand. Van In keek naar de bruine houten kast naast het bed. De deuren stonden open en enkele laden waren opengetrokken. Heel wat kleren lagen rommelig in de kast, alsof ze net overhoop waren gehaald. Ook Peggy's bed was niet opgemaakt, haar kussen en haar pyjama lagen op de grond, naast verschillende verzorgingsproducten en stukken van posters die recent van de muur waren gescheurd.

Versavel schoof mee de kamer in en schrok zichtbaar.

'Ze zal toch ook niet ontvoerd zijn?'

Van In probeerde de rekensom te maken. Wanneer was het de laatste keer dat ze haar hadden gezien? De tweede keer dat ze Luc thuis hadden ondervraagd, was ze thuisgekomen. Waar was ze vandaan gekomen als ze niet naar school moest? En wat was er sindsdien voorgevallen?

Van In kreeg een angstig voorgevoel. Misschien had Peggy iets gezien op die noodlottige dag en vreesde Luc dat ze niet zou blijven zwijgen. Net als bij Karin.

'De hele familie verdwijnt hier', mompelde hij.

Zijn blik viel op het bureau van Peggy. Aan de hoek was het hout een heel klein beetje verkleurd. Van In boog zich voorover en rook eraan. Hij kreeg een bang vermoeden. Naast het bureau stond een blauwe zitzak. Van In pakte hem op en draaide hem in het rond. Aan de achterkant waren lichte vlekken te zien. Dat kon allerlei dingen betekenen, maar hij wilde zekerheid hebben.

'Hebben de onderzoekers naar bloedsporen gezocht?'

Versavel haalde zijn schouders op. 'Ik denk het niet. Op dat moment was er slechts sprake van een verdwijning, nog niet van een crimineel feit.'

'Laat dan maar iemand komen om dat nu wel te doen.'

Van In boog zich weer over het bureau. Een lade stond een beetje open. Hij keek erin. Hij herinnerde zich uit het dossier dat de onderzoekers hadden genoteerd dat Peggy daar condooms bewaarde. Het was hem opgevallen omdat hij Peggy nog jong vond om al condooms in huis te hebben. Misschien was hij te ouderwets en waren jongeren vandaag al veel meer met die zaken bezig. Hij kon zich in elk geval niet voorstellen dat dat in de lade van zijn bureau had gelegen toen hij in de middelbare school zat.

Het was vreemd hoe snel de kloof ontstond tussen ouder worden en je ouder voelen. Als jongere was je vastbesloten om nooit zo'n ouder persoon te worden die kritiek heeft op de jeugd van tegenwoordig, om altijd verdraagzaam en met een open blik naar de nieuwe jeugd te kijken. En hoewel je je in je hoofd jong bleef voelen – Van In had nog steeds het gevoel dat hij nauwelijks twintig jaar was – begon je toch steeds meer verschillen te zien met de volgende generatie. Verschillen die je steevast wegwuifde met het idee dat het vooral de nieuwe jongeren waren die op een dwaalspoor zaten. Zelf werd je niet ouder, zelf bleef je eeuwig jong, maar de nieuwe generatie verknoeide dat gevoel door plots andere gewoontes aan te nemen, andere kleding te dragen, naar andere muziek te luisteren. En daardoor leek het alsof jij ouder werd, maar dat was natuurlijk niet zo, zij waren gewoon geen normale jongeren meer.

De condooms waren verdwenen. Van In keek wat dieper in de lade, maar ook daar was niets te zien. Had iemand bewijsmateriaal willen doen verdwijnen? Hij bekeek de lade wat beter. Ze was verrassend kort in vergelijking met de diepte van het bureau. Hij knielde en keek onder het bureaublad. De lade had wel degelijk dezelfde diepte als het bureau. Hij trok harder aan het handvat en voelde nu toch iets loskomen. Wat het einde van de lade leek, was slechts de helft. Het leek op een foutje in de productie, maar Peggy had er haar geheime opbergplaats van gemaakt. Er kwamen verschillende schriftjes en brieven tevoorschijn. Versavel keek mee naar de verborgen schat.

'Peggy had wel meer geheimen', mompelde hij.

Van In nam een van de schriftjes in zijn hand en bladerde erdoor. Dagboeken. De eerste verhalen dateerden al van meer dan twee jaar geleden. Hij zocht naar de recente pagina's en liet zijn oog vluchtig over de teksten glijden.

'Ruzie tussen mama en Luc over geld', las Van In voor. 'Waarom verwondert me dat niet?'

Hij las verder. Peggy beschreef hoe het huis schudde en beefde als ze tegen elkaar uitvlogen. Hoe geen van beiden wilde wijken, maar hoe ze zich ook weer met elkaar verzoenden. Zo luid dat Peggy het tot in haar slaapkamer kon horen. Van In begreep dat ze liever niet had dat deze teksten haar moeder of Luc onder ogen kwamen.

Ze schreef ook over haar feestje. Hoe wonderlijk het was geweest, maar hoe weinig ze er zich van herinnerde. Veel te veel drank. Ze had haar lesje wel geleerd. Maar zonder die drank had ze nooit op haar nieuwe vriendje toe durven te stappen. Hadden ze nooit die wonderlijke eerste kus uitgewisseld. Gelukkig was ze zo slim geweest om naar haar kamer te verhuizen. Luc had het anders nooit goedgekeurd.

'De drank kan toch van Peggy geweest zijn. Of ze nam in elk geval deel aan het drankfestijn.'

Versavel had op zijn beurt enkele van de brieven uit de lade geopend.

'Peggy was een populair meisje. Ze kreeg liefdesbrieven bij de vleet.'

'Die jongens vissen achter het net. Want sinds haar feestje heeft ze een lief.'

'Het is dus toch niet Luc, zoals jij dacht.'

'Ik sluit het nog niet uit.'

Van In bladerde verder. Het volgende verhaal was geen tekst, maar een tekening. Een groot rood hart met een pijl door en twee namen. Van Ins mond viel open. Hij stootte Versavel aan en liet hem het dagboek zien.

'Dat meen je niet', mompelde Versavel.

Van Ins theorie over Peggy's relatie was niet zo vergezocht geweest. Alleen was hij bij de verkeerde volwassene blijven hangen. Hij keek nog een keer naar de twee namen, die met een dikke rode stift in het boekje waren gezet.

Peggy en Malik.

19

Van In drukte op de bel van Nora en Malik, even lang als hij bij het huis van Christine had gedaan. Maar het bleef ook hier stil in het huis.

'Iedereen bespiedt elkaar, maar als je hen nodig hebt, is er niemand thuis!' bromde hij.

Hij keek door het raam naar binnen. Daar, aan de deur tussen de woonkamer en de keuken, zag hij beweging. Of had hij dat gedroomd?

'Er is iemand', zei hij.

Versavel keek ook, maar schudde zijn hoofd.

'Volgens mij niet.'

Van In keek besluiteloos om zich heen. Ze moesten voortmaken nu, ze konden niet wachten tot er iemand thuis was.

'Laat een patrouille postvatten. Ik wil Malik onmiddellijk naar het kantoor laten komen.'

Hij kon het nog steeds niet vatten. Een volwassen man met een kind. Oké, een kind op de rand van volwassenheid, maar toch, een kind. Ze hadden gedacht dat Malik een relatie had met Karin, maar de realiteit bleek anders in elkaar te zitten. Of dat dachten ze toch. Een hartje in een dagboek betekende nog niet dat Malik iets had mispeuterd. Misschien was Peggy gewoon verliefd op hem, maar had hij die liefde nooit beantwoord.

'Mag ik een gemene gedachte uitspreken?' vroeg Van In.

Versavel grijnsde. 'Sinds wanneer heb jij daar toestemming voor nodig?'

'Ik begin te begrijpen waarom Nora zo op de kap van haar man zit. Het lijkt erop dat hij het niet zo nauw neemt met hun huwelijksgeloften.'

'Dat is nog geen reden om hem te slaan.'

'Ik weet het. Maar het verklaart wel iets.'

Ze besloten niet langer te wachten en terug koers te zetten naar het politiekantoor. Toen ze door de gebouwen renden, kwam Meyrem hun tegemoet. Ze zag er moe maar enthousiast uit, haar schrijfschrift opengeslagen, een mapje in haar handen.

'Van In, ik denk dat ik misschien iets heb.'

'Connecties?' flapte Van In er ongepast uit.

Het gezicht van Meyrem verstrakte.

'Rot op.'

Van In wachtte niet op een reactie en liep door naar de verhoorkamers. Hij had even geen tijd voor beleefdheden. Versavel drentelde wat tussen hen in.

'Sorry, Meyrem. We komen na de ondervraging snel bij jou.'

Meyrem antwoordde niet, maar klapte ostentatief het schrift dicht en gaf het mapje aan Versavel. Met gekruiste armen staarde ze hen na.

Ze kwamen samen aan de verhoorkamer met de agent die Luc bij zich had. Hij zag er nog slechter gehumeurd uit dan die ochtend. Niet verwonderlijk, de uren in de cel hadden zijn hersenspinsels laten woekeren, zijn boosheid laten exploderen.

'Komen jullie me nog ergens van beschuldigen?'

Van In ging zitten en gebood Luc hetzelfde te doen. Versavel sloot de deur en zette zich naast Van In. Door hun rustige gebaren probeerden ze Luc te bedaren. Hoe vijandiger hij was, hoe minder hij zou bekennen.

'We hebben een getuige gevonden van je ruzie met Christine.'

Luc snoof. 'O ja? Wie dan?'

'Peggy.'

Luc leek verrast de naam van zijn stiefdochter te horen. Het verzachtte onmiddellijk zijn blik.

'Dat kan niet.'

'Ze sprak over hooglopende ruzies, over het geld van de vzw.'

'Ik heb u al verteld dat ik dat niet heb gestolen. Dat was Karin.'

Van In bestudeerde zijn vingernagels. Hij probeerde een strategie te bedenken om Luc aan zijn kant te krijgen. Als hij wilde dat hij iets losliet, moesten ze een gemeenschappelijke vijand hebben. Al was die insteek op het randje.

'Wel, ik geloof u. We hebben geld gevonden bij Karin.'

Luc sprong op. 'Ik wist het!'

Versavel keek Van In vragend aan. Die knikte om aan te geven dat hij wist wat hij deed.

'Maar dat wil niet zeggen dat Christine en u er geen ruzie over konden maken. Want Christine wist natuurlijk niet dat Karin de dader was.'

Luc zweeg, wat Van In beschouwde als een bekentenis.

'En op de dag dat Christine verdween, hadden jullie misschien opnieuw ruzie. En deze keer bleef u niet rustig.'

'Ik heb die dag geen ruzie met Christine gemaakt.'

'Maar wel op andere dagen?'

'Wie maakt er nooit ruzie? We legden het altijd weer bij.'

Van In dacht aan de passage uit het dagboek van Peggy. De manier waarop ze zich verzoenden, konden ze maar beter even buiten beschouwing laten.

'Behalve de dag dat Christine stierf.'

'We hebben die dag geen ruzie gemaakt.'

Van In staarde Luc een tijdje aan. Zelfs nu zijn haar in de war zat en zijn polo verkreukeld was door de tijdelijke opsluiting, bleef hij een charmante indruk maken. Alles wat hij zei klonk overtuigend. Van In vermoedde dat hij zijn eigen leugens geloofde.

'Iets anders. Peggy's feestje. Haar vijftiende verjaardag.'

Luc fronste zijn wenkbrauwen. 'Wat is daarmee?'

'Leek me nogal een wild feestje.'

'Peggy werd vijftien. Het werd tijd dat ze eens een wild feestje gaf. Ze was veel te braaf voor haar leeftijd. Toen ik vijftien was, deed ik wel andere dingen.'

Van In lachte mee, alsof hij het normaal vond dat jongeren allemaal drank en drugs gebruikten. Hij wilde Luc verder in die denkwijze duwen. Even toch.

'Ja, de jeugd is wel wat voorzichtiger geworden,' zei hij. 'Wat deed u dan toen u jong was?'

Luc haalde zijn schouders op. 'Ach, de gewone dingen. Stiekem uitgaan en dan te veel drinken. En 's nachts terug binnensluipen zonder dat mijn ouders het merkten. Een tiener moet een beetje rebelleren.'

'Een relatie met de buurman beginnen, is dat ook rebelleren?'

Lucs gezicht verbleekte. 'Wat? Wat bedoelt u daarmee?'

Van In duwde door nu. 'Bent u ooit iets met uw volwassen buurman begonnen tijdens uw wilde periode?'

Voor de eerste keer leek Luc verward, een tikkeltje minder zelfverzekerd. 'Natuurlijk niet. Wat denkt u wel?'

'En Peggy?'

'Wat?' zei Luc nog een keer. 'Ik kan u niet volgen.'

'Uw buurman Malik was u toch komen helpen tijdens het feestje?'

'Dat klopt. Hij had het zelf aangeboden. Nu ja, ik dacht dat hij dat moest van Nora.'

Van In gaf Luc de tijd om een aantal feiten te laten bezinken. Hij had het moeilijk met nieuwe elementen, omdat hij daar geen onmiddellijke controle over had.

'Is Malik de hele avond bij u geweest?'

'Ja. Of nee. Ik... Ik weet het niet.'

Versavel leunde voorover.

'Had u veel gedronken?'

Luc antwoordde niet, knikte alleen maar. Hij probeerde de insinuaties van de agenten tegenover hem te doorgronden. Van In besloot om niet langer vaag te blijven en de vraag zonder omhaal te stellen.

'Wist u dat Malik en Peggy een relatie hadden?'

Nora durfde eindelijk uit de keuken te komen. Ze was er zeker van dat de agenten weg waren. Wat kwamen ze doen? Haar onzekerheid was begonnen toen ze had gemerkt dat Malik niet meer thuis was. Ze had de medicijnen gekocht en was van plan geweest lief voor hem te zijn. Hem te verzorgen zoals zieke mannen dat graag hebben. Het was hoog tijd om hem wat naar zich toe te trekken, hem de liefde te geven waar hij zo naar hunkerde.

Maar plots was hij verdwenen. En hij was niet zomaar weg, hij had een koffer en kleren meegenomen, daar was ze direct achter gekomen. Ze vond het verschrikkelijk.

Het was geen ramp dat ze uit elkaar zouden gaan, maar wel dat hij de beslissing had genomen om haar te verlaten. Hoe zou haar omgeving dat interpreteren? De mensen zouden vragen stellen over haar, een schuldige zoeken. Dat kon ze absoluut niet laten gebeuren.

Als Malik dacht dat hij haar kon kleineren, dan had hij het fout. Ze zou ervoor zorgen dat ze eerherstel kreeg. Ze zou op zijn schouders staan om haar hoofd boven water te houden. Hij zou de dieperik ingaan.

Ze nam de staande lamp die naast de bank stond. Ze haalde diep adem en knalde de staander in haar eigen gezicht. Ze verbeet de pijn, haalde nog eens diep adem en sloeg dan nog eens. Ze schudde met haar hoofd om de zware klap te verwerken. Daarna liep ze de trap op, rolde zich in een bolletje en stortte zich naar beneden. De harde houten treden takelden haar knieën, haar schouders en haar rug toe. Ze kwam even op adem op de laatste trede, om dan de trap weer op te lopen en de hele tuimeling nog eens te herhalen. Haar lichaam kraakte.

Ze bekeek zichzelf in de spiegel in de hal. Ze zag er gehavend uit, maar subtiel. Alsof iemand bewust had geprobeerd om zichtbare kneuzingen te vermijden. Malik zou boeten voor zijn verraad.

In het toilet plensde ze water in haar gezicht, net voldoende om er enkele tranen aan over te houden. Ze begon te snikken en trok ondertussen haar jas aan. Ze nam haar handtas van het tafeltje in de hal en liep naar buiten. Ze liep recht op de auto af waarin twee agenten haar huis in het oog hielden. Die stapten verschrikt uit en kwamen met blikken vol medelijden naar haar toe gelopen. De show kon beginnen.

Meyrem stuurde de politiewagen door de straten van Brugge. Ze baalde nog steeds van de reactie van Van In en Versavel. Ze had zich ten dienste gesteld van het team, ze had de kwalijke reacties genegeerd en eindelijk gedacht dat ze gerespecteerd werd. Niet dus.

Een stemmetje in haar hoofd zei dat ze misschien overdreef. Van In en Versavel waren gehaast geweest, broedend op een doorbraak. Het was gewoon een slechte timing. En een slechte grap.

Foert, niet te lang over nadenken, ze zou zichzelf wel op een andere manier bewijzen. Ze grabbelde naar de rugzak die ze bij zich had. Ze voelde er met haar hand in, terwijl ze haar ogen op de weg richtte. Waar was haar notitieboekje?

Ze zette haar richtingaanwijzers aan en ging aan de kant staan. Met beide handen doorzocht ze de rugzak. Niets te vinden. Ze had het boekje vergeten. Ze vloekte en klopte op het stuur. Ze wilde niet teruggaan. Had ze het boekje wel nodig? Het adres waar ze naartoe wilde gaan, kende ze uit het hoofd. Ze bekeek de kaart van Brugge die naast haar lag en oriënteerde zich. Ze was op de juiste weg.

Ze startte de auto weer en reed verder. De twijfel begon toe te slaan. Haar idee leidde vast nergens toe, het was een gok, die ze eerst met Van In en Versavel had willen bespreken. Maar ze had besloten niet te wachten. Elke minuut telde.

Via de Ezelpoort reed ze het centrum uit. De straat werd breder en de typische oude Brugse huizen vermengden zich met nieuwbouw. Ze volgde de weg tot ze opnieuw de rivier over moest en sloeg af naar de Sint-Pieterskaai. Hier werd de scheiding tussen Brugge en omgeving duidelijk. Aan haar rechterkant was er nog een mooie waterloop, waar boten voeren, aan haar linkerkant verschenen steeds meer grote winkels en magazijnen. En het was precies daar dat ze moest zijn. Ze parkeerde naast een groot grijs gebouw.

Wat kwam ze hier eigenlijk doen? Misschien moest ze toch maar rechtsomkeert maken en hulp inroepen. Maar was het niet stom om hulp in te roepen als het spoor toch doodliep? Uiteindelijk hielp ze het onderzoek vooruit door deze aanwijzing te volgen. Dan konden ze die snel schrappen en hun aandacht op nieuwe zaken richten. Precies, het was in het belang van het onderzoek dat ze dit deed. Ze moesten mogelijkheden kunnen uitsluiten.

Ze stapte uit. De kille lucht deed haar rillen. Ze voelde zich kwetsbaar zo in haar eentje, terwijl dat helemaal niet nodig was. Een groot hek sloot de magazijnen van de weg af. Ze zou niet zomaar binnenraken. Had ze eigenlijk geen huiszoekingsbevel nodig? In het gebouw vooraan brandde licht. Ze zou het gewoon even gaan vragen. Daar kwam je tenslotte ook al een heel eind mee.

Meyrem haalde diep adem en stapte naar de hoofdingang.

Van In vloekte toen hij hun kantoor weer binnenliep. Hij hing zijn jas aan de kapstok en ging op zijn bureau zitten.

'Ik dacht dat hij meer informatie zou loslaten deze keer', bromde hij.

Versavel keek naar het bord met de verdachten op. Er waren al een tijd geen nieuwe gegevens aan toegevoegd, frustrerend.

'Ik denk dat wij hem meer informatie hebben gegeven dan hij ons.'

'Die Malik moet Luc niet meer onder ogen komen. Veel buurtfeestjes zullen er niet meer gegeven worden.'

'Misschien kunnen ze een boksring plaatsen.'

Van In grijnsde en zette zijn voeten op zijn bureaustoel. Hij schoof hem zachtjes heen en weer.

'Is Danny Smeekens al verwittigd dat hij zijn dochter moet ophalen?'

Versavel knikte. 'Hij haalt haar na zijn werk op.'

'Dan gaan wij daar na ons werk ook eens langs', zei Van In.

Hij wilde eindelijk de mening van Peggy wel eens horen. Het zou hen helpen bij de volgende ondervraging van Luc.

'Is de technische recherche al onderweg naar het huis?'

'Ze zouden onderweg moeten zijn. Ze hebben de sleutel van Luc meegenomen voor als Peggy weer niet opendoet.'

Versavel noteerde alles. Zijn pen stokte en bleef op het papier staan.

'Ik heb Nadia trouwens nog gesproken', zei Versavel. 'Ze belde me gisteren op. Ze was overstuur.'

Van In voelde zijn spieren verstrakken.

'Zij was overstuur?'

Versavel durfde hem niet goed aan te kijken. Alsof hij zich mee schuldig voelde omdat hij Nadia aan Van In had voorgesteld.

'Ja. Ze zei dat het haar speet.'

Van In speelde met de stoel, hij begon korter en heviger te ademen.

'Daar ben ik vet mee.'

'Ik moest zeggen dat het niet aan jou lag, maar aan haar. Ze heeft blijkbaar een onstuitbare drang, het is sterker dan haarzelf.'

Van In snoof. Dat was een lamlendig excuus. Natuurlijk lag het ook aan hem. Hij had haar niet kunnen geven wat ze verlangde. Hij dacht terug aan de nagels die in zijn vel krasten, aan de harde aanpak die ze had verlangd. Maar had hij dat wel willen geven? Hij was nu niet bepaald de grote romanticus, maar misschien was haar no-nonsensehouding ook niets voor hem. En toch deed het hem pijn.

'Je bent me in elk geval een Duvel schuldig,' zei Van In.

'Wat? Waarom?'

'Nadia is jouw vriendin.'

Versavel keek hem verontwaardigd aan. 'En dat is de prijs voor een slechte date? Een Duvel?'

'Dat mogen er ook twee zijn, als je het echt wilt.'

Versavel schudde zijn hoofd.

'Ik zal Nadia laten weten dat ze waardig is vervangen.'

Van In lachte zuur. Het zat dieper dan hij wilde toegeven. Zo botweg afgewezen worden, dat was hem nog niet vaak overkomen. Het deed hem denken aan de relaties waarin hij degene was die ze had afgebroken. Had hij zelf altijd tactvol gehandeld? Hij betwijfelde het. Maar hij had het in elk geval nog nooit via een vriend laten weten.

Zijn gedachten werden onderbroken door de telefoon op Versavels bureau. Die nam na een keer rinkelen op, blij met de afleiding.

'Versavel.'

Van In zag aan zijn gezicht dat hij schrok.

'Oké, breng haar maar naar een van de kamers.'

Hij legde de hoorn weer op de haak.

'Nadia is hier toch niet?' vroeg Van In.

'Nora', antwoordde Versavel. 'Ze is zwaar toegetakeld.'

Meyrem duwde tegen de witte deur van pvc en stapte een klein kantoor in. De ruimte was slecht verlicht en achter de balie zat een jonge man met zwart piekjeshaar naar een scherm te staren. Meyrem vermoedde dat het zijn job was om de schermen van de bewakingscamera's in het oog te houden, maar de kreunende geluiden die uit de luidsprekers kwamen, waren vast niet in deze gebouwen opgenomen.

'Excuseer?'

De man keek betrapt op, zocht zenuwachtig met zijn hand naar de pauzeknop om de beelden stop te zetten. Dat lukte niet meteen, waardoor hij sneller begon te ademen, synchroon met het gehijg op zijn video. Hij ramde willekeurig op enkele knoppen en slaagde erin om de videoband eruit te laten komen. Meyrem herkende het geluid van een cassette die tevoorschijn komt.

'Kan ik u helpen?'

Het kwam schor uit zijn keel. Hij bloosde. Nog meer toen Meyrem haar politiebadge liet zien.

'Ik onderzoek de verdwijning van Karin Vereecken', viel ze met de deur in huis. 'Ik zou graag de opslagruimte van Laura Van Lierde even bekijken.'

'Waarom?'

'Er zouden aanwijzingen kunnen zijn over de plaats waar mevrouw Vereecken zich op dit moment bevindt.'

'Ik vrees dat ik u niet zomaar kan binnenlaten.'

Meyrem vloekte binnensmonds. Waarom was ze hier ook

zo onvoorbereid naartoe gekomen? Van In zou nogal lachen als hij dat hoorde.

'Het is een zaak van leven of dood.'

'Sorry, ik heb strikte orders.'

Meyrem vroeg zich af of de jongen ook strikte orders had gekregen over wat hij wel en niet mocht uitspoken tijdens een shift.

'Ik wil gewoon even kijken, meer niet.'

De jongen schudde zijn hoofd. Meyrem hield haar badge dichter bij zijn gezicht, zodat hij zich er wel degelijk van bewust was dat hij met de politie te maken had.

'Welke ruimte heeft mevrouw Van Lierde?'

De bewaker zwaaide hulpeloos met zijn armen.

'Dat mag ik niet zeggen.'

Meyrem besefte dat ze het helemaal anders had moeten aanpakken. Waarom stond ze hier te smeken als een groentje? Ze zou op een andere manier binnen moeten raken.

'Ik zou graag een opslagplaats huren.'

De jongen knikte, blij dat hij eindelijk wel een vraag kon beantwoorden.

'Prima, ik zet u op de wachtlijst. We zitten momenteel helemaal vol. Op welke naam mag ik dat zetten?'

Meyrem zuchtte en draaide zich om. 'Laat ook al maar.'

Buiten wilde ze terug naar haar auto lopen. Ze voelde er weinig voor om met hangende pootjes naar Van In en Versavel te gaan en hun te smeken om een huiszoekingsbevel. Ze wilde laten zien wat ze waard was, waarom ze bij het team hoorde.

Ze keek naar het hek naast het hoofdgebouw. Erg hoog was dat niet. Ze keerde terug op haar stappen en gluurde door het raam. De bewaker was opnieuw gefixeerd op zijn scherm. Meyrem nam een aanloop en sprong tegen het hek op. Ze legde een hand op de bovenkant en hees zich soepel naar boven. Ze zwaaide met een been over de rand, liet haar andere volgen en zette zich af. Met een volmaakte sprong landde ze op haar voeten, haar armen gestrekt naast zich, alsof ze een turnster was die haar oefening voor de jury volbracht. Voor de afsprong kreeg ze alvast een voldoende, nu moest ze ook punten scoren bij haar bazen. Waar was de opslagruimte van Laura?

'Mevrouw?'

Meyrem verstijfde.

'Is de arts op komst?' vroeg Van In.

Versavel knikte.

Van In keek door het raam naar Nora, die ineengedoken op haar stoel zat met een zak ijs tegen haar wang. Hij kon nauwelijks geloven dat Malik zoiets had gedaan. Toen hij hen de eerste keer bezig had gezien, had Malik de klappen gekregen. Was dat toen eenmalig gebeurd en was Malik eigenlijk de geweldenaar? Of waren bij Malik de stoppen doorgeslagen na de jarenlange psychologische en fysieke terreur?

Nora had al eerder gewag gemaakt van haar angst voor Malik. Ze mocht niets van hem, hij hield haar klein. Maar wat moest hij nog geloven?

'Mevrouw Benali', zei hij, toen hij samen met Versavel de kamer binnenstapte.

Nora reageerde met een korte knik, ze schoof heen en weer op haar stoel.

'De dokter komt eraan. Hij zal u onderzoeken en de nodige foto's nemen. Zo hebt u achteraf voldoende bewijsmateriaal. Maar zou u eerst willen vertellen wat er is gebeurd?'

Haar ogen gingen alle kanten uit, ze haalde snel adem, alsof ze er niet zeker van was dat ze in een veilige omgeving zat.

'Krijgt Malik dit te horen?'

'Nee. Niet als u dat niet wilt.'

Van In was er niet helemaal zeker van of dat correct was, maar ze moesten Nora nu eerst aan het praten krijgen. Hij dacht aan Gezien en de harde lijn die Karin had willen implementeren. Het ergste wat kon gebeuren was dat slachtoffers uit schrik terug naar hun partner gingen, om dan alles van voren af aan opnieuw te beleven. Ze moesten Nora in de eerste plaats geruststellen.

'Hij is vertrokken', zei ze.

'Waarnaartoe?'

'Dat weet ik niet.'

'Alleen?'

'Dat weet ik ook niet.'

Van In boog zich een beetje voorover en zocht haar blik.

'Het is belangrijk dat u alles vertelt wat u weet.'

Nora knikte met haar blik op de tafel gericht. 'Ik denk dat hij met Karin gevlucht is.'

Van In keek even naar Versavel. Ze hadden al een keer het idee geopperd dat Malik iets met Karin zou hebben. Eindelijk kregen ze bevestiging.

'Waarom denkt u dat?'

Met een hand greep Nora naar haar handtas. Ze haalde er een envelop met foto's uit en legde er twee op tafel. Daarop was Malik te zien die voor de deur van Karin stond.

'Hij bedriegt mij al langer met haar', mompelde ze.

Van In wilde overeind komen en de kamer rondlopen, hij moest kunnen nadenken. Maar hij vreesde dat dat op Nora intimiderend zou overkomen. Dus nam hij een pen van Versavel en liet die ronddraaien in zijn handen. Als Malik echt met Karin vertrokken was, dan wierp dat wel een heel ander licht op de verdwijningszaak. Dan was het geen verdwijning meer, maar gewoon iemand die op reis vertrokken was. Met de man van iemand anders weliswaar, maar dat was geen strafbaar feit.

'En waarom zouden ze vluchten?'

'Dat weet ik niet. Ik heb het hem gevraagd.'

Ze wees op haar gezicht.

'En dit was zijn antwoord.'

Van In legde de pen weer op tafel.

'Wacht even. Niet zo snel. Wat is er daarnet gebeurd?'

Nora liet haar tong over haar lippen glijden, Versavel schoof haar subtiel een glas water toe.

'Malik had zijn koffer gepakt. Hij wilde vertrekken zonder iets te zeggen. En toen ik meer uitleg vroeg, werd hij woest. Hij begon te schelden en te slaan. Ik heb me in een bolletje gewikkeld en heb hem laten doen. Hij is te sterk voor mij. Daarna is hij vertrokken.'

Van In probeerde haar verhaal te rijmen met wat hij zelf bij Nora en Malik had gezien. Het bleef moeilijk.

'Wanneer is dat precies gebeurd? We hebben daarstraks bij u aangebeld en er deed niemand open.'

Nora snikte. 'Ik heb de bel gehoord. Ik dacht dat hij het was, ik durfde niet open te doen.'

'Waarom zou Malik aanbellen?'

Ze keek even op, geïrriteerd. 'Weet ik veel. Dat is wat ik op dat moment dacht. Ik wilde geen risico nemen. Toen ik later de politiewagen zag staan, ben ik naar buiten gegaan.'

Karin was al zes dagen spoorloos. Waarom zou ze al vertrokken zijn en Malik pas later hebben laten komen? Om niet op te vallen? Het zou logischer zijn als ze tegelijkertijd waren verdwenen.

Versavel tikte op de foto's van Nora.

'Wanneer zijn die genomen?'

Daar moest Nora niet lang over nadenken. 'Op de dag dat Christine verdween. Malik vertrok 's ochtends naar zijn werk. En in de namiddag stond hij plots aan haar deur. Ik heb de uren op de achterkant van de foto's genoteerd.'

Van In en Versavel keken elkaar tegelijk aan. Van In knikte naar buiten en schoof zijn stoel achteruit.

'Excuseert u ons even.'

In de gang liep Van In ongedurig heen en weer.

'Malik was de mannenstem die de directeur heeft gehoord!'

Versavel leunde tegen de muur en hield zijn hoofd achterover om beter te kunnen nadenken.

'Maar Karin heeft gezegd dat ze naar Malik had gebeld toen ze lawaai hoorde.'

'Dat was gelogen. Ze was waarschijnlijk gealarmeerd door het telefoontje van de directeur, maar dat wilde ze niet tegen ons zeggen. Omdat dan aan het licht zou komen dat Malik bij haar was.'

'En Nora zei dat Malik op zijn werk was.'

'Ook een leugen. Zij wist waar haar man zat. Maar dat wilde ze natuurlijk ook niet vertellen.'

Van In herinnerde zich de ruzie tussen Malik en Nora. Nu werd duidelijk waarover die was gegaan. Nora had die dag alles extra scherp in de gaten gehouden, zodat ze haar man op heterdaad kon betrappen. Ze had met haar fototoestel in de aanslag gelegen om elke misstap te documenteren. Net zoals Karin had gedaan. De Raamstraat kon zo figureren in *1984.*

'Maar hoe zit het dan met Peggy?' vroeg Versavel. 'Was ze gewoon verliefd op Malik of was daar meer aan de hand?'

Van In schudde zijn hoofd. 'Het eerste, zeker? Laten we eerst focussen op wat we zeker weten. Misschien is er nog meer.'

Hij duwde de deur van de verhoorruimte weer open en zette zijn handen op de tafel.

'Hebt u die dag ook nog andere foto's genomen?'

Nora antwoordde niet meteen. Ze staarde even voor zich uit en tastte dan opnieuw naar de envelop.

'Nog een.'

Ze nam een foto en liet die aan de agenten zien. Het was eveneens een foto van de Raamstraat, genomen van achter het raam van Nora. Maar deze keer had ze een andere hoek gekozen, in de richting van het huis van Christine. De foto toonde duidelijk wie er aanbelde.

20

'Gaat u nu eindelijk praten?'

Van In schoof de foto die Nora had gemaakt over tafel. Laura zag zichzelf en schrok. Ze keek om zich heen, maar deze keer was er geen advocaat om haar te vertellen wat ze wel en niet moest doen.

'Hebt u graag dat ik De Backer bel?' vroeg Versavel.

Laura schudde haar hoofd, maar antwoordde nog steeds niet. Van In wees naar de foto.

'Kijk, mevrouw Van Lierde. Ik geloof niet dat u Christine hebt vermoord.'

Hij zag Versavel vreemd opkijken.

'Het is al avond wanneer u arriveert bij Christine. En de moord is naar alle waarschijnlijkheid veel vroeger gebeurd.'

Laura keek hem verrast aan, er was opluchting op haar gezicht te bespeuren, een gevoel van gerechtigheid zelfs. Het bevestigde het gevoel van Van In dat de moord wel degelijk bij Christine thuis was gebeurd. Ook al was het verslag nog niet binnen, hij was er zeker van dat de vlekken bloedvlekken waren.

'Maar de vraag is natuurlijk: wat deed u daar dan? En kunt u ons iets vertellen dat kan helpen om de zaak op te lossen? Misschien kunt u op die manier ook uzelf helpen.'

Ze antwoordde niet, maar leunde achterover en sloot haar ogen. Van In wist dat ze een zakenvrouw was. Ongetwijfeld doorliep ze nu haar opties, probeerde ze in te schatten welke scenario's er mogelijk waren. En ze nam een beslissing.

'Luc belde me plots op.'

'Wanneer?'

'Wanneer denk je? Ik was op mijn werk en ik kreeg hem in paniek aan de lijn. Ik moest onmiddellijk langskomen.'

'Hij zei niet waarvoor?'

'Nee.'

'En toch bent u onmiddellijk langsgegaan?'

Laura zuchtte zacht. Ze glimlachte zelfs droevig. 'Dat is Luc. Het is moeilijk om hem iets te weigeren. Hij heeft een manier van praten die...'

Ze zweeg. Van In liet haar haar gedachten op een rijtje zetten. Hij begreep wat ze wilde zeggen en tegelijk ook niet. Luc verstond de kunst om mensen afhankelijk van hem te maken: vrouwen konden hem niet meer missen, hunkerden naar zijn liefde. En dat deed hij niet door altijd galant en gedienstig te zijn, integendeel. Hij speelde een spel van aantrekken en afstoten. Hij liet vrouwen voelen dat ze niet onvoorwaardelijk recht hadden op zijn aandacht, dat ze daar moeite voor moesten doen. En vooral: dat het hun schuld was als de relatie wat van haar glans verloor, dat ze dan harder hun best moesten doen.

Als buitenstaander was het moeilijk om het mechanisme te begrijpen. Enerzijds was Lucs strategie zo doorzichtig dat je die vrouwen wakker wilde schudden, laten inzien dat hij hun liefde niet waard was. Maar anderzijds was het zo subtiel dat het werkte. Als iemand eenmaal in de val was getrapt, ontstond er een tunnelvisie, waarbij de waarheid van Luc de enige waarheid was. Elke vrouw was ervan overtuigd dat Luc bij hen anders zou zijn. Zij waren de uitzondering. De menselijke geest is een vreemd gegeven.

'Wat gebeurde er toen u aankwam?' vroeg Versavel, toen Laura bleef zwijgen.

'Christine was dood.'

Het grote woord was eruit. Het was geen nieuws op zich, maar het was de eerste keer dat iemand het bevestigde. Christine was thuis vermoord. Het was een opluchting voor Van In, na een onderzoek dat lang in een doodlopend straatje had gezeten.

'Vermoord.'

Laura schudde haar hoofd. 'Luc zei dat het een ongeluk was geweest.'

Van In snoof. 'Een ongeluk?'

'Hij zei dat niemand dat zou geloven.'

'Hij had gelijk.'

'En daarom moesten we het lichaam wegvoeren.'

Van In schudde zijn hoofd bij zoveel fantasie. Het was dezelfde tactiek als bij Lucs amoureuze spelletjes: hij plantte een idee in iemands hoofd en overtuigde haar ervan dat dat de enige waarheid was.

'En u geloofde hem?'

Laura haalde haar schouders op.

'In zo'n situatie is het moeilijk om helder te denken. Op dat ogenblik leek me dat een goed idee. Dan zouden we achteraf wel zien wat er gebeurde.'

'U had ook gewoon kunnen weggaan. Tenslotte had het niets met u te maken.'

Laura beet op haar lip. Met de wijsvinger van haar rechterhand pulkte ze aan de duim van haar linkerhand. Van In besefte dat ze zichzelf die vraag al duizend keer had gesteld.

'Dat wilde ik eerst doen. Maar Luc zei dat het te laat was. Er had vast al iemand mij gezien. En wat zouden ze niet denken als ze Luc en mij aantroffen naast het lijk van Christine. Dan zou niemand ooit nog geloven dat het een ongeluk was.'

Het was duidelijk dat Luc de rechtste dingen krom kon redeneren.

'Als u het lichaam in de Ardennen dumpt, denkt natuurlijk iedereen wel dat het een ongeluk is.'

Laura kromp in elkaar. Ze had die bedenking ongetwijfeld al gemaakt. Maar het was een aspect van haar karakter om impulsief te handelen. Dat hadden ze gezien bij de overdaad aan boeken, drugs en drank in haar huis. Af en toe werkten bepaalde verbindingen in haar hersens niet. Zoals toen ze had ingestemd met het absurde plan van Luc.

'Het was niet de bedoeling dat het lichaam gevonden werd.'

'Waarom moest u het doen? U had er toch niets mee te maken?'

'Luc heeft zelf geen auto.'

Zoals zo vaak bij moordzaken was er helemaal geen masterplan, dacht Van In. Geen zorgvuldig voorbereide moord, waarbij alles van naaldje tot draadje werd voorbereid en alle sporen achteraf netjes werden gewist. Het was een aaneenschakeling van toevalligheden en stommiteiten. Maar voor de politie was het vaak moeilijker om de puzzelstukken samen te leggen, aangezien er geen enkel patroon te ontdekken viel.

'U moest chauffeur spelen', knikte Van In. 'Wanneer zijn jullie dan vertrokken?'

'Ik ben alleen gegaan. Midden in de nacht.'

Het was de enige manier om ongemerkt iets te doen in de Raamstraat. Wachten tot echt iedereen sliep. De rest van het verhaal was wel bekend: het lichaam van Christine was in de rivier gelegd en enkele dagen later weer bovengekomen en ontdekt door een jager. Er was echter nog één ding wat Van In nog altijd niet begreep.

'Wat ging er door uw hoofd toen ik langskwam?'

Laura moest bijna lachen. 'Dat was surreëel. We waren nog aan het discussiëren over hoe we het lichaam moesten vervoeren, toen er werd aangebeld. Luc zat vol bloed op dat moment, dus die kon niet opendoen. En toen ik jullie voor de deur zag staan, kreeg ik een geniaal idee. Of wat ik dacht dat een geniaal idee was.'

'Doen alsof u Christine was.'

'Het zou ons tijd geven voor de rest van het plan. Want niemand gaat op zoek naar iemand die niet vermist is.'

Van In moest toegeven dat het een slim idee was geweest. Op dat moment toch. Laura had eraan moeten denken dat ze geen onbekende was in de buurt en dat er een kans was dat haar toneelopvoering ooit zou uitkomen. Maar aangezien ze zich nog nooit in zo'n situatie had bevonden, was dat niet in haar hoofd opgekomen. Luc was wel zo slim geweest om in zijn tijdsbesteding aan te geven dat hij op dat moment naar een doe-het-zelfzaak was. Anders was hij al door de mand gevallen zodra het lichaam van Christine was ontdekt.

'Ik ben er helemaal ingetuind', mompelde Van In. Het klonk bijna als een compliment.

Versavel opende het mapje dat Meyrem hem had gegeven. Toen het even stil bleef, vroeg Versavel: 'Hebt u daarom Karin doen verdwijnen? Omdat zij u had gezien?'

Laura schrok op. Plots was het onderwerp veranderd. Ze was bereid om te praten over de gebeurtenissen bij de dood van Christine, maar meer niet.

'Daar weet ik niets van.'

'Had zij u gezien die dag? En was u bang dat ze er iets van zou zeggen?'

Laura schudde enkel haar hoofd. Samen met het onderwerp was ook de sfeer veranderd. Van In boog zich naar voren.

'Leeft ze nog?'

Laura keek hem niet aan.

'Aan de dood van Christine kunt u niets doen', zei Van In. 'Ik denk dat ik uw verhaal wel kan geloven. Maar als Karin door uw toedoen sterft, dan draait u wel voor lang de bak in.'

Het bleef stil. Versavel bladerde door de notities van Meyrem en bleef hangen bij een stuk dat Meyrem met een markeerstift had omcirkeld. Hij keek Laura aan.

'Waarvoor hebt u een opslagplaats nodig?'

'Ik zou graag mijn advocaat spreken.'

Versavel kwam overeind en wenkte Van In. Ze moesten zo snel mogelijk vertrekken.

'Dat zal niet nodig zijn. Wij weten genoeg.'

Meyrem keek naar de vrouw die haar hand naar haar opstak. Ze stond aan een van de vele garagedeuren in het gebouw. Het waren allemaal dezelfde grijze ijzeren roldeuren, slechts van elkaar onderscheiden door de nummering die op de witte bakstenen muur ernaast hing. Meyrem twijfelde, kon ze zich nog omkeren en wegrennen? Geen optie. Voor ze over het hek geklommen was, had de vrouw allang haar been vast. Dus bleef ze staan, trillend op haar benen. Ze greep naar haar politiebadge, zodat ze die meteen kon laten zien.

'Zou u me even kunnen helpen?'

Meyrem was verrast door die vraag. Ze hield haar badge nog even op zak. Ze liep voorzichtig naar de vrouw.

'Ik moet uitrijden. Zou u de garagedeur even achter mij kunnen sluiten? Anders moet ik over en weer.'

Meyrem zag nu dat er binnen een auto voor de deur stond. Dit was een bezoekster, geen bewaker. Een luie bezoekster, want even uit de auto stappen was minder moeite dan hulp vragen.

'Natuurlijk', zei ze opgelucht. 'Ik moet toch binnen zijn. Ik sluit wel af voor u.'

De vrouw knikte dankbaar en liep naar haar auto. Ze vroeg zich niet af waarom Meyrem te voet via een garagedeur naar binnen ging. Ze was gewoon blij met de hulp. Meyrem wachtte geduldig en stak haar hand op toen de vrouw wegreed. Ze sloot de deur aan de binnenkant.

Gelukt, ze was binnen. De lichten sprongen aan.

Ze stond in een lange hoge gang met aan weerszijden opslagplaatsen. Aan de plafonds gaven tl-lampen veel te veel licht, waardoor Meyrem met haar ogen knipperde. Hoe moest ze hieraan beginnen? Gewoon op alle roldeuren kloppen en vragen of er iemand binnen was? Het leek een absurde tactiek, maar het was helaas ook de enige die ze kon bedenken. Ze wist niet welke opslagruimte van Laura was en ze durfde het ook niet meer te gaan vragen.

'Hallo?'

Ze klopte op de eerste deur. Er kwam geen antwoord. Wat had ze ook verwacht? Ze legde haar oor tegen het ijzer. Er kwam nauwelijks geluid door. Zelfs als er iemand binnen zat, zou ze dat moeilijk kunnen horen.

'Hallo?'

De volgende deur. En de volgende. Meyrem probeerde haar ongeduld te bedwingen terwijl ze opslagplaats na opslagplaats afging. Aan het einde van de gang zag ze een deur die naar een nieuwe gang leidde. Naast deze gang waren er nog een tiental gangen, met telkens twintig garagedeuren. Ze zou gestaag verder moeten werken.

Bij de laatste deur bleef ze staan. Had ze nu iets gehoord? Ze klopte nog een keer.

'Hallo?'

Haar stem galmde door de lege gangen. Maar verder bleef het stil. Ze opende de deur naar de nieuwe gang, duwde ertegen en gluurde door de opening. Ook die gang was helemaal leeg. Ze huiverde, het was kil in de grote holle ruimte. Ze begon aan een nieuwe tocht langs de garagedeuren, alsof ze een volwassen versie van belletje trek deed.

'Hallo?'

Ze bleef staan. Deze keer was het niet haar stem geweest die de begroeting had geroepen. Het was iemand anders. Haar bloed begon sneller te stromen. Had ze Karin gevonden? Ze luisterde ingespannen, maar nu bleef het stil.

'Ik ben hier!' riep ze.

Aan het andere einde van de gang was er beweging. Meyrem keek hoopvol op. Was Karin ontsnapt?

Maar dan zag ze een bewaker verschijnen, een gespierd exemplaar met een oranje overall. En op hetzelfde moment ving haar blik de camera die boven zijn hoofd aan de muur bevestigd was. Verdorie, in al haar euforie van haar gelukte inval, was ze vergeten de omgeving te scannen. Was ze vergeten dat de jongen van de balie naast het opwindende scherm ook saaie bewakingsbeelden had gehad.

Meyrem twijfelde. Zou ze nog een keer haar badge tonen en uitleggen wat ze kwam doen? Maar ze had iets gedaan wat niet mocht en ze wist hoe belangrijk hoofdcommissaris De Kee het volgen van de regels vond. Ze zette zich schrap. Wat er nu op de beelden aan de ingang zou verschijnen, zou in elk geval spannend worden.

Versavel stuurde de auto sportief door het verkeer. Het was niet druk in Brugge en het opslagbedrijf waar ze naartoe moesten was niet ver. Ze zouden er snel zijn.

'Jammer dat Meyrem niet mee kon', zei Versavel. 'Zij heeft de lead tenslotte gevonden.'

'Politiewerk is ploegsport', zei Van In. 'Het gaat niet over wie de goals maakt.'

Versavel grinnikte. 'Meyrem zal het graag uit jouw mond horen.'

'Wat? Het is toch waar?'

Versavel draaide aan zijn stuur en reed de Sint-Pieterskaai op.

'Het zou toch fijn zijn als de topspits af en toe een complimentje geeft aan zijn ploeggenoot.'

Van In keek Versavel verbaasd aan. 'Sinds wanneer gebruik jij zoveel voetbaltermen?'

'Je begon zelf over ploegsport.'

Versavel parkeerde de auto aan een grijs gebouw. Hij keek weinig hoopvol door het raampje, het zag er verlaten uit.

'Ik ben benieuwd of we hier echt iets zullen vinden.'

Ze stapten uit en begaven zich naar het hoofdgebouw. Achter de balie zat een jongen die op enkele knopjes drukte toen ze binnenkwamen en onmiddellijk zijn hoofd oprichtte. Van In hield wel van werknemers met een alerte houding.

'Commissaris Van In en hoofdinspecteur Versavel', zei hij voor de jongen iets kon vragen. 'Wij komen een opslagruimte inspecteren.'

De jongen keek verrast naar de politiebadges.

'Zijn er ergens drugs gevonden of zo?'

'Drugs? Nee. We zijn op zoek naar een vermiste persoon. Karin Vereecken.'

Terwijl hij het zei, besefte hij dat ook drugs een mogelijkheid waren. Laura was verslaafd en ze had een opslagplaats gehuurd. Misschien deed ze wel meer dan alleen gebruiken.

'Die staat hier niet in het bestand', zei de jongen.

'Dat zou sterk zijn', bromde Van In. 'Maar we hebben een vermoeden dat ze opgesloten zit in de ruimte van mevrouw Van Lierde.'

'Laura Van Lierde?' reageerde de jongen. Hij fronste zijn wenkbrauwen.

'Kent u haar?'

De jongen schudde zijn hoofd. 'Nee, maar...'

Hij wierp een blik op de schermen voor hem en leek even afgeleid.

'Kunnen we de opslagruimte inspecteren?'

'Sorry, dat kan niet. Ik mag ze niet zomaar openen.'

Van In leunde over de balie en keek de jongen aan.

'Kom nu. Mevrouw Vereecken is al bijna een week vermist. We hebben vermoedens dat ze al vijf dagen alleen is. Zonder eten en drinken. Weet u wat er dan gebeurt?'

De jongen sloeg zijn ogen neer en slikte. 'Eh.'

'Precies. Dan sterft ze. En hebt u ooit al eens de geur van een lijk geroken?'

De jongen werd bleek. Hij begon te stotteren.

'Ik denk niet… Nee, ik heb…'

'Dat kruipt overal in', ging Van In verder. 'In de spullen die er staan, in de vloer, in de muren. Jarenlang blijft zo'n lijkgeur hangen.'

'Echt?'

Van In negeerde Versavel, die met zijn ogen rolde, en bleef op de jongen inpraten.

'Natuurlijk. En denkt u dat iemand zo'n opslagruimte nog wil huren? Als de geur van de dood erin zit?'

'Nee?'

'Precies. Blij dat u met me meedenkt. Dus als u niet wilt dat u straks uw baas aan de lijn krijgt, die u vraagt waarom u iemand hebt laten wegrotten in een betonnen kamer van drie bij drie meter, dan is het misschien een goed idee om ons even te helpen. Dan hoeft hij de huur van die ruimte de volgende drie jaar niet van uw loon af te houden.'

'Maar eigenlijk mag ik niet…' begon de jongen halsstarrig opnieuw, maar hij werd onderbroken door Van In, die nu met zijn vuist op de balie klopte.

'Het is een zaak van leven of dood', bulderde hij. 'En u beslist of het leven wordt, of dood. Doe maar. Het is uw geweten.'

De jongen boog zijn hoofd, zijn lip trilde een beetje. Hij draaide zijn bureaustoel, opende een kluis die op de grond stond en haalde er een sleutel uit.

'Nummer 137', zei hij.

Van In griste de sleutel uit zijn handen voor de jongen zich kon bedenken.

'Bedankt. Hoe kunnen we binnen?'

'Ik zal het hek voor u opendoen en de deur naar de gang ontgrendelen.'

Van In en Versavel gingen het kantoor uit en liepen naar het hek. Versavel was nog altijd met zijn hoofd aan het schudden.

'Je had hem bijna een trauma aangepraat.'

'Ik heb hem gered van een trauma', zei Van In. 'Zou jij een dode op je geweten willen?'

'We weten nog niet eens of hier iemand is.'

'Precies. Dan kun je maar beter geen risico nemen.'

Het hek schoof open. Ze liepen naar het andere gebouw en hoorden een zoemend geluid: de deur werd geopend. Versavel greep de klink en trok aan de deur. Van In wilde naar binnen stappen, maar botste op een gedaante die naar buiten liep. Hij viel achterover, de persoon viel over hem heen, zwarte krullen vlogen in zijn gezicht. Hij voelde een steek in zijn ribben. Naast hem greep Versavel onmiddellijk zijn pistool.

Door de deur kwam nog iemand aangelopen. Een breedgeschouderde man in een oranje overall. Zijn gezicht was rood van het lopen, zijn blik stond op onweer.

'Ik heb je!' riep hij. 'Stop maar met lopen!'

Hij sleurde de vrouw van Van In af en nam haar bij de kraag. Zonder zich te bekommeren om de twee mannen naast hem drukte hij haar tegen de muur. Pas nu zag Van In wie het was.

'Laat haar los!' riep Versavel.

'Bemoei je er niet mee', bromde de man en hij richtte zich tot Meyrem. 'Wat kom jij hier doen?'

Versavel deed een stap naar voren, zodat de man het pistool in zijn gezichtsveld kreeg. De klik van het laden deed hem schrikken.

'Ik vraag het nog één keer vriendelijk. Laat haar los.'

Met tegenzin loste de man zijn greep. Meyrem gleed onderuit.

'Vrienden van jou?' vroeg hij aan Meyrem. 'Wat willen jullie?'

Van In kwam overeind en liet zijn politiebadge zien. De man schrok.

'Wij zouden het heel erg appreciëren als u onze collega loslaat. En daarna mag u ons naar nummer 137 brengen.'

Het duurde even voor de man helemaal bedaard was. Van In wilde aan Meyrem vragen waarom ze tikkertje geweld speelde in deze gebouwen, maar besefte dat dat voor later was. Ze waren hier nu, dus moesten ze snel weten of het de moeite was dat ze de boel op stelten zetten. Vooral voor iemand het in zijn hoofd kreeg om te vragen of ze wel een huiszoekingsbevel hadden.

Met een nors gezicht leidde de bewaker hen door de gangen. Politie of niet, hij hield er duidelijk niet van om gecommandeerd te worden. Maar hij deed wat Van In had gevraagd en bracht hen naar nummer 137, een roldeur als alle andere. Van In wierp hem de sleutel toe.

'Kunt u even openmaken?'

De man antwoordde niet, maar stak de sleutel wel in het slot en draaide hem om. Toen hij aan het ijzeren hek trok, merkte Van In dat hij sneller begon te ademen. Naast hem deed Versavel hetzelfde. Wat zouden ze hier aantreffen?

'Hoe laat vertrekt onze boot?' vroeg Peggy.

Ze zat naast Malik in de auto en staarde naar de talloze andere wagens die in de rij stonden om in te checken voor de ferry.

'Pas over een uur', zei Malik. 'We hebben tijd.'

Hij boog zich naar haar toe en kuste haar. Haar huid was

zacht en fris. Ze was nog zo puur, zo onbezonnen, zo lief. Nora zou hem nu terechtwijzen, dat ze vroeger hadden moeten vertrekken, dat het zijn schuld was dat ze in de file stonden. Peggy niet, die keek naar hem op. Die vond het geweldig dat hij wist hoe je van Oostende naar Engeland kon reizen. Hoe een douane werkte, wat een jetfoil was. Het was leuk om nog eens bewonderd te worden.

'Ik snap nog altijd niet dat mijn papa het goedkeurde dat ik met je meeging.'

Malik bleef nu voor zich uit kijken. Hij klemde zijn handen wat harder om het stuur.

'Je hebt een toffe papa. Hij begrijpt jou.'

'Heeft hij nog iets anders gezegd?'

Malik aarzelde. 'Eh. Nee.'

Zodra ze in Dover waren aangekomen, zouden ze Danny bellen, nam hij zich voor. Dan kon hij alles uitleggen. Hij was er zeker van dat hij het wel zou begrijpen. Maar eerst moesten ze aan de overkant van Het Kanaal zijn. Zodat iedereen besefte dat Malik en Peggy het meenden, dat ze echt van elkaar hielden en een nieuw leven wilden opbouwen. In België zou dat nooit lukken. Zeker niet met Luc in de buurt.

Hij legde zijn hand op haar been en kneep erin. De rij met auto's ging een beetje sneller nu, er was een nieuwe medewerker aan de paspoortcontrole.

'Je hebt je paspoort toch bij je?' vroeg Malik.

Peggy schrok. 'Moest dat?'

Malik klemde zijn tanden op elkaar. Hij had het drie keer gevraagd voor ze vertrokken en telkens had Peggy bevestigd dat ze het paspoort bij zich had dat Christine ooit voor een vorige reis voor haar had aangevraagd. Als ze nu terug moesten, viel heel hun plan in duigen. Ze zouden meteen betrapt worden.

'Dat meen je niet!'

'Grapje!'

Peggy kneep in zijn wang en stak haar papieren op.

'Natuurlijk heb ik het bij me. Ik ben geen veertien jaar meer, hoor.'

Malik liet een diepe zucht ontsnappen. Hij kneep iets te hard in haar been. Ze slaakte een klein gilletje.

'Doe dat niet nog een keer', siste hij.

'Rustig maar, natuurlijk niet.'

Ze schoven verder aan en vervielen allebei in stilzwijgen. Toen ze eindelijk aan de beurt waren, draaide Malik zijn raampje naar beneden en begroette de douanier. Hij overhandigde hun paspoorten. De man knikte zonder te glimlachen en bestudeerde hun documenten.

Maar hij gaf ze niet meteen terug. Hij bleef naar de papieren kijken en nam dan een telefoon die naast hem stond. Maliks hart begon sneller te slaan. Waarom kreeg hij niet gewoon alles terug? Hij zag hoe de man sprak in de telefoon, maar hij hoorde niet wat hij zei. Het leek een eeuwigheid te duren voor hij de hoorn neerlegde en opnieuw naar de auto keek. Malik probeerde zo ontspannen mogelijk te kijken.

'Is alles in orde?'

De man schudde zijn hoofd.

'Ik vrees van niet, meneer.'

21

De roldeur ging langzaam naar boven. Van In bukte zich om sneller in de opslagruimte te kunnen kijken, maar het was donker binnen, hij zag nauwelijks iets. Dozen, dat was het eerste wat hem opviel, stapels dozen, van de vloer tot het plafond. En op de grond, aan de zijkant, lag iets groots, hoekigs. De bewaker wachtte niet tot de roldeur helemaal naar boven was om het licht aan te knippen.

En toen zag Van In dat het grote hoekige gevaarte een klapstoel was. Die lag op zijn zij met de rug naar hen toe. Er was iemand aan vastgebonden. Van In schoot naar voren en boog zich over de stoel heen.

Karin.

Ze lag bewusteloos met haar hoofd op de koude betonnen vloer, haar mond open, haar tong hing eruit. Van In drukte zijn vingers tegen haar keel. Hij voelde een flauwe hartslag, oef.

'Bel een ambulance', beval hij de bewaker.

Diens stoere blik had plaatsgemaakt voor ontzetting. Trillend knikte hij en haastte zich weg om de boodschap aan zijn collega door te spelen.

'Laten we haar rechtop zetten', zei Van In. 'Maar voorzichtig.'

Meyrem en Versavel schoten ter hulp. Van In klemde zijn handen om de leuning van de stoel, zijn collega's namen de poten vast. Langzaam duwden ze de stoel weer rechtop. Karins hoofd viel voorover. Van In nam haar pols vast. De hartslag was nog steeds in orde. Maar Karin zag bleek, haar gezicht was ingevallen en hing vol bloed, ze had dringend hulp nodig. Had ze nog eten en drinken gekregen? Van In zag de flesjes water staan en een half opgegeten blik ravioli. Hoe had Karin kunnen eten, haar handen en voeten vastgebonden aan de stoel?

'Wat zit er in de dozen?' vroeg hij.

Meyrem nam een doos van een van de stapels en rukte de plakband eraf. Ze opende de doos en toonde de inhoud aan Van In en Versavel. Boeken. Versavel nam een tweede doos en deed dezelfde ontdekking. Veellezer Laura verslond het ene boek na het andere en kon er geen afstand van doen. Ze huurde een ruimte om al haar waardevolle boeken te bewaren, ook al deed ze die dozen waarschijnlijk nooit meer open.

Het was voor Van In moeilijk om te bevatten. Waarom al die boeken bewaren? Waarom ze niet verkopen of aan een goed doel schenken? Welke bestaansreden had een boek als het niet gelezen kon worden? Het was als een oldtimer die ergens in een garage stof stond te vergaren. Was kijken naar een oud object voldoende om het bezit te legitimeren? En hoeveel boeken belandden er vanuit de winkel direct in een boekenkast, zonder dat er ooit een bladzijde in gelezen was? Het zou misschien nog een nieuw verdienmodel zijn voor boekhandelaren: dat ze eerst aan de koper vroegen of het boek om te lezen was of om in de kast te zetten. En als het toch maar om in de kast te zetten was, ging er de helft van de prijs af en kreeg de koper in plaats van het boek een van de extra gedrukte boekwikkels van de kaft mee, die hij dan rond een ander boek kon doen om mee te pronken in zijn boekenkast.

'Sorry, Van In', mompelde Meyrem zacht.

Van In keek op. 'Waarom?'

'Ik had jullie op de hoogte moeten brengen van wat ik ging doen. Dan had ik er niet zo'n boeltje van gemaakt.'

Van In keek naar Karin, naar hoe haar borstkas zachtjes op en neer ging. Hij was blij dat hij niet met een tweede lijk zat opgezadeld.

'Is Karin gevonden?' vroeg hij aan Meyrem.

Ze knikte, een beetje verbaasd.

'Leeft ze nog?'

Ze knikte opnieuw. Van In legde zijn hand op haar schouder.

'Dan zie ik het probleem niet. Goed gedaan.'

Van In en Versavel liepen in het politiekantoor naar de verhoorkamer waarin ze Luc hadden laten plaatsnemen. Meyrem zou achter het glas volgen. Luc zag er elk verhoor slechter uit. Zijn nagels waren verder afgebeten, zijn lippen meer afgekloven en zijn gezicht somberder. En het zou er niet beter op worden. Versavel schoof Van In een papiertje toe. Die las het en knikte tevreden.

'Mevrouw Van Lierde heeft bekend', viel hij met de deur in huis.

Lucs hoofd schokte kort, alsof er een stroomstoot door zijn lichaam werd gejaagd. Daarna keek hij onmiddellijk weer weg van zijn ondervragers.

'Ze is bij u aangekomen als Christine al dood was. En ze heeft u geholpen om het lichaam te doen verdwijnen.'

Luc wreef met zijn handen over de tafel, maar hij zei niets. Van In ging verder.

'En ik geloof haar. Ik ben daarna ook bij u op bezoek geweest. Ik dacht dat mevrouw Van Lierde Christine was. Ondertussen was u waarschijnlijk volop bezig om het lichaam van Christine te verbergen.'

Het bleef voor Van In een vervelende vaststelling dat hij

toen al de zaak had kunnen oplossen. Dan was alles zoveel eenvoudiger geweest. Dan had Karin nooit hoeven te verdwijnen.

'Had u met Christine weer ruzie gemaakt over het geld?'

Van In liet een stilte vallen. Hij moest Luc uit zijn tent lokken, anders kon hij tevergeefs op een bekentenis wachten. Hij bestudeerde de verhoorkamer waar hij al zoveel uren had doorgebracht. Op de achterwand ontdekte hij afdrukken van vieze handen. Het leek wel of er iemand op de muur had zitten bonken.

'Peggy schreef dat u er veel ruzie over maakte. En u wilde vast niet dat Christine dat aan de grote klok hing. De herboren Luc, de lieve, trouwe man, die aan drank verslaafd was en geld stal van de organisatie van zijn eigen vrouw.'

'Ik heb geen geld gestolen', snauwde Luc.

Van In was blij dat er eindelijk reactie kwam.

'Dat is mogelijk, maar dat is wel wat Christine geloofde.'

Van In zag aan de blik van Luc dat hij het bij het rechte eind had. Ondanks alle heiligverklaringen was Christine op een andere manier naar haar vriend beginnen te kijken. Het besef ontstond dat Luc misschien toch niet veranderd was, dat hij herviel in zijn zonden van vroeger. Dat Laura nog steeds in zijn leven was.

'En toen kwam ze thuis, met een slecht humeur omdat haar dochter geschorst was.'

'Wat?'

Luc keek hem vragend aan. Het zag er gemeend uit.

'Wist u niet dat Peggy geschorst was?'

'Daar heeft ze niets van gezegd.'

'Wat heeft Peggy u die dag dan verteld?'

Luc schudde zijn hoofd, legde zijn vingers tegen zijn slapen. Denken kostte hem moeite.

'Ze is thuisgekomen na school en toen... Toen was Christine verdwenen. We hadden dus wel iets anders aan ons hoofd.'

'Ik dacht dat Christine pas 's avonds was verdwenen?' merkte Versavel op. 'Komaan, meneer Desaeyere, u hoeft de schijn niet meer op te houden. Mevrouw Van Lierde heeft alles al verteld.'

Van In stond op en zette zijn stoel aan de kop van de tafel. Hij draaide de stoel achterstevoren en ging erop zitten, zijn armen op de leuning. Hij wierp een blik op het briefje dat Versavel hem had gegeven, het bericht van de technische recherche.

'We hebben bloed gevonden in de kamer van Peggy.'

Luc keek gealarmeerd op, waardoor Van In niet meer twijfelde, het was duidelijk van wie dat bloed was. Hij moest nu blijven doorgaan.

'Dus. Christine komt thuis, met een slecht humeur. Door haar hoofd spoken allerlei vervelende gedachten. Ze heeft ontdekt dat haar vriend een narcist is, die alle aandacht naar zich toe zuigt, die er altijd in slaagt om in het middelpunt van de belangstelling te staan. Die geruchten rondstrooit dat Christine zich al een tijd niet goed voelt, dat ze misschien wat depressief is, maar dat hij, Luc, de rots in de branding is waar iedereen op kan rekenen.'

'Onzin', bromde Luc.

'Ze weet dat haar vriend geen afscheid kan nemen van zijn oude gewoontes. Dat hij zijn ex-vriendin Laura nog regelmatig ziet, dat hij aan de drank zit en misschien zelfs aan de drugs.'

'Leugens', probeerde Luc opnieuw, maar nu klonk het al veel minder zelfverzekerd.

'En dan beseft ze dat die gewoontes ook geld kosten. Dat haar eigen vriend dat geld uit haar eigen kassa heeft gestolen.'

Luc kwam razend overeind. 'Ik heb u al gezegd dat dat niet waar is. Karin heeft dat geld gepikt.'

Van In keek tevreden naar Luc, hij vond het prima dat hij zich zo kwaad maakte. Zo zou hij sneller zijn schild laten zakken.

'Dat is wel wat Christine op dat moment dacht. En die cocktail ontploft in haar hoofd. En als ze u dan op dat moment aantreft in huis...'

Luc schreeuwde het uit. Hij nam zijn stoel en gooide hem tegen de muur. Van In week achteruit. Had hij hem te ver gedreven? Er was nog een element dat hij achter de hand hield.

'En op het moment dat u zo kwaad bent, komt u te weten dat uw eigen dochter iets met de buurman heeft. Een volwassen vent, die zo vriendelijk was u te komen helpen bij het verjaardagsfeestje. Misschien vertelt u het wel tegen Christine. Dat haar dochter aangepapt heeft met de buurman. De ruzie escaleert. U kunt zich niet meer beheersen en reageert zich af op Christine.'

'Stop!' riep Luc.

Zijn handen lagen op zijn hoofd, dat heen en weer schudde. Hij mompelde onophoudelijk.

'Stop. Stop. Stop.'

Hij boog zich voorover naar Van In en keek diep in zijn ogen. Van In probeerde even stoer te blijven kijken, al was hij er niet helemaal gerust op. Hij voelde zijn spieren opspannen, klaar om in actie te komen. In zijn ooghoek zag hij ook Versavel zich schrap zetten.

Maar het bleek niet nodig.

'Oké. Ik heb Christine vermoord.'

Malik staarde zenuwachtig naar de douanier. Die knikte naar Peggy.

'De jongedame hier is minderjarig. Is zij familie van u?'

Malik trommelde met zijn handen op het stuur. Wat had dit te betekenen? Ze had haar paspoort toch bij zich? Waar bemoeide die man zich mee?

'Nee, ze is geen familie.'

'Hebt u dan een bewijs bij u dat u met haar mag reizen?'

Malik keek om zich heen. Sinds wanneer had je dat nodig? Wat dacht die man misschien: dat hij Peggy ontvoerde?

'Wat zegt hij?' vroeg Peggy, die het gesprek niet goed had gevolgd.

'Dat hij een bewijs wil zien dat je bij mij hoort.'

Peggy sloeg haar arm om Malik heen en drukte een kus op zijn wang.

'O, maar het is in orde, hoor', zei ze lachend. 'We zijn verliefd.'

Het gezicht van de douanier vertoonde zo mogelijk nog meer argwaan. Malik duwde Peggy opzij.

'Wat doe je nu? Straks mogen we helemaal niet meer vertrekken!'

Peggy gilde, verrast door de duw.

'Een momentje', zei de douanier rustig. Hij greep opnieuw naar zijn telefoon.

'Er klopt iets niet', zei Malik. 'We moeten hier weg.'

'Waarnaartoe?'

'Weet ik veel. Weg.'

Hij keek achter zich, waar de rij met auto's verder was aangegroeid en zijn achterligger heel dicht tegen zijn bumper stond in de hoop enkele seconden sneller zijn paspoort aan de douanier te kunnen geven. Malik kon op geen enkele manier achteruitrijden.

De douanier legde de hoorn weer neer en keek hen opnieuw aan.

'Zouden jullie even kunnen uitstappen? We hebben nog enkele routinevragen.'

Malik voelde de zweetdruppels in zijn nek kriebelen. Zouden ze een hele rij auto's laten wachten voor enkele routinevragen?

'Doe het nu maar gewoon', zei Peggy onbevangen, terwijl ze haar gordel losmaakte. 'Hoe meer we helpen, hoe sneller we kunnen vertrekken.'

Malik probeerde zich te beheersen. Hij mocht nu niet beginnen te snauwen. De onbevangenheid van Peggy waar hij zo van hield, was op dit moment een naïviteit die hem op de zenuwen werkte.

'Zal ik de auto even parkeren voorbij de slagboom?' vroeg hij vriendelijk aan de douanier.

Die schudde zijn hoofd.

'Stapt u nu maar gewoon uit, meneer.'

Malik zag in de verte enkele mannen in uniform uit een auto stappen. De douanier had versterking gevraagd. Of was het toeval?

'Doe je gordel om', siste hij tegen Peggy.

'Maar ik wilde net uitstappen!'

'Gordel om, nu.'

Zuchtend nam Peggy haar gordel en klikte die weer vast. Malik keek naar de douanier, hij bespeurde onrust op zijn besnorde gezicht. Zo ongemerkt mogelijk zette hij de versnellingspook in de eerste versnelling en begon hij zijn koppeling los te laten.

En dan drukte hij uit alle macht op het gaspedaal.

'Proficiat, Van In', zei De Kee. 'Een vermiste persoon teruggevonden en een moordzaak opgelost. Geen slechte dag.'

Het viel Van In op dat De Kee zijn kostuumjasje met onderscheidingen had aangetrokken. Hij was vast op weg naar de burgemeester om verslag uit te brengen en meteen wat pluimen op zijn hoed te steken. Van In maalde er niet om. De Kee deed maar. Zelf wilde hij echter niet alle eer alleen opstrijken.

'Zonder Versavel en Kaya was het nooit gelukt', zei hij.

De Kee knikte en richtte zich tot de andere agenten.

'Juist, we moeten het natuurlijk nog hebben over de actie van Kaya', zei hij.

Meyrem keek aan haar bureau geschrokken op. Haar soloslim zou dan toch nog gevolgen hebben. Ze had moeten weten dat er in een kantoor dat gerund wordt door iemand als De Kee geen plaats was voor afwijkend gedrag. Het werd niet gewaardeerd dat iemand de regels aan haar laars lapte.

'Van In heeft me erover verteld', ging De Kee verder.

Meyrem durfde hem niet aan te kijken.

'Puik werk.'

Meyrem keek nog steeds niet op. Van In zag haar wel haar wenkbrauwen fronsen.

'Het was jouw ontdekking die de grote doorbraak betekende. Goed gedaan. Ik zal het zo meteen aan schepen Van Pamel melden.'

Meyrem bloosde en deed alsof ze weer verder ging met haar werk. De Kee knikte naar iedereen en verliet het kantoor, nadenkend allicht hoe hij zijn eigen heldenrol in de verf kon zetten.

'Dank je', stamelde Meyrem zacht tegen Van In.

Van In reageerde niet. Hij staarde naar de flipchart die nog steeds op hun bureau stond. De namen van alle verdachten stonden erop en achteraf gezien leek de oplossing van de zaak erg logisch. Het was gewoon wachten geweest op een bekentenis.

En toch klopte er iets niet.

'Van In?' probeerde Meyrem nog een keer.

'Wat?'

'Bedankt.'

'Waarvoor?'

Meyrem keek hem verbaasd aan. 'Om niet te zeggen tegen De Kee dat ik op eigen houtje op onderzoek was gegaan.'

Van In haalde zijn schouders op. 'O, dat. Je hebt iets ontdekt en je hebt initiatief genomen. Dat heb ik veel liever dan dat je overal toestemming voor zou vragen. Eén De Kee is wel voldoende.'

Van In stond op en liep naar de flipchart. Hij nam een stift en zette in het rood de namen van Peggy en Malik erbij.

'Er zit me nog iets dwars', mompelde hij.

'Waar heb je het over?' vroeg Versavel.

'De bekentenis van Luc. Waarom kwam die plotseling zo snel?'

'Laat het los, Van In. Luc wist dat we hem klem hadden gezet.'

'Is dat zo? Beschuldigingen op basis van getuigenissen. We hebben weinig tot geen concreet bewijs. Behalve het bloed misschien, als dat inderdaad van Christine blijkt te zijn. Luc houdt zich altijd zo sterk, en opeens kraakt hij. Waarom?'

Meyrem en Versavel keken elkaar aan. Wilde Van In nu echt opnieuw beginnen?

'Het klopt toch?' weerlegde Versavel zijn betoog. 'De zelfingenomen man vermoordt zijn vrouw omdat ze er een punt achter wil zetten. Omdat ze hem weer de straat op wil sturen, terug naar de ellende waar hij vandaan kwam. Hij kon het niet verkroppen dat ze hem dat zou aandoen.'

Van In dacht na. Was dat voldoende om een moord te plegen? Hij ging toch ook niet achter Nadia aan omdat ze het had uitgemaakt? Al had hij wel zin gehad om die langharige blonde man een fikse mep in zijn gezicht te geven en zijn onderbroek tot diep in zijn achterste te trekken.

'Waar is het dossier?'

Versavel nam een map van zijn bureau en overhandigde ze aan Van In. Die opende ze en vond al snel wat hij zocht. De foto die Nora had genomen van Laura. Hij draaide de foto om en zag dat Nora ook hier een tijdstip op had genoteerd. Daarna zocht hij naar het tijdsschema dat Luc voor hen had moeten maken. Precies wat hij dacht.

'Luc heeft Christine niet vermoord.'

22

De auto van Malik ramde de slagboom, die kraakte en wegvloog. Peggy hield zich vast aan de handgreep boven de deur. Ze was blij dat ze haar gordel omhad of ze was los door de voorruit gegaan.

'Malik, stop! Wat doe je?' gilde ze.

Maar Malik luisterde niet. Hij draaide aan zijn stuur en liet de auto slippen. Ze tolden in het rond, maar kwamen dan toch met de voorkant van de auto in de richting van de uitgang terecht. De douaniers en de andere reizigers keken verbijsterd toe. Even was niemand in staat om te reageren. Dat was voor Malik het sein om opnieuw gas te geven en weg te racen.

'Verdomme, verdomme, verdomme', mompelde hij voortdurend.

Peggy keek naar de frons op zijn gezicht, de kwaadheid in zijn ogen. Zo kende ze Malik helemaal niet. Hij was altijd die lieve man geweest, die aandacht voor haar had. Die luisterde naar haar bezorgdheden, die begreep hoe hard het leven van een opgroeiende tiener kon zijn. En bovendien was hij een mooie man, waar zij al lang verliefd op was geweest. Jongens van haar leeftijd waren snotneuzen, daar had ze niets aan. Met Malik kon ze tenminste echt praten, en dat lukte thuis niet meer.

Haar moeder had tijd voor iedereen, behalve voor haar dochter en Luc had alleen oog voor zichzelf. Haar vader durfde niets te vragen, omdat hij bang was dat hij een puberend meisje niet begreep. En bij haar vriendinnen kon ze ook niet echt terecht. Ze was veel te vaak op zichzelf aangewezen, tot Malik in haar leven kwam.

Op haar feestje had ze al haar moed bij elkaar geraapt. Toegegeven, de hoeveelheid drank in haar lichaam had ook een beetje geholpen. Ze was naar hem toegestapt en had hem verteld hoe eenzaam ze zich soms voelde. Meteen had ze spijt gehad van haar woorden, hij dacht vast dat ze een doorsnee pubermeisje was, dat in de knoop zat met zichzelf. Maar tot haar verbazing had hij geluisterd en geantwoord dat hij haar gevoelens herkende. Dat hij zichzelf ook vaak eenzaam voelde, omdat Nora iemand helemaal anders bleek te zijn dan ze voorgewend had. Ze had hem mee naar haar kamer genomen en daar hadden ze gekust. Teder, zacht, warm. Malik had haar in zijn armen gehouden, haar laten voelen dat ze veilig was bij hem en meer niet. Daardoor wist ze dat hij anders was, dat hij haar graag mocht om wie ze was.

Rondom hen hoorde ze het gebrom van de andere auto's. Hun vlucht werd begeleid door een concert van getoeter, waar nu ook een sirene bij kwam. Ze reden weg uit de haven, op zoek naar een veilige plek. Maar was er nog ergens een plek voor hen? Naar huis konden ze niet meer, Luc en haar vader zouden woest zijn.

Net zoals haar moeder, toen ze die middag was thuisgekomen en had gehoord dat zij geschorst was. Haar altijd lieve en vriendelijke moeder was woedend geworden en had een hele preek gegeven over haar drankgebruik. En dan was ze ook nog eens geschorst op school, gilde ze, ze moest zich schamen. Ze had haar moeder nog nooit zo razend gezien. Haar moeder had onderaan de trap gestaan en had naar haar geroepen. Dat ze naar beneden moest komen en dat ze maar beter een goede verklaring had.

Zelf had ze het in haar binnenste voelen koken. Waarom kreeg zij altijd de schuld van alles? Waarom begreep haar moeder niet dat ze ook verantwoordelijk was? Dat ze haar had losgelaten, dat ze iemand in huis had gehaald die alles deed wat ze zelf verafschuwde. Ze had geweigerd om naar beneden te komen. Maar toen hoorde ze de voetstappen van haar moeder op de trap.

Van In trommelde ongeduldig met zijn vingers op de balie, terwijl hij wachtte op het afdelingshoofd van de RVA van Brugge. Hij was naar het kantoor gerend, om elke vorm van mogelijke file te vermijden. Hij wist dat de informatie die hij hier zou krijgen een doorbraak kon betekenen in het onderzoek. De Kee zou het niet graag horen, want voor hem was het onderzoek al afgesloten.

'Commissaris?'

Een kleine besnorde man verscheen achter de balie. Hij trok zenuwachtig aan zijn bretellen, zijn kale schedel blonk onder de spots. Van In knikte hem toe.

'U weet dat we deze informatie normaal niet zomaar mogen verstrekken?'

'Daar ben ik me van bewust', antwoordde Van In. 'Maar uw hulp wordt zeer gewaardeerd. Ik ben blij dat er mensen zijn die beseffen dat bij een moordonderzoek snelheid soms belangrijker is dan het exact opvolgen van de regels.'

Hij had het gevoel dat de man wel te paaien was met een compliment. Het afdelingshoofd keek eerst nog wat zenuwachtig in het rond, voor hij een document op de balie legde. Hij wilde geen getuigen bij deze administratieve waaghalzerij.

'Meneer Desaeyere is hier die donderdag weggegaan om twintig over drie.'

Van In bekeek het tijdsschema van Luc nog een keer en zag

dat het klopte. Luc had zijn dag waarheidsgetrouw aangegeven. Wat hij toen echter nog niet besefte, was dat Christine een afspraak had gehad met de directeur van Peggy's school. Als hij dat wel had geweten, dan had hij vast zijn tijden aangepast.

'Bedankt. Hoelang is hij hier dan geweest?'

Het afdelingshoofd keek in zijn papieren. 'Hij heeft ook nog een gesprek gehad met een van mijn collega's. En dan zal hij nog een tijdje hebben moeten wachten, want het was een drukke dag. Hij zal hier toch een tweetal uur zijn geweest.'

'Mag ik vragen dat u dit document goed bewaart?' vroeg Van In. 'We zullen het binnenkort nodig hebben.'

De man glimlachte, trots dat zijn nauwkeurige administratie hielp bij een onderzoek. Hij zou het later vast als voorbeeld gebruiken in een speech om zijn personeel te motiveren.

'Wij bewaren alles zorgvuldig', zei hij, plots vijf centimeter groter. 'Zoals u ziet.'

Van In nam afscheid en haastte zich terug naar kantoor. Versavel en Meyrem zaten vol ongeduld op hem te wachten.

'Danny Smeekens heeft gebeld', zei Versavel. 'Peggy is nergens te vinden.'

Peggy. Van In dacht aan de staat waarin ze haar kamer hadden aangetroffen. Kasten overhoop, rommelige laden. Alsof het snel was moeten gaan. Peggy had halsoverkop het huis verlaten. Net als Malik. Dat kon geen toeval zijn.

'Malik heeft haar meegenomen.'

Versavel schrok. 'Denk je dat hij haar heeft ontvoerd?'

'Nee. Ze is vrijwillig meegegaan. Ze hebben een relatie, Peggy heeft overal een zootje van gemaakt, Malik wil van Nora weg. Dus hebben ze plannen gemaakt om samen te vertrekken.'

Zoals hij het uitsprak, klonk het logisch.

‘Maar Peggy is minderjarig’, wierp Meyrem op.

Van In knikte. Hij dacht aan de condooms in de la van Peggy. ‘Daar had Malik beter wat vroeger aan gedacht.’

Versavel strekte zijn armen en kraakte zijn vingers.

‘Waarom vluchten ze weg? Zou Peggy zomaar alles achterlaten?’

Van In legde het tijdsschema van Luc op het bureau van Versavel.

‘Peggy heeft een heel goede reden om te vluchten. Kijk nog eens naar de dagindeling van Luc op die fatale dag.’

Versavel las de notities nog een keer door, ook al had hij ze al tientallen keren bestudeerd. Meyrem kwam naast hem staan en wierp een blik op de verklaring.

‘Heeft Luc gelogen?’

‘Nee, hij heeft precies verteld waar hij was die dag. Hij heeft alleen niet helemaal de waarheid verteld over wat hij heeft gedaan.’

‘Omdat hij Christine heeft vermoord’, bromde Versavel. ‘Logisch dat hij dat niet bij zijn tijdsindeling heeft gezet.’

Van In zette zijn vinger op de uren na de middag.

‘Luc was om twintig over drie nog bij de RVA. Ze hebben me daarnet het bewijs getoond.’

‘Dat wisten we toch al?’

Van In nam een miniatuur skateboard van Versavels bureau en liet het onder zijn duim en wijsvinger rijden. Hij vroeg zich nog altijd af waar zijn collega dat vandaan had.

‘Klopt. Maar op dat moment wisten we nog niet hoe Christines middag eruitzag. Of eruit had moeten zien.’

Versavel probeerde met hem mee te denken.

‘Ze is ’s middags naar huis gegaan en had om halfdrie een afspraak op de school van Peggy.’

‘Maar daar is ze nooit geraakt’, voegde Meyrem eraan toe.

‘Precies’, knikte Van In, terwijl hij inwendig vloekte dat ze het verband niet eerder hadden gezien. 'En waarom is ze daar niet geraakt?'

Hij voelde zich een schoolmeester die het antwoord niet wilde verklappen, omdat hij het belangrijk vond dat zijn leerlingen begrepen hoe ze tot de oplossing kwamen.

'Omdat ze vermoord is', zei Versavel, met gefronste wenkbrauwen, zich afvragend waarom Van In zulke voor de hand liggende vragen stelde.

'Tien op tien, Guido. Vermoord door Luc, zoals die zelf beweert.'

Hij liet een stilte vallen. Het was Meyrem die ze als eerste opvulde.

'Maar Luc was niet thuis.'

Luc was eerst naar het restaurant gegaan en had zich daarna meteen naar de RVA begeven, waar hij zo'n twee uur zijn tijd had verdaan. Hij kan Christine niet hebben vermoord, hij was er niet.

'Maar waarom bekent hij dan?' vroeg Versavel.

Dat had Van In zich ook afgevraagd terwijl hij naar de RVA liep. Luc was een meestermanipulator, een eikel die dacht dat de zon uit zijn achterste kwam. Hij had in zijn leven om niemand gegeven, ook al beweerde hij van wel. Hij liet mensen vallen als dat nodig was, hij zocht nieuwe slachtoffers als hij er behoefte aan had. Alles tot eer en glorie van zichzelf. Maar sinds hij Christine had leren kennen, was hij veranderd. Er waren gevoelens bij hem naar boven gekomen die hij nog nooit had gekend.

'Omdat hij iemand wil beschermen.'

Versavel keek hem met grote ogen aan. Het begon hem te dagen waarop Van In doelde.

'Wat Luc heeft gedaan, moet zowat het meest vaderlijke zijn wat hij ooit in zijn leven heeft gedaan. Los van het feit dat hij zelf ook besefte dat hij mee aan de oorzaak lag van de problemen. Hij heeft die drank en die drugs aan Peggy gegeven. Hij heeft ervoor gezorgd dat ze het slechte pad opging, dat ze geschorst werd op school.'

Versavel liet zich achterover zakken in zijn stoel. 'Christine komt thuis en ziet Peggy. Er ontstaat een gigantische ruzie tussen moeder en dochter.'

Van In zuchtte. Het was geen leuke conclusie, maar wel een die ze moesten trekken.

'Dat is de reden waarom Peggy nu met Malik mee is. Omdat ze haar eigen moeder heeft gedood.'

Karin zat rechtop in haar ziekenhuisbed. Een infuus bezorgde haar de stoffen die ze nodig had om te herstellen. Ze staarde somber voor zich uit, haar blik op eenzelfde punt gericht. Ze keek zelfs niet op toen Van In en Versavel de kamer binnenkwamen. De eenzaamheid en de paniek in de opslagruimte hadden haar mentaal gekraakt. Van In ging naast haar bed zitten en legde een doos pralines op de vensterbank. Ook al kwamen ze voor een verhoor, Van In vond dat hij niet met lege handen kon verschijnen.

'Mevrouw Vereecken.'

Karin bleef voor zich uit kijken.

'Ik weet dat het nog vroeg is, maar we zouden u graag al enkele vragen stellen. Uw nichtje is namelijk verdwenen.'

Nu draaide Karin zich met een ruk naar Van In.

'Peggy?'

Van In wist dat hij met Peggy een gevoelige snaar had geraakt. Karin was erg gesteld op haar nichtje, ze was er trots op de tante te zijn bij wie Peggy altijd terecht kon.

'Heeft Luc haar ook ontvoerd?'

Van In besloot hier niet op te antwoorden. Hij wilde haar geen woorden in de mond leggen.

'Laten we beginnen bij het begin: wie heeft u ontvoerd?'

'Luc en Laura.'

'Hoe hebben ze het aangepakt?'

Karin slikte en sloot haar ogen. Ze had weinig zin om het moment opnieuw te beleven.

'Luc belde aan. Alleen. Ik wilde eerst de deur niet opendoen, hij had me al een keer bedreigd. Hij probeerde de verdwijning van Christine in mijn schoenen te schuiven. Maar dan riep hij door de brievenbus dat ze de dader hadden gevonden. Toen ben ik naar de deur gestormd. Ik ben naar de woonkamer gegaan en Luc volgde pas iets later. Op dat moment had ik niet door dat hij Laura wilde binnenlaten. Net toen ik op de bank wilde gaan zitten, werd ik vastgegrepen door iemand met een bivakmuts. Ik hoorde Luc om hulp roepen.'

Versavel keek op van zijn schrift.

'Luc riep om hulp?'

'Ja, maar zacht. Ik denk dat hij het erop wilde laten lijken alsof hij ook overvallen werd.'

Van In schudde zijn hoofd en snoof. Zelfs op zo'n moment dacht Luc aan zichzelf. Hij liet het vuile werk opknappen door Laura en ondertussen dekte hij zichzelf in. Indien de waarheid aan het licht kwam, dan zou hij nog altijd kunnen zeggen dat hij ook een slachtoffer was geweest. Laura zou de boter gegeten hebben.

'En toen?'

'Ik heb me nog verzet, maar het had weinig zin. Luc is sterker dan ik, zeker met Laura erbij. Ze hebben me meegesleurd en in een auto gestopt.'

'Die van Laura?'

'Ik denk het, Luc heeft er geen.'

Van In leunde tegen de vensterbank. Hij was ergens opgelucht dat Luc ook gestraft zou worden. Hij had misschien niemand vermoord, maar hij had wel een lichaam doen verdwijnen en nu was hij ook nog schuldig aan een gewelddаdige ontvoering. Hopelijk deed het Luc nadenken over zijn omgang met mensen, al betwijfelde Van In dat ten zeerste. De kans was groot dat Luc het zag als een teken dat iedereen zich tegen hem keerde. Onwillekeurig ging Van Ins hand naar de doos met pralines. Hij opende ze en nam er eentje uit. Versavel keek hem berispend aan.

'Mag ik?' vroeg hij aan Karin.

'Natuurlijk.'

Hij wierp een blik naar Versavel om aan te geven dat het geen probleem was. Die rolde met zijn ogen.

'Hebben ze u geslagen?'

'Nee.'

Van In dacht aan het naamplaatje vol bloed.

'Er kan dus geen bloed van u zijn achtergebleven?'

Karin keek hem vragend aan. 'Ik denk het niet, nee.'

'Weet u waarom ze u hebben meegenomen?'

Karin schudde haar hoofd. 'Ze dachten dat ik iets wist. Iets dat hen zou linken aan de moord op Christine.'

'En is dat zo?'

'Ik weet het niet. Ik heb u alles verteld wat ik wist. Ik ben naar Christine thuis gegaan en werd daar afgescheept door Luc. Daarna ben ik een tweede keer gegaan en toen werd de deur niet meer geopend. Dat was voor mij het teken om naar het politiebureau te gaan. De rest van het verhaal kent u.'

Van In krabde in zijn haren en liet een stilte vallen. Laura had aangegeven dat ze dachten dat iemand hen had gezien. Daarmee had ze op Karin gedoeld. Hij stak nog een praline in zijn mond, deze keer zonder toestemming te vragen.

'Hebt u ons echt alles verteld wat u wist?'

Karin antwoordde niet, wachtte op wat zou komen. Van In nam een derde praline en at die smakelijk op voor hij verder ging.

'In uw eerste verklaring hebt u gezegd dat u iets had gehoord bij Christine thuis. Daarop hebt u naar uw overbuurman gebeld, die dat bevestigde.'

Meer dan een licht knikje kreeg hij niet. Een teken dat hij juist zat.

'Maar uw overbuurman was helemaal niet thuis.'

Van In speelde met een vierde praline in zijn handen. Hij vermoedde dat het eentje was met koffiesmaak en daar was hij niet dol op. Maar terugleggen was ook geen optie meer.

'Hij was bij u.'

Karin reageerde niet eens verrast, alsof ze besefte dat ze dat geheim nooit had kunnen bewaren.

'Het was Malik die de telefoon opnam toen de directeur belde. En daarom hebt u ons niets over dat telefoontje verteld. U wilde niet dat uw relatie met Malik ontdekt werd.'

'We hadden geen relatie', klonk het fel bij Karin. 'Ik wilde hem gewoon helpen.'

Versavel keek verbaasd op. 'Hoe dan? Door met hem in bed te duiken?'

Karin keek hem vernietigend aan.

'Ik wilde hem helpen om van Nora weg te gaan. Het is niet normaal als je regelmatig niet naar het werk durft te gaan omdat je je schaamt voor je zoveelste blauwe oog of een schaafwond in je gezicht. Malik moest daar weg. En misschien… misschien zou ik wel met hem meegaan.'

Van In keek op, maar zei niets. Hij stopte de praline toch maar in zijn mond en trok een grimas toen het inderdaad een met koffiesmaak bleek te zijn.

'Het was een idee van het moment. Na een heel vreemde middag. Malik kwam plots aanbellen. Hij had weer eens ruzie gehad met Nora, zijn gezicht en zijn handen hingen vol bloed. Hij was heel wild, wat ik erg aantrekkelijk vond. Gewoonlijk is Malik vooral een lieve, brave man.'

Van In schudde ongemerkt zijn hoofd. Wat was dat toch

met vrouwen die een wilde man zo leuk vonden? Hij herinnerde zich hoe ook Nadia een hevigere versie van hemzelf had verlangd. Maar wat moest hij dan doen? Haar trui in twee stukken scheuren? Dat was niet echt goed voor de circulaire economie. En beseften die vrouwen dat zo'n ruig exemplaar slechts leuk was voor eventjes? Dat er na het gerampetamp ook een huis onderhouden moest worden, dat er rekeningen moesten worden betaald, kinderen verzorgd? Dat er ook behoefte was aan diepere gesprekken, aan een emotionele connectie? En daar zag hij zo'n tarzan niet toe in staat.

'We zijn in bed beland en we begonnen plannen te maken. We zouden samen weggaan, met het geld dat...'

Karin zweeg abrupt, ze had haar mond voorbijgepraat.

'Geen zorgen, mevrouw Vereecken,' stelde Van In haar gerust. 'We weten dat u geld van de vzw hebt gestolen.'

Ook al was het geen nieuws meer, toch zorgde het ervoor dat Karin dichtklapte. Ze boog haar hoofd, alsof ze alle stommiteiten die ze had begaan nog eens doorliep.

'Wanneer is Malik bij u weggegaan?' vroeg Versavel.

'Pas 's avonds, zogezegd na zijn werk. Eerder durfde hij niet terug naar Nora.'

Van In kon de relatie tussen Nora en Malik niet doorgronden. Malik was de brave man, die zich op zijn kop liet zitten door Nora. Maar Nora zelf schilderde haar man af als een controlefreak die haar niets gunde, en niets toestond. En als ze vroeg naar zijn mogelijke slippertje, dan verkocht hij haar een pak slaag. Wat klopte er niet?

De stilte duurde niet lang. Ze werd doorbroken door galmende voetstappen die door de ziekenhuisgang kwamen rennen en de kamerdeur die open en weer dicht werd gesmakt. Meyrem stond hijgend naast het ziekenhuisbed van Karin. Ze was op het kantoor achtergebleven om een opsporingsbericht voor Malik en Peggy te verspreiden.

‘Ik kon jullie niet bereiken’, zei ze. ‘Dus ben ik maar naar hier gereden.’

‘Wat is er zo dringend?’ vroeg Versavel.

Meyrem ademde diep in en uit.

‘Peggy en Malik zijn gesignaleerd.’

23

Peggy hield zich vast aan het dashboard, terwijl Malik de auto wild door de bochten stuurde. Zijn kaken waren op elkaar geklemd, zijn blik als een havik gericht op de auto's voor hem.

'We moeten stoppen', zei Peggy.

Malik schudde zijn hoofd zonder op te kijken.

'We kunnen niet stoppen.'

'Natuurlijk kunnen we stoppen. Wat gaan we anders doen?'

'Dat weet ik nog niet. Laat me even nadenken.'

Ze raceten in stilte verder. Peggy keek hoe de weilanden langs haar heen flitsten, samen met de beelden van wat er de afgelopen dagen was gebeurd. Hoe was het zo uit de hand kunnen lopen? Waarom hadden ze niet van in het begin de waarheid verteld? Ze had nooit naar Luc mogen luisteren, die wilde vooral zichzelf beschermen. Of had hij het echt voor haar gedaan?

Een nieuw leven beginnen ergens anders, het had zo mooi geklonken. Malik had verteld over de kansen die ze zouden krijgen in Engeland. Peggy zong en danste graag en Londen was het walhalla van de musical. In plaats van uren op die saaie schoolbanken te slijten, zou ze een carrière kunnen uitbouwen in wat ze het liefste deed. Malik had gezegd dat ze dat nu moest doen, niet als ze al tweeëntwintig jaar was. Nu kon ze leren, zichzelf verbeteren, een netwerk opbouwen. En hij zou werk zoeken in de City, het financiële hart van Londen. Hij zou genoeg verdienen voor hen allebei. Maar rijdend tussen de West-Vlaamse koeien leek die droom plots ver weg. Was het wel een droom geweest? Het had nu meer weg van een luchtspiegeling.

'Waar gaan we naartoe?'

Malik klopte op zijn stuur. 'Ik heb gezegd dat ik moet nadenken!'

Peggy schrok en wendde boos haar hoofd af. Ze vroeg zich af of haar vader haar al miste. Hij had dan wel ingestemd met de plannen van Malik, maar hij zou het toch moeilijk vinden om zo ver van zijn kleine meisje te moeten leven. Nu ja, kleine meisje. Dat was ze al een tijdje niet meer, alleen zag haar vader haar nog altijd zo.

Maar had ze hem wel de kans gegeven om aan haar nieuwe status te wennen? Ze was van brave dochter in één keer overgeschakeld op rebellerend tienermeisje. Die sprong was voor haar vader te groot geweest. Misschien begreep hij de dingen die ze had uitgestoken wel. Misschien had hij zelf ook geen voorbeeldige jeugd achter de rug. Al viel dat te betwijfelen.

'Ik wil terug naar huis.'

Het ontsnapte ineens uit haar mond. Angstig keek ze naar Malik, wiens spieren samentrokken. Hij probeerde te glimlachen.

'We zijn bijna thuis. Wat denk je van Nederland? Daar zijn ook veel mogelijkheden.'

Maar Peggy had geen zin meer om mee te gaan in zijn dromen.

'Ik wil niet naar Nederland, ik wil naar huis.'

'Dat gaat niet.'

'Natuurlijk wel. Dan kunnen we met mijn papa overleggen wat de beste plek zou zijn om naartoe te gaan. Dan vertrekken we gewoon wat later.'

Malik drukte hard op zijn claxon omdat hij vond dat de auto

voor hem te traag reed. Hij kreeg een opgestoken middenvinger terug.

'Het. Gaat. Niet. Ben je dom? Wat zullen ze denken van ons?'

'Niemand weet toch dat we weg zijn geweest? Alleen mijn papa is op de hoogte.'

'Hm.'

Malik keek hoofdschuddend voor zich en antwoordde niet meer. Hij zette zijn richtingaanwijzers aan en verhoogde zijn snelheid. Hij haalde zijn voorligger in, terwijl in de verte een vrachtwagen angstaanjagend dichterbij kwam. Peggy verkrampte. Net op tijd zwierde Malik het stuur weer naar rechts en glipten ze op het nippertje weer op de rechterrijstrook. Peggy legde haar hand op zijn arm.

'Papa weet hier toch van?'

Malik reageerde niet, drukte het gaspedaal nog wat dieper in. In de verte klonken sirenes. Zijn hand tastte naar de radio en hij zette de volumeknop hoger. Nirvana schalde luid uit de luidsprekers. Peggy keek bezorgd opzij.

'Malik?'

'Waar zijn ze nu?' vroeg Van In.

'Op de E40, ter hoogte van Jabbeke', zei Versavel.

'Hij rijdt terug naar hier?'

'Dat weten we niet. Misschien doet hij maar wat.'

Van In richtte zich tot Meyrem.

'Vraag Vanmaele of de resultaten van de bloedstalen al binnen zijn.'

Meyrem knikte. 'Die van Peggy's kamer?'

'Allemaal. Die van in de kamer, die van in de auto van Laura en die op het naamplaatje van Karin.'

Meyrem liep naar haar bureau om de telefoon te nemen. Van In hield haar tegen.

'O, en check bij Malik zijn werk of hij daar was op de dag dat Christine stierf.'

‘Dat weten we toch?’ reageerde Meyrem. ‘Hij zat bij Karin.’

Versavel stond al klaar bij de deur, wachtend op Van In om te kunnen vertrekken. Van In stak zijn hand op, hij moest nog even wachten.

‘In de namiddag zat hij bij Karin. We weten niet wat hij in de ochtend heeft gedaan. Ik wil zeker zijn dat hij daar niet was.’

Meyrem nam het dossier om de gegevens van Malik te bekijken.

‘Komt in orde.’

‘En dispatch gerust als je iets weet.’

Zonder nog een antwoord af te wachten haastte Van In zich achter Versavel aan. Ze holden door de gangen, verlieten het gebouw en sprongen in hun auto. Ze mochten Malik en Peggy nu niet kwijtspelen, anders zou de zoektocht veel lastiger worden. Van In hoopte dat hun collega’s hen nog op de hielen zaten.

Versavel zette het zwaailicht op de auto en manoeuvreerde zich in het verkeer. In stilte reden ze naar de N50 in de hoop om vanaf Oostkamp mee de achtervolging in te zetten.

‘Ik vraag me af wat ze van plan zijn’, mompelde Versavel na een tijdje. ‘Denkt hij echt dat je zomaar kunt vluchten met een minderjarig meisje?’

‘Ik vermoed van wel’, antwoordde Van In. ‘Ze zijn niet echt bezig met de regels van wat wel en niet mag. Anders waren ze nooit een relatie begonnen.’

‘Hebben we ons dan zo vergist in Malik? Is hij eerder de dader dan het slachtoffer?’

Van In liet die vraag bezinken. Versavel doelde op de relatie met Nora. Ze zouden er nooit het fijne van weten. Malik had hulp gezocht bij Gezien, dat had hij niet zonder reden gedaan. Maar verder wist niemand wat hij doorstaan had, tenzij Karin misschien. En dan was er de getuigenis van Nora, die helemaal het tegenovergestelde beweerde. Malik was een dwingeland, een tiran, die er niet voor terugdeinsde om geweld te gebruiken. Woord tegen woord. Maar de eerste ontmoeting met het koppel stond Van In nog altijd haarscherp voor de geest.

'Ik weet het niet. De eerste keer las ik grote angst in Maliks ogen. Die was echt. Nora wist toen niet dat ik hen had gezien, dus ze kon geen spelletje spelen. Ik denk dat Malik te lijden had onder de relatie. De vraag is nu of hij daar dan echt wraak voor heeft genomen.'

Hij had zich al eens afgevraagd of Nora zichzelf iets zou aandoen om Malik in een kwaad daglicht te stellen. Misschien was nu haar moment gekomen. Wat een kluwen was het geworden in de Raamstraat. Te veel mensen gunden elkaar te weinig. Van Ins gedachten werden onderbroken door de mobilofoon.

'Verdachte is afgeslagen naar N50 en rijdt richting Brugge.'

Van In en Versavel keken op hetzelfde moment op.

'Hij komt onze richting uit', zei Versavel.

'We moeten hem tegenhouden.'

'Hoe?'

'We blokkeren de weg!'

Versavel leek niet blij met de suggestie van zijn collega.

'Hoe dan?'

Van In bestudeerde de omgeving. De weg was te breed om die helemaal af te sluiten. Tenzij ze hulp kregen.

'We moeten snel zijn. Zet de auto dwars over de weg.'

'Ben je gek?'

Van In grijnsde. 'Ja.'

Versavel zette zijn richtingaanwijzer aan, hoewel dat allerminst een juiste aanduiding was voor wat hij van plan was. Hij wachtte tot er geen verkeer vanuit de tegenovergestelde richting kwam en zette zich dan dwars. De rijrichting van waaruit ze Malik verwachtten, was nu geblokkeerd.

'Perfect', zei Van In, terwijl hij zijn gordel losklikte. 'En nu wat hulp verzamelen.'

Hij verliet de auto en keek naar auto's aan de overkant die uit de richting van Brugge kwamen. Hoe moest hij die nu weer doen stoppen? Hij hief zijn handen in de lucht en zwaaide met zijn armen. Maar het enige wat hij bereikte was dat de bestuurders hem straal negeerden, of in het beste geval ook hun hand opstaken. Ondertussen kwamen de eerste auto's richting Brugge aan die moesten stoppen, omdat de politie-auto in de weg stond. Ze keken boos naar de oorzaak van het oponthoud.

'Hebben wij nog van die verkeerswijzers?' vroeg hij aan Versavel.

Die schudde zijn hoofd.

'Je zult het met je charmes moeten doen.'

Ze hadden echter geen tijd voor de zachte aanpak. Van In liep naar het midden van de weg en stak zijn politiebadge hoog in de lucht. De auto voor hem begon te remmen, niet zozeer door de badge, maar eerder omdat de bestuurder geen verkeersslachtoffer wilde maken. Van In kneep zijn ogen dicht.

Achter de auto vertraagden ook de andere chauffeurs. Van In negeerde de boze blikken naar die gek die in het midden van de weg stond en gebaarde naar de eerste auto het raampje naar beneden te doen.

'Politie. Kunt u uw wagen net zoals de onze dwars over de weg zetten?'

De jonge vrouw achter het stuur kauwde provocerend op een kauwgom en rolde net niet met haar ogen.

'Waarom?'

'Omdat ik te oud ben voor Hot Wheels en eens iets anders wil proberen', blafte Van in haar toe. 'Keer alstublieft nu die wagen om.'

De vrouw mompelde iets dat Van In gelukkig niet verstond.

Maar ze gehoorzaamde en startte haar auto. Van In liep naar de volgende chauffeur en legde opnieuw uit wat die moest doen. Langzaam maar zeker kwam de natuurlijke barricade tot stand, al beseften de bestuurders gelukkig niet dat ze hun voertuig blootstelden aan een mogelijke crash. Zodra alle auto's goed opgesteld stonden, liet Van In iedereen uitstappen.

'Is hij er nog niet?' vroeg Van In aan Versavel.

'Op komst.'

Van In keek tevreden naar zijn knutselwerk. Hij hoopte dat Malik net te laat zou zien dat het verkeer vertraagde, waardoor hij geen kant meer uit zou kunnen. In de verte klonken de sirenes steeds luider.

De rij auto's in beide richtingen werd steeds langer. Overal keken mensen wat chagrijnig in de verte, zichzelf vervloekend dat ze geen andere weg hadden genomen.

'Met welke auto rijdt hij?'

'Een groene Opel Corsa.'

In de verte kon Van In nu de zwaailichten van de politieauto's zien. Dat betekende dat Malik en Peggy al ergens in de file zouden moeten staan. Versavel dacht hetzelfde.

'Zullen we langs de auto's lopen?'

Van In schudde zijn hoofd.

'Nee. Als we hier weggaan, lopen we het risico dat de blokkade breekt. Er moet er maar één de brui aan geven en iedereen is weg. Laat de patrouilles van achteraan oprukken.'

Versavel liep naar zijn auto en communiceerde met hun collega's. Van In tuurde ondertussen naar de rij auto's. Voorlopig was er nergens beweging te zien. Ze moesten ervoor zorgen dat Malik niet zou doorslaan en dat hij Peggy in gevaar bracht.

'Volgens mij komt hij zo meteen vanzelf tevoorschijn', mompelde hij tegen Versavel toen die weer naast hem stond.

'Ik hoop het', zei Versavel. 'Ik had net nog Meyrem aan de lijn. Malik was niet op het werk die dag.'

'Ik vreesde het al.'

'Waar zat hij dan wel?'

'Ik denk dat ik het weet', antwoordde Van In. 'Maar we zullen het hem dadelijk zelf vragen.'

Een kleine groene auto maakte zich los uit de rij en begon over de andere rijstrook te rijden, tegen de richting in. Pas toen de blokkade van Van In in het zicht kwam, vertraagde de auto weer. Van In ging in het midden van de weg staan. Hij zag dat de politiewagens ook kwamen opzetten, Malik kon dus niet zomaar omkeren en de andere richting uitrijden. Hij zat klem.

'Het is voorbij!' riep Van In.

Hij had een hand op zijn pistool gelegd, maar voorlopig vond hij het wijzer om niet met een wapen te zwaaien. Hij hoefde Malik niet nog meer overstuur te maken. De Opel Corsa stopte in het midden van de weg. Van In zag Peggy en Malik zitten, radeloos voor zich uit starend. De motor bleef draaien.

'Het is oké!' riep Van In. 'We weten dat jullie verliefd zijn. We begrijpen waarom jullie gevlucht waren.'

Hij moest hen overtuigen om uit te stappen, want hij voelde zich kwetsbaar als voetganger. Malik kon op elk moment weer gas geven. Versavel zette ook behoedzaam enkele stappen naar voren.

'Malik, hoor je mij? Doe je raam open!'

Hij zag hoe Peggy en Malik in de auto ruzie begonnen te maken. De liefde leek al danig bekoeld, al was vluchten voor de politie niet meteen de relatietest die een gemiddeld koppel moest doorstaan. Om hen heen hielden de toeschouwers hun adem in. Waar ze zich net nog boos maakten dat ze moesten stoppen, waren ze nu blij dat ze het spektakel op de eerste rij meemaakten.

'We gaan ervoor', zei Van In tegen Versavel. 'Jij links, ik rechts.'

Zodra hij een eerste stap naar voren zette, zwaaide het portier van Malik al open. Hij sprong uit de auto en zette het op een lopen.

'Blijf bij Peggy!' riep Van In, terwijl hij de achtervolging op Malik inzette.

Hij wierp een blik op de rennende Malik. Hij had niet de indruk dat hij gewapend was. Toch weken de toeschouwers aan de kant van de weg uit elkaar toen hij hun richting uitkwam. Van In vloekte. Als ze gewoon bleven staan, kon Malik niet weg.

'Houd hem tegen!' riep hij tevergeefs.

Hij verhoogde zijn tempo en sprong over een kleine haag. Malik rende de parking van een bedrijventerrein op, zonder een idee te hebben waar hij naartoe vluchtte. Met zoveel politie in de buurt had hij nauwelijks een kans, maar het was voor Van In moeilijk om hem dat nu duidelijk te maken. Hij naderde zienderogen.

Malik aarzelde toen hij daarna aan het treinspoor kwam. Hij keek links en rechts. Er was geen trein, hij kon makkelijk oversteken. De boete was op dit moment de minste van zijn zorgen. Weg van het publiek achtte Van In wel het moment gekomen om zijn wapen te trekken.

'Blijven staan!'

Malik keek om en schrok. Hij was met zijn geliefde gevlucht om een nieuw bestaan te beginnen. Tegen beter weten in. En nu stond hij oog in oog met een pistool, het schokte hem. Zelfs in zijn gevechten met Nora was het nooit zover gekomen. Van In zag hem aarzelen.

'Het is oké, Malik. Laten we erover praten. Dan kun je uitleggen wat je van plan was.'

Terwijl hij sprak, ging hij langzaam dichterbij. Hij mocht Malik geen tweede keer laten vluchten.

'Peggy is veilig. Maar ik weet niet wat zij zal vertellen. Het is beter om jezelf te kunnen verdedigen.'

Het was het moment om hen uit elkaar te spelen. Peggy wist wat er echt was gebeurd op de dag dat Christine werd vermoord, maar als zijn theorie correct was, wist Malik dat ook. Hij vermoedde dat Malik Peggy niet zomaar alles zou willen laten vertellen.

'Wat weten jullie van Peggy?'

'Ik weet dat Luc haar beschermt. Dat hij thuis is gekomen en haar aantrof met haar dode moeder. Hij heeft het lichaam verborgen om haar buiten schot te houden. En om zichzelf niet in de problemen te brengen.'

Malik knikte, een diepe frons op zijn voorhoofd. 'Gaan jullie haar vervolgen?'

'Dat weet ik niet. Ze is minderjarig. Het hangt ervan af hoe Christine precies is gestorven.'

Van In hield de loop van zijn pistool op Maliks schouder gericht. Malik bleef om zich heen kijken. Als hij nu de spoorweg nog zou oversteken, zou hij hem door de velden moeten volgen. En daar had hij weinig zin in. Hij wenkte Malik.

'Kom mee, dan proberen we het allemaal op te helderen.'

'Het was een ongeluk', zei Malik.

'Zoals ik al zei: dat zullen we nog moeten onderzoeken.'

Malik snoof. 'Je gelooft me niet.'

'Ik geloof je wel. Het was vast een ongeluk. Je kon er niets aan doen.'

Van In zag aan de grote ogen van Malik dat zijn theorie klopte. Luc wilde Peggy beschermen. Omdat hij haar bij Christine had aangetroffen. Wat Peggy precies had gezegd, zouden ze nooit weten, maar Luc was ervan overtuigd dat zij per ongeluk haar moeder had gedood. Na een uit de hand gelopen discussie over drugs en drank en de schorsing, waarvoor Luc zich mee verantwoordelijk voelde. Maar het waren niet die feiten die Christine door het lint hadden doen gaan.

Ze had de relatie tussen Malik en Peggy ontdekt.

'Heeft ze jullie betrapt terwijl jullie in bed lagen?'

Malik ademde steeds sneller, haast synchroon met het geluid van een denderende trein die zich in de verte aanbood. Nu werd het gevaarlijk.

'Ik weet zeker dat je haar niet wilde doden. Misschien heb je haar geduwd en is ze met haar hoofd tegen de rand van het bureau gevallen.'

Het bloed in de kamer van Peggy was geen toeval. Daar had Christine haar minderjarige dochter met haar meerderjarige buurman betrapt. Daar was de ruzie ontstaan. En hij was ervan overtuigd dat het bloed dat ze zouden vinden op het naamplaatje van Karin niet van Malik zou zijn, zoals Karin had gedacht, omdat ze vermoedde dat hij weer mishandeld was geweest door Nora. Nee, het was het bloed van Christine, dat nog aan zijn vingers hing toen hij halsoverkop Peggy had verlaten, op zoek naar een alibi. Door de hele namiddag bij Karin door te brengen, haalde hij zich wel de woede van Nora op de hals, maar zou niemand hem van moord beschuldigen.

'Jij weet helemaal niets', snauwde Malik. Maar de blik op zijn gezicht vertelde een ander verhaal.

'Kom dan mee', zei Van In bedaard. 'Dan kun je het uitleggen.'

Maar Malik luisterde niet. Hij draaide zich om en maakte aanstalten om weg te rennen. De trein raasde in volle vaart over het spoor en kon hen elk moment voorbijzoeven. Maliks wanhoopactie was kantje boord. Van In moest iets doen. Spelen op de verrassing. Hij hief zijn pistool en schoot in de lucht. De knal overstemde nog net de aanstormende trein en Malik bleef stokstijf staan.

Van In schoot naar voren en legde Maliks armen op zijn rug. Hij duwde hem op zijn knieën. Tranen liepen over Maliks wangen. Ze bewogen allebei even niet meer, bevroren door de harde waarheid die net uitgesproken was. De tragische omstandigheden die waren veroorzaakt door een naïeve vlaag van zinsverbijstering, de hoop op een nieuw leven, ook al was het ongeoorloofd. Pas toen Versavel met handboeien kwam aanrennen, sprak Van In weer.

'Malik Benali, ik arresteer u voor de ontvoering van Peggy Smeekens.'

Versavel klikte de boeien vast en verwachtte dat Van In de rest van de rechten zou gaan opsommen. Maar hij keek vragend op toen Van In verderging.

'En de moord op Christine Vereecken.'

24

Van In stak zijn bierflesje de lucht in en tikte tegen dat van Vanmaele.

'Schol.'

Hij keek tevreden rond in zijn woonkamer. Alles was geverfd, niet noodzakelijk met verschillende lagen, maar het ruwe stucwerk was in elk geval niet meer zichtbaar. De vlekken verf die op de grond gemorst waren, zaten zorgvuldig verborgen onder een goedgeplaatste plant of bijzettafel. Eindelijk waren alle verfpotten en verfborstels opgeborgen, eindelijk was de vloer niet meer overal bedekt met krantenpapier. Hij kon er nu echt in beginnen te wonen.

'Blij dat het eindelijk klaar is', zei Versavel, die de tafel afspeurde naar een drankje. 'En wanneer is het nu de housewarming?'

'Dit is de housewarming', antwoordde Van In.

'O.'

Vanmaele dronk gulzig van zijn flesje en stak zijn hand in een zak chips.

'Ik vind het zeer geslaagd. Je zou vaker housewarmings moeten doen.'

De bel ging. Van In excuseerde zich en liep naar de deur. Meyrem lachte hem toe met een langwerpige doos in haar handen.

'Deze is voor jou.'

Van In knikte dankbaar, zeker toen hij zag dat er een magnumfles Duvel in de doos zat, en zette een stap opzij om haar binnen te laten.

'Blij dat je kon komen. Iedereen is er al.'

Toen Meyrem doorliep naar de woonkamer, merkte Van In aan haar blik dat 'iedereen' in haar hoofd een iets groter aantal was geweest. Maar ze deed haar best om het niet te laten merken.

'Gezellig!'

'Dank je. Neem gerust iets om te eten en te drinken.'

Meyrem keek met een pijnlijke blik naar de zakken chips en de bak bier op tafel.

'Heb je ook iets anders om te drinken?'

Van In krabde op zijn hoofd. 'Eh. Dat vraagt nooit iemand.'

Versavel schoot hem te hulp.

'Ik zal wel wat thee zetten. Ik lust ook wel iets anders dan bier.'

Van In keek Versavel verontschuldigend aan. 'Ik weet niet of ik...'

'Of warm water met wat kruiden', ging Versavel verder. 'Ik verzin wel iets.'

Versavel dook de keuken in. Van In dronk van zijn bier en tikte Vanmaele tegen de schouder.

'Hoe was het weekend van je vrouw? Is ze heelhuids teruggekeerd?'

'Viel wel mee. Ze vond het erg leuk.'

'En ze is niet met een van haar vriendinnen door Nederland gaan joyriden?' vroeg Van In.

'Niet dat ik weet.'

'En ze heeft niemand doodgeschoten?'

'Daar heeft ze toch niets van gezegd.'

Van In grijnsde toen hij het verbaasde gezicht van Meyrem bemerkte.

'Dan hoefde je je dus geen zorgen te maken.'

Vanmaele dronk zijn flesje leeg en greep naar een nieuw. Hij opende het aan de bak zelf.

'Nee, blijkbaar niet. Alleen om onze bankrekening. Zo'n shopweekend is niet goedkoop. Maar daar mag ik niets van zeggen. Ik krijg alleen te horen dat het een koopje was. Wat er dan nog betaald moest worden, daar wordt over gezwegen.'

'Vanavond hoef je niet te betalen', lachte Van In.

Vanmaele graaide nog een keer in de chips en propte een handvol helemaal in zijn mond.

'We gaan in elk geval niet op de kosten letten als wij op weekend gaan.'

Op dat moment dook Versavel weer op uit de keuken, met twee dampende bekers in zijn handen.

'O, gaan jullie toch op weekend?'

Van In zuchtte. 'Er zal niets anders op zitten.'

Versavel overhandigde een beker aan Meyrem.

'Ik vond alleen maar spaghettikruiden en stoofvleeskruiden', knipoogde hij. 'Dus het zal een soort maaltijdthee worden.'

Vanmaele haakte in op Versavels vraag.

'Ja, ik heb een prachtig huis gehuurd. Met een sauna en een pooltafel. Het is alleen wat te groot voor ons. Ik had verwacht dat er nog iemand meeging.'

Hij knikte betekenisvol naar Van In. Die hief zijn handen.

'Ho, ik kan het niet helpen dat Nadia plots... andere plannen had. Ik heb trouwens nooit gezegd dat ze meeging. Het was toch een mannenweekend?'

Hij had Nadia niet meer teruggezien, wat hij jammer vond. Er was nooit officieel een punt achter gezet en dat vond hij vervelend. Het gaf hem het gevoel dat hij de relatie nooit had kunnen afsluiten. Al was er van een echte relatie ook nauwelijks sprake geweest, zo vaak hadden ze elkaar niet gezien. En toch bleef hij met een leeg gevoel achter, alsof hij had gefaald, de verwachtingen niet had ingevuld.

Het deed hem denken aan Malik en Nora. Malik had de hele tijd het gevoel gehad dat hij Nora iets bepaalds moest bieden, maar hij wist niet wat. En dat zou hij nooit weten, want Nora wilde niet dat Malik haar voldoening schonk, ze wilde net het omgekeerde. Ze wilde dat hij voortdurend tekortschoot, zodat zij de macht naar zich toe kon trekken, de overhand had in hun relatie. En op het moment dat ze hem voelde wegglippen, had ze hem op een brute manier willen terugpakken. Door zichzelf te molesteren en de schuld op hem te steken. Het was moeilijk te bewijzen, maar Van In was ervan overtuigd dat Malik er niets mee te maken had. Hij was al weg toen Nora eraan begon. Hij vreesde echter dat Nora vrijuit zou gaan.

Versavel onderbrak zijn gedachten met een luide kuch.

'Misschien kunnen jullie nog andere mensen meevragen?'

Van In knikte bij het voorstel.

'Goed idee. We zullen er eens over nadenken wie er nog mee kan komen.'

Hij negeerde de boze blik van zijn collega en richtte zich weer tot Vanmaele.

'Is dat bloedonderzoek trouwens al afgerond?'

'Ja. Het bloed op het naamplaatje is van Christine. Malik had haar bloed dus aan zijn handen.'

Ze hadden het bewijsstuk gelukkig niet nodig gehad. Na hun arrestatie hadden Malik en Peggy de waarheid verteld over wat er precies met Christine was gebeurd.

'Ik begrijp nog altijd niet goed hoe Malik Peggy heeft kunnen overtuigen om de schuld op zich te nemen', zei Meyrem.

'Ze hadden hulp nodig. En Luc zou Malik nooit hebben geholpen als hij wist wat zijn buurman met zijn stiefdochter uitspookte. Peggy was zo verliefd op Malik dat ze hem blindelings volgde. Ze wilde hem beschermen. De straf voor een minderjarige is ook lichter dan die voor een volwassene.'

'Dat is al behoorlijk volwassen geredeneerd', zei Versavel.

Het was in elk geval de verkeerde keuze geweest. Wat oorspronkelijk een geval van onvrijwillige doodslag was, mondde nu uit in een ingewikkelde zaak, waarbij meerdere mensen voor de rechter zouden moeten verschijnen, voor het doen verdwijnen van een lichaam, meineed en een ontvoering met een bijna dodelijke afloop op de koop toe. Misschien had Vanmaele gelijk en was *Thelma & Louise* niet eens zo vergezocht. Een ondoordachte actie kon de gekste gevolgen hebben.

'Ik hoop alleen dat er de volgende weken niet nog iemand zo *volwassen* redeneert', grinnikte Van In. 'Ik zou tijdens onze wandelingen in de Ardennen niet graag een lichaam zien aanspoelen.'

'Juist', knikte Vanmaele. 'Ik weet nog niet eens waar we gaan wandelen.'

'Misschien kunnen jullie iemand gebruiken die jullie routes uitstippelt?' opperde Versavel.

'Dat is een goed idee', stemde Van In in. De hoop op het gezicht van Versavel werd zichtbaar. 'Meyrem, kun jij dat goed?'

Meyrem dronk van haar thee, trok een vies gezicht en zette subtiel haar beker weg.

'Ik kan dat goed, maar ik ben helaas een vrouw. En ik weet dat jullie moderne mannen zijn, maar op een mannenweekend is een vrouw toch nogal raar.'

'Dat is waar', beaamde Van In. 'Dan zullen we het aan iemand anders moeten vragen.'

Hij deed alsof hij nadacht. Versavels blik ging intussen van hoopvol naar wanhopig. Van In liet hem nog even sudderen, dreef de spanning op, zoals Thelma en Louise in hun cabriolet aan de Grand Canyon stonden. Soms was het goed om alles te overzien en dan pas een beslissing te nemen.

'Guido?'

'Ja?'

Versavel lachte, blij dat Van In eindelijk met zijn spelletjes stopte. Of misschien ook niet.

'Ken jij misschien iemand die goed is in kaartlezen?'

In dezelfde reeks

Tijdens een reünie in het Brugse Sint-Lodewijkscollege wordt een priester-leraar dood aangetroffen in zijn klaslokaal. De jonge commissaris Pieter Van In gelooft niet in de theorie van misbruik en wraak. Samen met zijn onafscheidelijke collega Guido Versavel graaft hij dieper in het verleden van de aanwezigen op de reünie.

www.standaarduitgeverij.be – info@standaarduitgeverij.be

Vertegenwoordiging in Nederland:
New Book Collective, Utrecht
www.newbookcollective.com

Eerste druk: april 2024
Tweede druk: juni 2024

Omslagontwerp: Wil Immink Design
Ontwerp en opmaak binnenwerk: Ready2Print

ISBN 978 90 223 4099 8
NUR 330
D/2024/0034/274